メディアワークス文庫

黒狼王と白銀の贄姫 II

辺境の地で最愛を得る

高岡未来

目　次

プロローグ

その日イプスニカ城のある一角では、冬のキンと凍(こご)える空気を割くような熱気が渦巻いていた。

城の外郭部、鍛錬場には多くの男たちが集まっていた。軍服を身に纏(まと)う王立軍に属する者たちだ。

彼らが熱心に見つめるのは鍛錬場の中央部。金属音がぶつかり合う高い音が不規則に鳴り響いている。

熱気の中心には二人の男がいた。剣稽古の真っただ中である。刃を潰した剣を使うとはいえ、両者の気迫は鬼気迫るものがある。油断をすれば打ち込まれることは必至。互いに間合いを見極めつつ、何度か打ち合い後方に下がる、ということを繰り返す。

そして、周りを囲む騎士らが息を詰めてこの試合を見守るには理由があった。

「そろそろ本気を出したらどうだ、ガリュー」

「いえいえ。陛下相手に滅相もありません」

「ほう――、俺相手では不足だという訳か」

「いえ、まさか。その逆ですよ。本気を出した陛下のお相手が私に務まるわけがないでしょうが」

そう、中央で剣を打ち付け合っているのはこの国、オストロムの若き王オルティウスと彼の側近でもあるガリュー。

今では滅多に見ることができない貴重な対戦を、皆固唾を呑んで見守っているのである。

「ガリュー、おまえ最近怠けすぎではないのか？」

「そもそも私は王立軍所属じゃありませんしねえ……」

大勢の見物人に囲まれている二人ではあったが、軽口を叩き合うほどにはまだ両者共に余裕があった。

離れているため、見物人らに会話は聞こえていない。

王とその側近が気迫を込めて睨み合っているようにしか見えない。

「たまには体を動かせ」

「体なら定期的に動かしていますよ」

ガリューがにこりと笑った。ここで言う台詞ではない、とオルティウスが短く吐き捨てる。何しろ、彼の言う運動は女性と一緒に行う、の意味が含まれているからだ。

騎士らが沸いた。

オルティウスがガリューに向かって斬り込んだからだ。

ガリューは重たい金属音を鳴らしてそれを剣で受け止める。防戦一方に見える剣技の行き先に、見守る騎士の誰かがごくりと生唾を呑み込む。

だが、防戦ばかりかと誰かが落胆したその次の瞬間。

ガリューが一気に反撃に出た。体の重心をわずかに落とし、オルティウスの剣を受け流すと、そのまま彼の懐に向かって斬り込む。

流れるような剣捌きにオルティウスが一瞬目を見張る。

しかし、それも一瞬のことですぐに面白いとばかりに口角を持ち上げる。

ガリューとオルティウスは一進一退を繰り返し、互角にやり合う。

王と側近の実力を前に、見物人らは目が離せなかった。

それは片隅で見守る王妃と王妹も同じだった。

この場にいる全員が二人の勝負の行方を注視する。

「なんだ、さっきまで手加減していたのか？」

「まさか。ですが……一応、運動の成果は見せておくべきかと」

中央で剣をぶつけ合う二人はまだ余裕なのか軽口を叩き合う。

「陛下こそ、最近平和ボケされていらっしゃるのでは？」

ガリューがオルティウスの懐へ飛び込んだ。

それを余裕で弾いたオルティウスは不敵に笑う。

「まさか」

ガリューがオルティウスへ向けて剣打を連続させる。強い衝撃を受け流すも、ガリューに押され、足場がじりじり後退する。

だが、素早く体を半回転させ、位置取りを新たにオルティウスはガリューに反撃技を繰り出した。

それをガリューは受け止め、再度打ち合いが続く。

幼なじみ同士、剣を打ち合った回数は数知れず。互いの癖も熟知しているため、勝負は一向につかない——かに見えたが。

持久戦に持ち込まれれば有利になるのはオルティウスであった。

彼は時間が経過するにつれてガリューの剣の切れがわずかに落ちた隙を見逃さず、一気に攻め込んだ。

とはいえ、傍目からはその差など感じられない、ほんの一瞬のものだった。

キン、とひときわ高い金属音が鳴った。

ガリューの剣が弾き飛ばされた。

一気に間合いを詰めたオルティウスの剣が、ガリューの首筋にぴたりと当てられた。

「勝負あったな」

「さすがです。陛下」

互いに息が上がっている。ずいぶんと長い間やり合っていた。

オルティウスが剣を下げ、両者握手を交わすと、息を殺して勝負の行く末を見守っていた騎士たちが大きな歓声を上げた。

「すごい！　すごいわ。お兄様とガリューが戦っているところ、初めて見たわ！」

勝負がつき、訓練場中央部は人でごった返していた。

興奮冷めやらぬ顔で高い声を出すのは王妃エデルの義理の妹リンテである。彼女は今しがた見た真剣勝負に頬を紅潮させ、オルティウスがガリューを制すると手を叩いて兄の勝利を喜んだ。

「お義姉様も初めてご覧になりました？」

「ええ。ガリュー様もお強いのですね」

リンテの質問にエデルはこくりと頷いた。普段オルティウスの側近として政務を助けている姿しか見たことがなかった。

少年時代、一緒に騎士見習いとして寄宿生活を送っていたと聞いてはいたが、オルティウスと互角に戦える腕前だとは思いもしなかったのだ。騎士服を身に纏った姿を目にしたことがなかったことも理由の一つかもしれない。

「ヴィオスもお兄様と戦ったことあるの？」

「私はもっと早くこてんぱんにやられますよ」

エデルたちと一緒に稽古を見学していたヴィオスは、リンテに水を向けられ静かに微笑(ほほえ)んだ。

「ヴィオスも一応昔は騎士見習いをしていたのよね？」

「……ええ。一応」

彼はオルティウスとガリューに比べると線が細い。物静かな青年で時間があれば王城の書庫で読書をするのだという。

「じゃあ、わたしとヴィオスだとどちらが強いかしら？」

リンテが真剣に考え始めた隙にヴィオスがそっと彼女から離れた。このままでは本気で「わたしと勝負して」と言われかねない。そう顧慮(こりょ)したようだ。

リンテは体を動かすことが大好きで、現在も週に一度パティエンス女騎士団所属の騎士から剣の手ほどきを受けている。

エデルも何となく彼の懸念を悟った。リンテが本気で彼に勝負を挑んできたらさりげなく話題を変えようと考える。

だが、それは杞憂(きゆう)に終わった。

「エデル、あまり外にいるのはよくない。体が冷える」

オルティウスとガリューがこちらに近付いてきたからだ。

「またまた。ご自分の勇姿をエデル様に見せたくていつもよりも張り切っておられたくせに」

すかさずガリューが茶々を入れた。王に対して気安い言葉を投げかけることができるのも彼が幼なじみ兼側近だからだ。

黒狼王と畏怖の念を持って呼称されるオルティウスではあるが、ガリューやヴィオスにとっては幼少時から共に勉学や武芸の稽古に励んだ仲間でもある。

「俺はいつも通り変わらず行ったまでだ」

「少しは私のことも見直しましたか?」

「まあな。最近怠けているかと危惧したが。なるほど、おまえは昔から努力を見せるのが嫌いだったな」

体を動かした二人は体温が上がったのか、上着を脱いでいる。そうして軽口を叩き合う彼らの気安いやり取りにエデルはほんわかした。こういう時のオルティウスは王ではなく、一介の青年の姿をしている。特に友人相手だと余計に気を抜くようで、仲のいい会話を目にすると、ずっと眺めていたくなる。

エデルにとっては微笑ましいこの光景も、リンテにとっては驚きに値するもののようで、ぽかりと口を少し開けたまま彼らを見上げている。

年の離れた兄妹のため疎遠が続いていたのだ。王としてのオルティウスしか知らない彼女にしてみたら、このような砕けた言葉の応酬は仰天に値するのかもしれない。

「せっかく今日は訓練のために時間を空けたんだ。このあとはアーテルを走らせに行くか」

「オルティウス様は本当に体を動かすことが好きですね」

「暇ならおまえも付き合え、ガリュー」

「私はちょっと……。今日はオルティウス様のお相手の前にも何人かと手合わせをしたので、疲れました」

「やはり体が鈍っているのではないか？　体力は何においても重要だぞ」

「その言葉、全部ヴィオスに聞かせてやってください」

矛先が向いたヴィオスは、つぅっとオルティウスから視線を外した。この流れでは乗馬に付き合うことは確実である。

一方リンテは目に見えてそわそわしだした。乗馬好きな彼女は、近寄りがたい兄ではあるが、一度は彼と一緒に馬を走らせたいと思っているのだ。ただし、本人には怖くて言えないのだが。

何かの折に聞いたことがあったエデルはおずおずと切り出した。

「オルティウス様、アーテルの元に行くのであれば、わたしとリンテもご一緒してよろしいでしょうか」

「ああ。構わない」

快諾され、エデルがふわりと微笑むとオルティウスもつられたように口の端を持ち上げた。

「何なら俺と一緒に乗ってみるか？」

「いいのですか？」

「俺と一緒なら、という条件付きだが。おまえもこの国の王妃らしく馬に慣れ親しむ頃合いかもしれない」

嫁いだ当初、乗馬の練習がしたいと口にした時、彼は当時のエデルの体の細さを憂慮し許可しなかった。それを思うとずいぶんな進歩だった。

先ほどオルティウスが口にした通り、今日は騎士たちの稽古に参加するため時間を空けたのだ。王立軍の上に立つのはオルティウスでもあるため、彼は定期的に訓練に参加している。

体を動かすことが好きなオルティウスは、今日の稽古を楽しみにしていた。そのためこのような提案をしたのかもしれない。

だが、幼なじみ兼側近にしてみればオルティウスの提案は別の意味に聞こえたらしい。

ガリューは「まったく。デートに誘いたいのなら乗馬ではなく城下散策など他にも色々とあるでしょうに」と訳知り顔で首を振っている。

「別に俺はそういう意味で言ったわけではない」

オルティウスは苦虫（にがむし）を噛（か）み潰したような顔をガリューに向けたあと、エデルの手を取った。

「ガリューはすぐに茶化すからかなわない」

そう零（こぼ）すオルティウスはしかし、友人相手の気安いやり取りを楽しんでいる節もある。

エデルは政務の合間のこのような時間が愛（いと）おしくて、繋（つな）いだ手をぎゅっと握った。

第一章

一

その年の夏の盛り、エデルは元気な男児を出産した。黒い髪にほんの少し紫色が混じる青い瞳の赤ん坊は、生まれた直後に大きな産声(うぶごえ)を上げ勢いよく乳に吸い付いた。その生命力あふれる様子に、侍医も女官も目を細めて喜んだ。

王家に古くから仕(つか)える侍従は「小さい頃のオルティウス様にそっくりでございます」と懐かしそうに目じりを和らげた。

王太后ミルテアは赤ん坊を前に瞳を潤ませ、リンテと双子の弟ルベルムは甥(おい)の誕生を純粋に喜んだ。

生まれた息子はフォルティスと名付けられた。

フォルティスが生まれた日、城下ルクスの街では国王より祝いの酒と食料が振る舞われた。各地方を治める領主もそれに倣い、文字通り国民が王の息子の誕生に沸いた。

王子誕生を祝うため、夏以降多くの使者たちが献上品と共にルクスに参じ、それらの品々で広間が埋まるほどであった。

我が子を産み落としたあの夏の日、エデルはあまりの嬉しさに瞳から涙を零した。この身に訪れた幸福に感謝した。この小さな命を守ろうと決意した。

エデルはオルティウスの計らいでフォルティスを取り上げられることなく過ごせることになった。

もちろん乳母を始め世話係は大勢いる。

だが、ミルテアの時のように息子と離されるわけでもなく、王妃としての公務と両立する形で子育てにも関われることになった。そのことがとても嬉しかった。

夕食を終えたあとのひと時をフォルティスと過ごすのが最近のエデルとオルティウスの日課である。

「変わりはないか？」とオルティウスが乳母に問いかけると、すでに子を三人ほど産んでいる乳母は静かに頷いた。

エデルはゆりかごの隣で縫い物をしていた手を止めた。

フォルティスはもう間もなく眠る時間だ。子守唄を歌うと、小さな口をふわふわと開けあくびをする姿が愛らしい。

オルティウスがゆりかごの中を覗き込む。

「機嫌がいいみたいだな」

そう言って微笑んだ彼は慣れた手付きで息子の頭を優しく撫で、抱き上げた。生まれた当初こそ少々危うかったが、今ではすっかり堂に入っている。

「しばらくおまえの顔が見られなくなるな。次に会う時はどれだけ大きくなっているか」

まだ言葉を理解していない生後数か月の我が子は、父を見上げきょとんとしている。

エデルは父子の様子をおっとり眺めた。普段凜々しい彼がフォルティスを見つめる時、柔らかく瞳を細めるのだ。それを見るのが大好きだった。

「早く大きくなれ。一緒に馬を走らせよう」

「オルティウス様、気が早いですよ」

彼は早くフォルティスに乗馬を教えたくてたまらないのだ。騎馬民族の流れを汲むオストロムでは今でも男女問わず馬を駆り弓を引く文化が継承されている。

「だが、臣下のほうがもっと気が早い。すでに何頭もの馬がフォルティスのために献上されている」

オルティウスの言う通り、フォルティスの誕生祝いとして駿馬の産地と名高い地域から競うように馬が献上された。あまりの多さに城の厩長が悲鳴を上げるほどだった。

「昨日初めて馬に乗せてもらいましたが、いつか親子三人で乗馬ができたらいいですね」

「その時はもしかしたら子供が増えているかもしれない」

オルティウスの返しにエデルは顔を赤くした。確かにその可能性だってあるのだ。

「フォルティスの乗馬も、実際に始まると心配してしまうのだろうが……。けれど、息子と並んで馬を駆けるのは楽しいのだろうな」

オルティウスが腕に抱く息子の額を撫でた。彼が何を危惧しているのかエデルにも分かる。

しかし、だからといってフォルティスから乗馬の機会を奪うわけにはいかない。この国を率いていく者として、必要不可欠な素養である。それは彼の弟ルベルムにも言えた。彼は現在、騎士見習いとして寄宿生活を送っている。送り出した当初こそ沈みがちだったミルテアは、フォルティスが生まれたこともあり、最近ずいぶんと明るくなった。

エデルは立ち上がり夫と息子の側(そば)へ寄った。

「わたしは……オルティウス様の遠征も心配です。野盗退治とはいえ、油断はなさらないでください」

「ああ。分かっている」

近々オルティウスは隊列を組み、野盗の討伐に出向くことになっている。

オストロムの主要街道に傭兵(ようへい)崩れの野盗が出没するようになったのは数か月前のこと。その地方の領主が持つ騎士隊では埒(らち)が明かず、王の元に陳情が来たのである。

「春になればアマディウス使節団が到着し、各地への慰問もあるからな。最近平和で王立軍の将軍らが騎士たちの緩みを嘆いていた。いい訓練になるだろう」

「オルティウス様がお強いのは重々承知しているのですが、それでも……心配なのです」

「結局のところ、親しい者たちの心配をしてしまうのは性というわけか」

それが愛おしい人であればなおさらだ。心を強く持たねばなるまい。そう胸に抱くのは夫婦一緒のようで、二人は視線を絡め微笑み合う。

フォルティスが両親の会話などまるで気にも留めないとでも言うように、ぐずりだした。

どうやら眠気が襲ってきたらしい。

オルティウスが息子をあやすように腕を軽く揺らす。エデルが子守唄を歌い始めると、うとうとし始めた。

自身が母から聞かされた祖国の唄だ。記憶もおぼろげだったこの唄を教えてくれたのはエデルの祖国ゼルスに縁を持つルクスに住まう女性だった。

何度か繰り返し歌うとフォルティスは目を閉じ、夢の中へ旅立っていった。

寝付いたばかりでゆりかごの中に戻すとその拍子に起きてしまうため、しばらくオルティウスの腕の中で様子を見守る。

すうすうと寝息を立てる息子を前に、二人は視線を絡め穏やかに微笑んだ。どうやら寝入ったようだ。

「エデルの子守唄を毎日聴けるとは、おまえが羨ましいな」

ゆりかごに戻したフォルティスの頭をオルティウスが優しく撫でた。

オルティウス率いる王立軍の精鋭部隊がイプスニカ城に帰還したのは十六日後のことだった。

ルクスから東へ伸びる大街道沿いに根城を張っていた傭兵崩れの野盗集団を掃討し、凱旋したオルティウスらを出迎えるため、多くの者たちが城門付近へ出向いた。国民にとっては王の姿を見るまたとない機会である。

甲冑を身に着けた凛々しい王の騎乗姿に娘たちはうっとりし、少年らは憧れの眼差しを送る。

イプスニカ城でももちろん家臣らが王の帰還を出迎えた。その中にはもちろん王妃や王太后、王妹の姿もあった。

簡単な帰還の儀を終えたオルティウスは重苦しい甲冑を脱ぎ、簡素な騎士服のままエデルたち家族の側へ近寄った。

「無事のご帰還、嬉しく思います陛下」

「堅苦しい挨拶は先ほど済ませたのだから、もっと砕けていいぞエデル」

久しぶりに会った妻を前に驚くほど浮足立っている。白銀の髪を緩やかに結い上げ、厳寒に耐えられるよう、厚手の布地で仕立てられたドレスを身に着けるエデルは今日も楚々とした美しさを湛えている。

「おかえりなさいませ、オルティウス様」

「ああ。今帰った」

はにかんだエデルが愛らしく、つい彼女の目じりに唇を寄せる。人目もはばからないその行動に彼女のほうが硬直し、少しだけ瞳を潤ませてこちらを見上げる。どうやら無言の抗議らしいが、いかんせん逆効果だ。このまま攫ってしまいたい衝動に駆られる。

今日くらいこのまま寝室に籠っても誰も文句は言うまい。そのような考えが頭をかすめた矢先、「陛下」と呼ばれた。

宰相以下、重臣たちである。どうやら彼らは遠征帰りのオルティウスをすぐにでも働かせたいようだ。

「少しくらい休ませろ」と圧をかけ、一時間ほどの休息をもぎ取り、家族に改めて帰還報告を済ませれば、今度はこちらの番だとばかりに政務が待ち受けていた。

不在にしていた間の諸々を宰相以下家臣らと情報共有し、重要書類に目を通していればあっという間に夕暮れ時になった。

　重要度の高い決議案の処理を終えたオルティウスは凝り固まった首を回した。

　静まり返った空気をふわりとかき混ぜるかのようにガリューが水を向けてきた。

「今回の野盗討伐が上手(うま)くいったおかげでカミエシナ産の岩塩の強奪(ごうだつ)被害もなくなりますね」

「ああ。野盗どもに奪われていた岩塩は見過ごせない量になっていたからな。彼らと結託していた密売人たちの摘発はどうなっている、ヴィオス」

「ええ。すでに役人らが捕縛に向かっています」

　ヴィオスは生来の気真面目さを発揮し、現時点での成果をいくつか述べた。

「しかし、過ぎたこととはいえ、オルティウス様自らが隊列を率いることもなかったでしょうに」

「相手が野盗だろうと容赦はしないという姿勢を見せておけば抑制になるだろう」

　元は傭兵であった件(くだん)の野盗は、それなりの手練(てだ)れだった。地方領主の持つ騎士団が梃(てこ)摺(ず)ったため、国王軍へ援軍が要請された。

　被害に遭うのは東へ延びる主街道を行き来する商隊列で、扱う品の大半は岩塩である。ルクスから見て北東にあるカミエシナの地には岩塩の採掘場がある。この地は古い時代から王家の直轄領として治められており、ここで採れた岩塩は陸路や海路を経て輸出される。

塩は重要な産物で、多くの利潤をオストロムにもたらす。そのため、王家は塩の取引を厳重に管理している。国が許可した商人以外、カミエシナ産の塩を扱うことはできない。

そのような大切な岩塩を野盗は奪い取り、横流ししていた。

今回オルティウスが直々に討伐に出向いたのは、見せしめのためでもあった。

カミエシナから産出される岩塩は国王のものであると知らしめたのだ。捕縛された野盗だけではなく、塩の密売に加担していた者は厳罰に処されることになる。

「街道沿いの治安維持は急務だな」

戦が続いた近年、内政はどうしても後回しにせざるを得なかった。だが、一昨年の反乱を最後に国内は安定している。

オルティウスとしても、しばらくの間は国内の諸問題に目を向けたい。

「各領主の受け入れが前提ではありますが、王立軍の定期的な国内の巡回を次の会議で提言されてみてはいかがでしょうか」

「そうだな。ルクスと地方の騎士、双方にとっていい刺激になるだろう」

「先の話よりも、もうあと少ししたら私が北へ向かいますからね。その時はぜひ手練れたちを護衛につけてください」

「自分の身くらい自分で守れる腕を持っているだろう、ガリュー」

オルティウスは片眉を持ち上げた。ガリューは汗臭い努力を見せたがらない。女性との浮名を流すことも多い彼だが、先日の模擬試合からも分かる通りオルティウスに引けを取らないほどの剣の使い手だ。

「まあ、私一人でしたら別に構いませんがね。今回は北の港に到着するアマディウス使節団を出迎える役目がありますので。枢機卿の他に修道女も随行していますし、彼女たちが安心してルクスへ参ることができるよう気を配るのも私の役目かと」

「分かっている。彼らが道中安心できるよう、王立軍と俺の近衛騎士の中から護衛隊を選りすぐっておいた」

「それは心強い」

「だがおまえのことは知らん。自分の身は自分で守れ」

「酷いですよ、オルティウス様」

大げさに嘆く友人を置いてオルティウスは執務室を出た。その実力は近衛騎士にも引けを取らないというのに、ガリューはどうしても優男の体を崩したくないらしい。

世間ではこのような男のほうが人気なのか、などと考えた。そのような思考になるのは、己に愛する者ができたからだろうか。

「今日は久しぶりに三人で酒でも飲みましょうか」

「いや、俺はエデルのところに行く」

「まったく。家庭を持つと途端に付き合いが悪くなる。これは由々しき事態ですよ」

「そういうおまえも、どうせ通う女性がいるのだろう？」

ガリューの誘いを断ったオルティウスが尋ね返すと、彼は意味深に笑みを深めた。

結局両者共にのろけではないか、と嘆息したのはヴィオスだった。

二

アマディウス使節団のオストロム来訪。

それはエデルの父であるゼルスの国王より届いた親書に端を発した。

ゼルスの王は娘の出産祝いにと、権威ある教区からオストロムに枢機卿を招致したのだ。

最初にその書簡を読んだレイニーク宰相は驚きに目を丸くした。何事にも動じない寡黙な彼が感情を表に出すこと自体が珍しいことだった。

だが、それはオルティウスも同じで、「アマディウス教区はゼルスの西の隣国の、あの辺り一帯では何度も聖皇王(せいこうおう)を輩出した大変に権威ある教区だ」と頷いた。

大陸の多くの国で信仰されている聖教。発祥の地とされる場所には現在、どの国にも属さない不可侵の都市国家が建てられている。その地は信仰の中心地として、数多の聖遺物が保管されているだけでなく、聖教庁が置かれ、信徒を統べるあらゆる議題が決議される。

この都市国家を統べるのが聖皇王。聖教の実質的な代表である。聖職者は婚姻を禁じられているため、この座は世襲ではなく、推薦された候補者の中から投票によって選出される。

そして枢機卿とは聖皇王直属の部下でもある。

オストロムの民たちが聖教に改宗したのは今から約二百年前のこと。その頃は宣教師らが盛んにこの地を訪れていた。

国として成熟した現在、各教区間の交流はあまりなく、この国の教区の聖教中央での発言権は決して強くない。現にオストロムには聖皇王の選出に参加できる選挙権を持つ枢機卿が一人もいない。

「まさか、あのゼルス王がエデル様のために枢機卿を派遣されるとは」

そう率直な感想を漏らしたのはガリューだった。

彼の意見はもっともだ。エデルの父である、かの王は娘に対して無関心としかいいようのない態度を貫いていた。彼女はゼルス王と王妃との間に生まれた娘ではない。王と愛妾（あいしょう）の間に生まれた娘だった。

　王は寵愛（ちょうあい）した女との間に設けた娘の養育を正妃であるイースウィアに任せた。

　イースウィアは夫の寵愛を奪った女を激しく憎み、その対象は娘であるエデルにも向かった。その厭悪（えんお）は尾を引き、結果幾度もエデルの命が危うくなったことは記憶に新しい。


　現在、その女はゼルスの北の地に幽閉されている。イースウィアが表舞台から退（しりぞ）き、オルティウスは密（ひそ）かに安堵（あんど）した。

　どうにもゼルス王は家庭への興味が薄い。そのように感じるのは己が妻を持ち、子を持ったこともあるだろうが、エデルのおかげで長年ぎくしゃくしていた母親との関係が改善されたのも大きいだろう。

　今回の件はゼルス王なりに思うところがあったのか、娘に対して情の一つでも持ち合わせていたのか。真意は分からない。

　エデルに知らせると、彼女も目を丸くしてしばし呆然（ぼうぜん）としていた。それくらい、父と娘の間には距離があったのだろう。

　彼女は最初の驚きから立ち直ると「オストロムの聖職者たちにとっては明るい報（しら）せになりますね」と王妃らしい感想を口にした。

　オルティウスとしても王妃の伝手（つて）だと喧伝（けんでん）できるのであれば悪くはない話だと考え、

ゼルス王に返事をしたためた。

　それから数か月、両国の文官が何度も文(ふみ)を交わし合い詳細を詰めてきた。

　大陸北に位置するオストロムは国の北側を海に面している。クライドゥス海と呼ばれ、貿易港を抱えた商業都市が点在し栄えている。

　彼ら使節団はその海沿いを船で移動し、オストロムへ入ることになっている。アマディウス教区は内陸地にあるのだが、河をくだり海岸沿いを船で移動する。数十人規模の使節団のため、そのほうが都合がいいのだ。

　オストロムに到着後は陸路になるため、先導役としてガリューに白羽の矢が立った。

　出立(しゅったつ)は、三番目の月に入って十日ほど経過したある日のことだった。

　ガリューの他、文官や聖職者も同行し護衛隊も合わさり、人数が膨らんだ。

「それでは行って参ります。陛下」

「ああ、任せたぞ」

　ガリューが頭を下げると、肩よりも少々長く伸びた髪がさらりと前に落ちた。

　賑(にぎ)やかな彼が不在となると物寂しくもあるが、彼だからこそ安心して任せられる。その信頼を分かっているとばかりにガリューは笑みを深めた。

　オルティウスは城から出発した隊列を見送った。

　ルクスを吹く風はまだ冷たいが、陽(ひ)の光の中に柔らかさが増したように思える。

ガリューが帰還する頃には一段と暖かさが増しているだろう。

三

「エデル妃殿下、ここの場所の縫い方を教えてくださいませ」

「まあ、ずるいですわ。わたくしも妃殿下にご教授願いたいのに」

明るい室内に響くのは少女特有の高い声。暖炉に火が入れられ、春の風景が描かれたタペストリーに彩られる室内には十人ほどの少女が集い刺繍に励んでいる。

王城の奥、ミルテアやリンテの住まいからほど近いその部屋でエデルは隣に座る少女から話しかけられていた。

「質問があれば順番に答えるから、皆仲よくね」

「はい。妃殿下」

少女たちは十歳から十五歳ほどの年頃で、城に出仕する家臣の娘たちだ。リンテの話し相手として昨年から定期的に城に呼ばれている。

エデルは時間が合えば少女たちの集まりに参加していた。彼女たちはもうあと数年もすればオストロムの社交の場に出てくるだろう。今から交流を深めておくことは悪いことではない。

　エデルが質問に丁寧に答えると、少女が頬を紅潮させ「ありがとうございます、妃殿下」とお礼を言った。

　その近くでは別の少女がリンテに話しかけている。

「リンテ様、とてもお上手ですわね」

「本当ですわ。刺繍糸の色選びもセンスが光っていらっしゃいますわね」

　少女のうちの一人が褒めはやすと、次々と追従の言葉が続いた。

　リンテは顔に笑みを張り付け「ありがとう」と応対している。

　会話に集中すると手がおろそかになり、刺繍に集中すると黙り込んで場の空気が重くなる。同世代の娘たちを取りまとめる能力も王家の娘には必須だ。ミルテアの意向もあり開催されている集まりだが、リンテは早々に音を上げた。

　それというのも――。

「もうすぐ、アマディウス使節団がルクスに到着されますわね。王家の皆様はマラート枢機卿の説教をお聞きになられるのですか？」

「枢機卿を歓待するのですもの、ルベルム殿下もお戻りになられる予定ですの？」

　一人の少女が切り出すと、期待に満ちた視線が一斉にリンテに注がれた。

「……ええ。その予定だとお母様がおっしゃっていました」

「まあ！」

リンテの答えに少女たちが一斉にどよめいた。人数が多いため、かなりの声量である。ルベルムの帰還を知った少女たちは目に見えて分かるくらい喜びを顔に浮かべる。

「マラート枢機卿の説教は、臣下も招待されているのでしょうか」

「ルベルム殿下はどのくらいの日数滞在される予定なのですか」

「ルベルム殿下はリンテ様と仲がよいのでしょう。集まりのようなものは催されるのですか」

ぐいぐいと迫られたリンテは助けを求めるように視線を泳がせた。

目が合ったエデルはどうしたものかと思案した。

この集まりはミルテアが、元気のよすぎる娘に少しでも淑やかさを身に着けて欲しいと願い開き始めたのだが、参加者らは当初の目的とは違った意味に捉えた。

それは将来のルベルムの妃を選定するものではないかという憶測で、招待状が届いた家々は色めきだった。

「ルベルム殿下は現在王立軍所属。訓練を空けるわけにはいかないので、あまり長居はできないのですよ」

エデルが少しばかり声を張って宣言すると、室内からは落胆のため息が漏れ聞こえた。

自分を通して弟のルベルムと親しくなりたいことを隠しもしない娘たちに対し、リンテはやさぐれ気味である。

「それは残念ですわ。けれど、ルベルム殿下が訓練に勤しむのは、ひいてはこのオストロムのためですものね」

誰かが物分かりのよい発言をすると、水面下で少女たちが視線を絡め合い牽制を開始する。

(確かにこれは……殺伐としているかもしれないわ)

リンテがエデルに対して日頃こっそり愚痴をこぼすのも致し方ないのかもしれない。本当はアマディウス使節団の来訪に合わせてルベルムは数日間イプスニカ城に滞在する予定なのだが、余計なことは言わないほうがいいだろう。

でないと、押しかけてきそうな勢いである。

娘たちの今日一番の関心ごとはルベルムの王城帰還だったようで、それが終われば彼女たちは最近仕入れた話題を競うように提供し始める。

ルクスで人気の吟遊詩人を館に招いたのだと誰かが言うと、「その吟遊詩人なら我が家にも招きましたわ」と別の誰かが得意げな声を出し、別の少女は「西側から新しい布地を取り寄せましたのよ」と話題を掻っ攫う。

刺繍の会とはいえ、真面目に針だけを動かすのではなく同世代の少女たちとの交流が目的だ。

たっぷり三時間ほど過ごし、少女たちが帰宅の途に就いたあと、リンテは「あああ～、今日も疲れた」と盛大にため息を吐いた。

「仲良くなれそうな子はいる？」

「どうかしら。皆わたしよりもルベルムと仲良くなりたいのよ」

リンテは素っ気なく答えた。

確かにその片鱗は見てとれたため、否定はできない。

二人はそれぞれの部屋に戻る道すがら会話を続ける。

「わたし、やっぱり刺繍よりも体を動かすほうが性に合っているわ。いいなあ、ルベルムは騎士団に所属できて。わたしもパティエンス女騎士団に入りたい」

リンテはむうっとむくれた。大人になるにつれ、色々なしがらみを理解しつつある。母親と意見が食い違い喧嘩になることもあると聞いている。

「どの立場でだって騎士の心得を持っていれば、強くあれるわ」

そうでしょう、とすぐ背後に従う己の騎士に目を向けると、心得た女騎士クレシダが首肯した。

リンテは憧れの騎士の仕草にそれ以上何かを言うことなく、エデルの手をぎゅっと握りしめた。

　フォルティスを寝かしつければ、その後は夫婦二人きりの時間となる。

眠る前にオルティウスとその日あった出来事を話す。これは結婚後から続いている二人の日課でもあった。

　エデルはリンテと一緒に刺繍の会に出席したことを話した。

「あれは大人しく刺繍に励んでいたのか？」

　オルティウスの中でリンテは体を動かすことのほうが大好きだとの認識があるため、今も少しばかり眉を寄せている。

「ええ。最近ではリンテもずいぶんと刺繍の腕が上達しました」

「母上曰く、元気がよすぎてもう少し大人しくして欲しいとのようだが」

「活発なのもリンテの美点です」

　どうやらオルティウスはミルテアとも定期的に交流を行っているようだ。結婚した当初、二人の間には過去に起因した壁のようなものがあった。過去のわだかまりがとけた二人はこれまでの疎遠を埋めるように、家族の時間を共有するよう努めている。最初は何を話していいのか互いに探るようなぎこちない会話だったが、最近ではそれも取り払われてきている。

リンテの元に集められた話し相手の少女たちのお目当てがルベルムであることをそれとなく明かせば、オルティウスは「まだ年端もいかないというのに、女という生き物は恐ろしいな」という感想を口にした。

「おそらく彼女たちの両親の意向もあるのでしょう」

「そうだな。ルベルムの妃か……」

オルティウスが黙り込む。もしかしたら、彼は彼でルベルムの妃候補を定めているのかもしれない。王家に生まれた以上、結婚は個人の感情よりもその時の政治情勢が優先される。

エデルは本来、人質同然にオストロムへ嫁してきた。祖国ゼルスとオストロムの間に戦が起こり、負けたゼルスに対しオストロムが王女を所望（しょもう）したからだ。

「ルベルムにはまだ早いお話ですね」

「いや、そうでもないぞ。気の早い者たちはすでにフォルティスの妃は誰がよいかなどと話している」

「まあ……」

さすがに絶句するしかない。

オルティウスも苦笑を禁じ得ないようで「冗談とも本気とも分からないが、今から熱心なことだ」と言いながらエデルの白銀の髪の毛をもてあそぶ。

（国王の息子ともなると色々と大変なのね……。ということは、オルティウス様が赤ん坊の頃も同じようなお話があったのかしら？）

周囲は様々な思惑を持っていたに違いないが、巡り巡って今の自分たちがある。人の縁とは不可思議なものだ。

オルティウスはエデルを自身の膝の上に乗せた。

「せっかく友人を得る場だというのに、お目当てがルベルムではリンテは面白くないだろうな」

刺繍の会にはミルテアの意向もあり、娘らしい趣味を持った少女たちが集められている。彼女たちの関心ごとは武芸や馬術ではなく、きれいな絵画を眺めたり、刺繍の腕を磨いたり、教養を深めるため外国語を学んだりという内向的なものだ。美しい絹織物や外国由来の珍しい宝石などに興味を持ち、エデルのドレス姿をうっとり眺めていた。

「リンテのいいところを知れば、おのずと打ち解けると思うのです」

「いいところ……乗馬と剣の腕か」

「素直で明るくて優しい子ですよ」

オルティウスの妹への評価に、エデルはくすくすと笑った。きっと兄が妹の印象にこの二点を挙げたことを知れば、リンテは驚きながらも喜ぶだろう。

「母上の思惑とは反対に、リンテは未だに騎士になりたいと言っているのだろう？」

「リンテも様々なことを分かっています」

エデルは穏やかな目でオルティウスを見つめた。

彼女は自身を取り巻く環境も立場も理解している。ただ心がまだ追いつかない。だからミルテアと衝突をしてしまう。難しい年頃に差しかかっているのだ。

「エデルはリンテの味方なのだな」

「わたしはリンテのおかげでイプスニカ城に早く溶け込むことができました。できることなら……あの子の味方になりたいのです」

「おまえが味方ならリンテも心強いだろうな」

「彼女にはもう少しだけ、時間が必要なのです」

「さすがにまだ政略に使おうという声も出ないから大丈夫だ」

オルティウスはエデルの頬に手を滑らせながら頷いた。

その言葉を聞いてほっと胸を撫で下ろす。

「時折妬けてしまうくらいにおまえたちは仲がいいな」

手の甲に唇を押し当てながらそのようなことを言われてはたまったものではない。彼の率直な愛情表現を受け取ると未だに胸の鼓動が速まる。

もしかしたらこの近しい距離では彼に気付かれているかもしれない。

まだ夜は冷えるが、彼の胸に体を預ければぽかぽかと温かく、エデルはそっと瞳を閉じた。

四

今年は例年に比べると雪の降る量が少なかった。大陸の北に位置するオストロムではあるが、人の背丈を超えるほどの雪が降り積もるのかといえばそのようなこともない。

大陸の北に面するクライドゥス海のさらに北には、大きな島々があり、その最北まで行くと、寒さで木々が育たず、一年の大半が氷に閉ざされているのだという。書物で習っただけのエデルには想像もつかない話だ。

三番目の月も後半になると、人の往来が活発になりルクスを訪れる人の数も増える。ただ今年の冬に限って言えば例年以上にルクスを来訪する使者や商人は多かった。国王オルティウスに初めての子が生まれたため、祝辞を届けようという人々が季節を問わずに集(つど)ったからだ。

「ねえお義姉様。今日の宴(うたげ)で面白いお話をたくさん仕入れてきてくださいね」

夕暮れ前のひと時、期待を込めた声で話しかけてきたのはリンテだ。エデルは鏡越しに義妹（いもうと）と視線を合わせた。

「面白い話？」

「はい。今日の宴には外国の使者や大商人たちも参加するのだと聞いています。何か珍しい話があれば、次の刺繍の会で話題に困らないかなって」

鏡の中で、栗色（くりいろ）の髪を二つに結んだ少女がこくりと頷いた。同時にぴょこんとりぼんから垂れ下がった髪が尻尾のように動いた。

「分かったわ。外国で流行（はや）っていることを聞いてみるわね」

「ありがとうございます」

エデルは鏡越しに頷いた。鏡台の前に座ったエデルの白銀の髪を王妃付きの侍女たちが手際よくまとめ上げる。

イプスニカ城では定期的に宴が催される。この席に呼ばれるのは外国からの特使やご機嫌伺いに訪れた地方領主、貿易同盟を結ぶ大商人など多岐にわたる。

「できれば手に汗握る冒険話がいいです」

リンテがぐっとこぶしを握った。確かに長旅をしてきた使者や商人であれば何かしらの冒険話もあるかもしれない。

話をしているうちに支度が整いエデルは立ち上がった。大粒の宝玉をあしらった耳飾りや首飾りの重さにもずいぶんと慣れてきた。

「そういえば、お母様もこの間祖国の使者とお会いになったのですって」

リンテとは途中まで一緒だ。並んで歩く道すがら、ミルテアの近況を聞いた。王太后の元にも頻繁に謁見希望者が訪れる。王族という立場であれば当然のことで、エデルもフォルティスを産み幾分落ち着いた頃から、オルティウスと共に謁見の儀に臨んでいる。

「せっかくオストロムの地理を勉強しているのだから、わたしも色々な人と会ってみたいわ。王城の奥に閉じ込められるのはたくさんよ」

「もう少し大きくなったらリンテもわたしたちを手伝ってね」

「もちろん！」

元気よく答えたリンテとは途中で別れた。


王城の内回廊を歩いていると、オルティウスと出会った。どうやら迎えに来てくれたようだ。その優しさにはにかむと、オルティウスが手を差し出してきたため、自分のそれを重ねる。

エデルは精悍な夫の姿に目を細めた。しなやかな体躯は上等な漆黒の上下に包まれている。佇む姿それだけで圧倒的な存在感を放っている。

「今日も美しいな」

「ありがとうございます。オルティウス様もその……本日も素敵です」

毎日彼の腕の中で眠っているというのに、未だにオルティウスを目にすると見惚れてしまうのだ。この美しくも威厳ある王が夫なのだと、信じられない自分がいる。

ふと、オルティウスの顔が近付いてきた。

だが、唇が触れるかどうかという寸前で、ゴホン、と咳払いが聞こえた。

女官長であるヤニシーク夫人がわざと音を出したのだ。

オルティウスがじろりと夫人を睨みつけたが、彼女はどこ吹く風である。

一方のエデルは顔を真っ赤に染めていた。夫婦の他愛もない触れ合いですら心を騒がせ、今も胸の鼓動が漏れ聞こえてしまうのではないかというくらい早鐘を打っている。

（平常心……平常心……）

心の中で唱えつつ、何度か小さく深呼吸する。

幸いにも大広間に到着する頃には、心臓の鼓動も正常に戻っていた。

長テーブルの上には温められたぶどう酒や塩漬け肉のスープ、たっぷりの肉入りシチュー、鶏肉のパイ包みなどが所狭しと並んでいる。

招かれた客人たちの来歴は様々だ。領地を賜る領主や大街道にいくつも拠点を持つ大商人や外国からの使者などである。中には妻や跡取り息子を帯同させている者もいる。

このような人の多く集まる場所にもずいぶんと慣れつつあった。

　エデルは近くの席に座る人物に話しかける。濃い灰色の髪の男性で、北西の海沿いに位置する商業都市からの使者である。彼は王妃から話しかけられたことに喜び、ぶどう酒でやや赤くなった顔を緩めた。

　彼はまず出産祝いを述べた。それに返事をしたあとは世間話へと会話が移る。

「船旅はいかがでしたか。この季節、風が強く船が揺れることもあるのだと聞き及んでいます」

「まあ慣れたものですよ。道中で名物料理を食せるのも、この役目のよいところでございます。オストロムに入国し、ルクスへ南下する旅路も例外ではありませんでした」

「そうそう、この人ったら泊まる街々でお酒を飲みすぎて、まだ寒い夜空の下で眠りこけるのですもの。あやうく凍死しかけるところでしたわ」

　と、彼の奥方が茶々を入れ、その場で笑いが湧き起こった。

　北の都市からルクスへと通じる街道はオストロムを支える重要な道筋だ。それぞれの街の様子を商人を通じて聞くことも大切な情報収集の一環だ。

「――とまあ、わたくしめの話はここらへんにしまして。そういえば、もう間もなくアマディウス教区から枢機卿が到着されるのだとか。オストロムにとって名誉なことでございましょう」

「そうなのです。わたしの父、ゼルスの国王陛下が両国の親睦を深めるためにと、派遣に尽力くださいました」

エデルは頷いた。そろそろ北の港町に船が到着する頃だろう。到着した使節団はその後街道を南下し、ルクスへ入る。道中、いくつかの街で大司教との接見の場を設けることになっている。もとより大所帯での移動のため、無理のない行程を組んでいる。

「わたくしめも一度だけマラート枢機卿猊下にお会いしたことがございますよ。少々鋭い風貌をされているので、心の奥底まで見透かされそうでドキリとしたものです」

「まあ、あなたは何か後ろ暗いことでもあったのかしら？」

と、今度は奥方の追及が始まりそうになり、彼はごほんと咳払いをした。

「マラート枢機卿のような御方をこの地に派遣させるとは、ゼルス王は抜け目ないですなあ。祝いに乗じて娘婿であるオルティウス国王陛下に己の影響力の強さを見せたのですから」

灰髪の商人はぶどう酒を呷った。その礼を欠いた発言に奥方が夫の肩を揺らした。

エデルは穏やかな声で応じた。

「ですが、この国の民や聖職に就く者たちは喜びますわ」

「それに王妃の伝手だと喧伝できる」

エデルの隣に座るオルティウスが会話に加わった。彼は今まで別の人間と話していたはずだが、意識をこちらにも向けていたようだ。

「我が国の聖職者も我が妃に一目置くだろう。そう思えば悪くはない」

突然の王の言葉に、灰髪の商人が再びぶどう酒の杯を口へ持っていく。彼の妻がそれに対して見咎めるような視線をやったあと口を開く。

「ゼルス王は娘想いでいらっしゃいますわね。エデルツィーア妃殿下は故国では白い薔薇と謳われていたのだとか。こうしてご尊顔を拝しまして、その眩しさにひれ伏す気持ちですわ」

「おだてすぎですよ」

「いいえ、本心でございますわ。ご姉妹で舞踏会にご出席されれば大広間中の殿方を虜にしてしまうことでしょう」

商人の妻は、夫が少々言い過ぎたのではとの不安からエデルをたっぷり褒めたたえた。オストロムの国王が妻を大事にしていることは市井にも伝わっているからだ。

「確か、妹君はヴォールラム都市国家に嫁がれたのですわね」

「……ええ。妹のエデル・ウィーディアのことですね」

「姉妹揃って似たような名前とは、幼少時はさぞ混乱されましたでしょう」

「……そうですね」

エデルはかろうじて微笑を湛えたまま頷いた。

ややこしい名前の裏には事情がある。本来エデルが妹で、姉ウィーディアの身代わりとしてオストロムに嫁いできたからだ。

姉とは母が違う。彼女とはゼルスを出たのち疎遠になっており、結婚の事実も今知った。驚きを呑み込み、話を合わせたが気付かれずに済んだだろうか。

「今でも手紙のやり取りはされていらっしゃるのでしょうか」

「……」

エデルは今度こそ口を閉ざした。何か言わなくては、と思うが上手く口が動いてくれない。

「ルクスは内陸の都市ゆえ、目新しい話が届きにくい。何か西側で流行っている話などないものだろうか」

オルティウスの声が周囲に響いた。この気まずい話題を逸(そ)らそうとしてくれたのは明白だった。

王の言葉に客人たちがざわついた。王の歓心を買えば褒美を賜る可能性もある。再度の謁見が叶(かな)うかもしれない。それぞれが思いを巡らせ、我先にと話し始める。

それらは多岐にわたった。流行っている歌や芝居、各地域の特産品など。それぞれ、これは、という話を披露する。

(リンテへのお土産話になるかもしれないわ)

エデルは彼らの繰り出す話題を熱心に聞いた。

そのうち話題は噂話へと移り変わった。各地域や国で起こった事件などが口に上るようになる。

「最近、北部都市を中心に女が無残に殺される事件が多発していましてな」

一人の男がそのようなことを語り始めた。宴の場に似つかわしくない内容に、幾人かの婦人が眉をうっすら寄せた。しかし、ぶどう酒をたらふく飲み、適度に酔いが回った声の主が気付くことはなかった。

男は衆目を集めたことに気をよくしたのか、饒舌に語った。

それは、オストロムの西側の国、クライドゥス海沿岸部を中心に広く噂になっている連続殺人。というのも一連の被害者はいずれも女性のみ。しかもその誰しもが心臓を杭で打たれ、血まみれで壁や床に張り付けられているのだという。

「恐ろしい殺人鬼の跋扈に、あの辺りでは娘の一人歩きが禁止された街もあるのだとか」

「本当に恐ろしい話だわ。おちおち安心して寝られやしないったら」

「犯人の目星はついていますの？　被害者の女性たちに共通点はないのでしょう？」

さざ波のように噂話が広がっていく。どうやらクライドゥス海沿岸を拠点にする人々の間ではすでに有名な話らしい。噂の通り、被害者の女たちに共通点は見つからず、年齢や身分の上下も関係ない。それゆえ次は誰が狙われるのか沿岸部の街や村の女たちは戦々恐々としているのだという。

「ひとところに留(とど)まらない連続殺人……。そのおかげで我ら商人が疑われる事例もあり、困っておりますよ」

王都ルクスから遠く離れた凄惨な事件にエデルは胸を痛めた。体が強張(こわば)っていることに気付いたのであろう、隣に座るオルティウスがエデルの背中に腕を回し安心させるようゆっくり上下にさすった。

「いつまでもこのような暗い話ではせっかくの料理がまずくなります。どうですか、わたくしが連れてきた吟遊詩人に一曲歌わせてみるのは」

誰かが言うと賛同の声が次々に上がった。

やがて大広間にリュートの音が響き始めた。

宴を辞して寝支度を整えたエデルはぼんやりと窓の外を眺めていた。

篝火(かがりび)の炎がぼんやりと揺らいでいるのが見える。

「そのような場所に立っていては冷える」

声と共に体が後ろに引かれた。オルティウスである。彼は温めようとするかのようにエデルの腹に腕を回した。

「少し……考え事をしていました」

「考え事？」

「いえ……大したことではないのです」

そっと囁くとオルティウスが押し黙った。

彼は何も言わずにエデルを抱きかかえるとそのまま寝台の上へ連れていった。

燭台に灯るろうそくの炎が燃える音が聞こえた。

先ほどまでの宴の喧騒が嘘のように感じるほど静かな夜だった。

「おまえはこの国の王妃だ。何も気にすることはない」

「……はい」

衣擦れの音に紛れた小さな返事は彼に届いたのかどうか。

かつて、エデルは姉の身代わりとしてオストロムに嫁いできた。この婚姻は、本当は姉が受けるはずのものだった。

彼女は辺境の地と揶揄されるオストロムへ嫁すことを厭い、その役目をエデルに押し付けた。

姉ウィーディアとしてオストロムの王オルティウスと結婚したエデルだったが、その正体は早々に彼と、その側近に露見した。

姉妹とはいえ、自分たちに流れる血は半分しか繋がっていない。エデルの母親はゼルスの王妃に仕える侍女にすぎなかった。

「わたしの姉は……ヴォールラム都市国家に嫁いでいたのですね」

「……ああ。昨年のことだ。姉とはいえ、おまえを虐げてきた人間だ。思い出させたくなく耳に入れなかった。とはいえ、一国の王女の動向くらい伝えておくべきだったな。すまなかった」

「いいのです。わたしから祝いの手紙を書いても……その……」

　異母姉には幼少時から嫌われていた。否、故国ゼルスには自分の居場所などなかった。父の正妻であるイースウィアは夫の裏切りの証であるエデルを憎んでいた。

　彼女は執拗にエデルの命を狙っていた。オストロムの王座を欲したオルティウスの叔父に手を貸したくらいだ。

「おまえと姉は双子ということになっている。彼女はエデル・ウィーディアとしてヴォールラムの代表議長の元へ嫁いだ。一応、王として祝辞をしたためた書簡は送っておいた」

「色々とありがとうございます」

「エデル、今度城下の視察へ行かないか？」

　オルティウスが話題をガラリと変えた。

「視察、ですか？」

　突然の提案に、何度か目を瞬いた。オルティウスはエデルの背中に回した腕をぐっと引き寄せた。

「ああ。これから春になれば忙しくなるだろう。アマディウス使節団の到着に、国内の各地からもこれまで以上に領主が出てくる。その前におまえと出かけたい」

　オルティウス曰く、結婚して以降ルクスの街を見せる機会がなかった。民の暮らしぶりを直接目にするのもよい経験になるだろうとのことだ。

「というのは建前で、単におまえと二人きりで街を歩いてみたい」

　オルティウスがエデルの瞳を覗き込む。

　二人きりで街歩き。それはとても魅力的な提案で、胸の奥でぱちぱちと嬉しさが弾ける音が聞こえた。

「わたしも……オルティウス様と二人でルクスの街を散策してみたいです。でも、大丈夫なのでしょうか」

「ああ。俺の国をおまえに案内するだけだ。それにガリューに言わせると、恋人というものは二人きりで街に出かけるのだそうだ」

「恋人……？　二人きりで出かける……？」

　エデルが再び目をぱちりと瞬くと、オルティウスが微笑んだ。

「俺たちが想いを伝え合った時、すでに夫婦になっていた。始まりは政略結婚だったからな。それ自体に不満はないが……たまには初心に帰るのも悪くはないだろう」

オルティウスがエデルに覆いかぶさり、唇を塞いだ。彼の大きな手がエデルの額を優しく撫でる。もう片方の手がエデルのそれを敷布の上に縫い留める。

ついばむような口付けが繰り返され、心が緩んでいく。

エデルは彼に身を委ねた。すぐ側にある彼の体温が心地いい。

蠟燭の火が消され、暗闇に支配される。衣擦れの音を耳が拾う。

「夜も更けてきた。そろそろ眠れ」

囁く声に促され、眠りの園へと旅立ち夢を見た。

目の前に白銀の髪の可愛らしい幼子がいた。つやつやのそれにはベルベットのりぼんが結わえてある。締め付けのないゆったりとした子供用のドレスはしかし色褪せもほつれもなく上等なものだと一目で分かった。

――ねえ、あなたがわたしの妹？――

幼子の声に、自分がこくりと頷いたのが分かった。

――わたし、妹が欲しかったの。だって、お兄様はいばりんぼなのよ――

彼女がこちらに手を差し出してきた。その手を取ってもいいのだろうか。おずおずと腕を伸ばすと、ぎゅっと握られた。小さな手は自分の知る母の手とはまるで違ったが、胸の奥がいっぱいになった。

——わたしのことはお姉様って呼んで——

——お姉様？——

恐る恐る復唱すると、彼女は嬉しそうに笑った。

五

数日後、エデルはオルティウスと共にルクスへ降り立った。

彼との約束通り、二人きりの城下散策が実現したのだ。

王妃だとばれないように、簡素なドレスの上から目立たない色の外套を羽織り、白銀の髪の毛をひとまとめにして厚手の頭巾をかぶった。

ちなみにオルティウスは下級騎士のような出で立ちで、腰には剣を下げている。

二人は近衛騎士たちの手を借り、こっそり城の外に出た。一応それぞれを守る騎士がつかず離れずの距離で護衛に当たっているのだが、何事もなければ姿を見せることはないと聞いている。

ルクスの街は活気にあふれていた。天気も良く、肌を撫でる風はずいぶんと柔らかく春の暖かさを纏っている。そのせいか、街を歩く人々の表情も明るい。

　馬車から眺めるでもなく、目的地だけへの訪問でもなく、ただ街中を歩く行為は初めてのことだった。

「とても賑やかなのですね」

「この辺りはルクスの中心部だ。もうすぐ教会の鐘が鳴る時間だ」

　大きな広場の周りを馬車が行き交い、露店が軒を連ねている。人々の合間を縫うように物売りが練り歩き、どこからか肉が焼ける香ばしい匂いが漂ってくる。

　オルティウスの言う通り、大きな鐘の音が聞こえてきた。一時間に一度鳴るため時計代わりでもある。それが鳴り止むと、広場の片隅から大きな声が聞こえてきた。

　何だろうと耳をすませば、それは人形劇の始まりを知らせる口上だった。

　エデルが興味を持ったことに気付いたオルティウスが手を握り、そちらへ足を進めた。

「どうやらオストロムに伝わる昔話らしい。観ていくか？」

「はい」

　まばらに集まる観客に交じり、二人は人形劇を鑑賞することにした。

　人形たちを操る団員たちの迫真の演技力に魅了され、息を詰めて物語の行方を見守った。

　物語の終わりに大きな拍手をすると団員から「熱心に鑑賞してくれてありがとな」と

逆にお礼を言われた。

「オルティウス様はご存じのお話だったのですか？」

「ああ。昔聞いたことがある。オストロム土着の信仰を礎にした昔話だ」

各地の伝承や伝説を聖教に取り込んだ説話なども多くあるそうだ。土着信仰が起源とされている聖遺物なども、地方によっては教会に納められていると、彼が続けた。

通りを眺めたオルティウスは適当な荷馬車を止め駄賃を払い、乗せてくれるよう交渉した。気の良さが窺える中年男性が笑顔で応じてくれた。

のんびりした速度で大通りを進みながら左右に見えるのは食品などを扱う商店だ。この地区でならあの店が美味しい、ルクスの東側のズタヴァ通り周辺に武具屋が集中しているなど、オルティウスが街の様子を教えてくれる。

意外だったのは彼がルクスの街に精通していることだった。率直な感想を漏らすとオルティウスから「少年だった頃、ガリューたちとしょっちゅう寄宿舎を抜け出していた」との返事があった。

「ということは、今寄宿生活をしているルベルムも抜け出したりしているのでしょうか」

「あいつの年齢だとまだ早いんじゃないのか？　いや、案外……」

弟の素行についてオルティウスが考え込む。

エデルも同じように想像を巡らせていた。誰か引率者がいればありえない話ではなさそうだ。今度会った時尋ねてみようかとも思ったが、こういうことは秘密にしたいものではないかとも思い至った。

「それはそうと喉は渇いていないか」

「そうですね……」

こくりと頷くとオルティウスが荷馬車を止めた。二人は目についた露店に向かい、温めたぶどう酒を買い求めた。香辛料と蜂蜜の入ったそれは冬特有の飲み物だ。ようやく春が訪れたとはいえ、まだ人々の需要はあるようだ。エデルたちと同じように買い求める客らで露店は賑わっている。

一口飲むと、お腹の中がじわじわと温まるのが実感できた。

「うまいな」

「はい。飲みやすくて美味しいです」

こうしているとまるで自分たちがルクスに住まうただの夫婦になったかのように感じる。人々の目にはどのように映っているのだろう。

ぶどう酒を飲み終わり、店に木製のゴブレットを返したところで、今度は別の露店が気になった。何やら甘い香りが漂ってきたからだ。

「あちらでは何が売られているのでしょう」

「おそらく棒菓子を売っているのだろう」

初めて聞く単語に首を傾げると、彼がさらに説明してくれた。その名の通り、太い棒にパン生地を巻きつけ火にあぶって焼き上げるのだという。パン生地には蜂蜜や木の実が練り込まれていて、街の人々の気軽な軽食として親しまれている。

在りし日のオルティウスも小腹が空けば適当な露店で棒菓子などの軽食を買っていたのだとか。今度ガリューにもその頃の話を尋ねてみたい。

「食べてみるか？」

「はい。ぜひ食べてみたいです」

頷くとオルティウスが笑った。彼はエデルが食欲を見せると喜ぶ。その顔見たさについ食べすぎてしまうのが最近の目下の悩みでもある。

手を繋いだ二人が露店に向かって歩いている時のことだった。

すぐ近くの店の扉がバタンと大きく開いた。怒号と共に二人の若い男が出てきた。そのどちらも上背があり、がっちりした体つきをしている。すぐあとを前掛けをつけた年配の男が追いすがる。

彼らに対して「困りますよ、今日こそは溜めたツケを払ってください」と懇願する声が聞こえてきた。

「食事代ごときでいちいちうるせえんだよ！」

二人組のうちの一人が腰からぶら下げた長剣に手をかけつつ、怒鳴り返した。

通行人らが何事かと足を止め始めると、もう一人の男が剣を抜き「何見てんだよ」と威嚇をし始めた。

人々は関わり合いになりたくないとばかりに足早に立ち去る。

「お客さん、本当に今日こそは勘弁してください。このひと月ばかり、この辺り一帯でどれだけツケで食事をしたことか。一度くらいは支払ってくれないとこちらも参っちまう」

会話から察するに、食事処の店主と客のようだ。何やら揉めており、エデルとオルティウスは思わず顔を見合わせた。

立ち止まったまま成り行きを見守る体になっていたせいか、二人組が鋭い眼光で睨んできた。一人がオルティウスの持つ長剣に目をつける。

「なんだぁ、警邏隊を呼びやがったのか？」

低い声を出し、男が店主を蹴ったところでオルティウスが俊敏に動いた。店主を痛めつけた男のみぞおちにこぶしを打ち、一瞬のうちに昏倒させた。

「おまえ！」

別の男が抜いたままの剣を構え直す間もなくオルティウスが足払いを仕掛ける。相手が転んだところで剣を握るその腕を足で踏み、武器を取り上げた。

あっという間の出来事だった。オルティウスは剣すら抜いていない。

「むやみに刃物を抜くな。危ないだろう」

「くっ――」

背中を地面につけながら男がオルティウスに反抗しようとしたが、起き上がることすらできなかった。鞘ごと持った剣先を彼が男の首筋にあてがったからだ。

「何か申し開きがあるのなら、警邏隊の詰め所で話すんだな」

オルティウスが非情な声を出すと、いつの間にか集まってきた見物客らが、わっと歓声を上げた。彼らには頓着せずにオルティウスは男の腕を掴み立たせた。

気が付くと街の人間が前に出てきて気絶した男を一人で「よいしょ」と担いだ。よく見れば、変装したオルティウスの近衛騎士の一人だった。

オルティウスは店主と連れ立って暴れた男二人を警邏隊に突き出すことになった。エデルは店主の店で待つことになった。それというのも「あなたの連れならわたしたちの店で預かりますよ」と若い女が声をかけてきたからだ。エデルよりも少し年上だろうという外見で頭巾と前掛けという出で立ちだ。

「では彼女の旦那様が戻るまでわたしが一緒に店で待ちます」

そうエデルに話しかけてきたのは街の女に変装したクレシダだった。つかず離れずの場所から二人を見守っていたのだが、想定外の出来事に姿を見せることになったのだ。

女性店員に手招きされ、エデルはクレシダと連れ立って建物の中に入った。中は食事処で、食事をするには中途半端な時間だが、ぽつぽつと客がいた。木製のテーブルと椅子は年季を感じさせたが、きれい好きなのだろう。しっかり手入れがされている。

「あなたの旦那さん、とっても強いんだね。あいつらこの辺りじゃあ、ちょっとした有名人だったんだよ。悪い意味で顔が知れてるってことなんだけど」

「ツケがどうのって言っていたけれど」

クレシダが相槌を打つ。

「そうなんだよ。二人でつるんで、ツケで飲み食いし続けて。払う気あるのかって感じだったんだけど、あの通りガタイもいいし、すぐに剣を抜いて威嚇するから、こちらも強くは言えなくてさ」

この近辺の食堂の店主たちは皆、頭を抱えていたのだという。

この食堂の店主の娘だと明かした彼女は明るい顔のまま奥へ引っ込み、少ししたのち戻って来た。

「さあどうぞ。残り物で悪いけど、スープだよ」

エデルたちの前に野菜のスープが置かれた。牛の乳で根菜を煮込んだそれはほわほわと湯気を立てている。

「で、でも……」

「あなたの旦那さんのおかげであの迷惑な傭兵崩れたちをどうにかできたし。ちょっとどころかだいぶスカッとしたし」

娘はにこっと笑った。そうするとえくぼができて親しみやすさが増した。

「ほら、うち自慢のスープ。飲んでよ」

そう言われれば固辞することのほうが失礼にあたる。それに乳の甘い香りに胃が刺激される。隣のクレシダを窺うと、彼女は木の匙でスープを掬い一口飲んだ。

彼女が頷いたのを見て、毒見をしたのだと悟った。

今日はお忍びということもあり、すっかり気を抜いていた。

「美味しいですよ」

「そうでしょう！」

クレシダが微笑むと、感想を聞いた娘が嬉しそうに肩を揺らした。

エデルも同じようにスープを口へ運んだ。まろやかな乳の味が口の中いっぱいに広がり、柔らかく煮込んだ根菜がほろりと崩れた。

「美味しいです」

「ありがとう。あとであなたの旦那さんにも出してあげるよ。あれほどの腕前、精鋭と見た。どこの部隊に所属しているの？」

「ええと……」

これはなんて答えたらいいのだろう。まさかあの御方は黒狼王ですとは言えない。言いよどんでいると別の席から「今、注文いいかい？」と男の声が聞こえた。

娘が「はーい」と答えエデルたちから離れた。きびきびと動く姿は見ていて気持ちがいい。

それから少ししたのち、オルティウスが戻って来た。

エデルが席を立ちかけると、一緒に扉をくぐった店主が本日一番の功労者の引き留めにかかった。ここで何もせずに帰すほど恩知らずではないと、大げさに言い募ったのだ。

こうなると無下にするわけにもいかない。少々早い夕食だとばかりにテーブルの上に次々と料理が運ばれる。

どうやらあの二人に困っていたのはこの店だけではなかったようだ。近隣の店でも払う気もないツケでの飲食を繰り返し、機嫌が悪ければ剣を振り回し店員を威嚇。通り沿いの店の軒先の品物を蹴ることもしばしば。さりげなく同席していたクレシダがつい「最悪な奴らだ」とこぼすほどの悪行だった。

店主たちもそろそろ我慢の限界で、金を出し合い用心棒に成敗を依頼しようかと、話し合っていた矢先の本日の事件であった。

温かい料理が運ばれてくる頃になると、噂を聞きつけた近隣の食事処から店主らが自慢の料理を持ち押しかけてきた。

こうなると何の会だか分からない宴会ができあがる。それぞれがぶどう酒を開け始め、適度にほろ酔いになり、オルティウスに絡み始める。

「兄ちゃん、若いのに強いなあ」

「隣に座っている奥さん、別嬪さんだな。どこで知り合ったんだ？」

「え、まだ結婚して二年も経っていないのかい？　俺なんか、女房に万年尻に敷かれているものさ」

知らぬとはいえ、一国の王相手に気安く肩を組み絡む様子にエデルのほうが気を揉んだ。

絡まれているオルティウスはというと。

「妻になら尻に敷かれても構わない」

そのようにしれっと言うものだから、周囲から一斉にどよめきの声が上がった。

「だってよ、奥さん。いやあ、若いねえ。こんなにも腕っぷしが良くて男前な旦那を持って幸せ者だねえ」

「は、はい。オル……いえ、夫はとても強くて頼りになって、わたしにはもったいないほどの御方なのです」

しどろもどろになりながら必死に答えると、周囲から感嘆のため息が漏れた。揶揄おうにも真面目に返されると、どう反応していいのか分からなくなるものだ。

結果、店主らはオルティウスに酒を注ぎ、エデルに料理を薦めた。

あまり長居もできないため、引き留められながらも酒宴を途中退出することになった。陽気にできあがった参加者たちから「今度また立ち寄ってくれよ」や「次はうちの店の自慢の料理を出すからさ」などと惜しまれた。

初めての街歩きはとても思い出深いものになった。

「何か、当初の予定とは大幅に違うものになったな」

「でも、とても楽しかったです」

「おまえが楽しめたのならいいか」

二人で手を絡めて帰宅の途に就く間、ルクスの民になったかのような心地になった。

（またこうしてオルティウス様と歩いてみたい）

エデルはふわふわした足取りでイプスニカ城に戻った。

六

ガリューが遣わした早馬がイプスニカ城に帰還したのは街歩きから数日後のことだっ

た。

　彼からもたらされた文を広げたオルティウスは想定外の事態に眉を顰めた。

「使節団の代表がアレクシス・マラート猊下からヨルナス・ハロンシュ猊下に変更になっていたとは。それに使節団に随行する形でヴォールラム都市国家の代表議長夫妻もオストロム入りをされたとは」

　レイニーク宰相が難しい顔をつくった。手紙をやり取りしていた時点ではそのようなことを匂わせることもなかった。

　それが西からの船が到着してみれば、想定外のことがいくつか発生していた。アマディウス使節団の代表者の急な変更。そして、招いてもいない客人の到来。急ぎ早馬を仕立てたガリューの手紙には詳しい経緯までは書かれていなかった。

　しかし、客人はすでにオストロムの地を踏んでいたため、このまま受け入れると記されていた。

　最初の驚きが去れば、室内に様々な声が上がり始める。この場には、宰相以下、主だった臣下が同席していた。

「アマディウス教区の枢機卿ではなく、北部沿岸のグダーニウス教区のハロンシュ枢機卿に変更になったとは。彼はどのような人物だったか」

　と、一人が呟けばその疑問がさざ波のように広がっていく。

「使節団代表の変更理由が聖皇王聖下の推薦とは——」

「聖皇王のご推薦とあればオストロムにとっては名誉なことではないか」

「だが、ヴォールラム都市国家の代表議長夫妻は一体どのような目的で——」

「もしかしてエデルツィーア王妃殿下に会いに来られたのでは？」

そう誰かが漏らした。

エデルの名が出ると、室内にいる面々の視線がオルティウスへと向かった。

オルティウスは内心を押し隠しつつ頷いた。

「今の代表議長はヴェリテという家名だったな。彼の元には私の妻の妹が嫁いでいる。遊行ついでにオストロムに立ち寄ったのかもしれないな」

王の言葉に再びそれぞれが反応する。あくまで当たり障りのない用向きを口にしたオルティウスを前に、彼らも一応納得したような顔になった。

エデルツィーア王妃の双子の妹であるゼルスの王女は昨年ヴォールラム都市国家の有力商家であるヴェリテ家へ嫁した。

北のクライドゥス海沿岸に散らばる商業自治都市の中でも群を抜いて力を持つのがヴォールラムだ。

オストロムから見て西方にある彼の都市は近隣で最大の港を有し、日々何十という大型帆船が接岸する。多くの品物がこの街を介して取引される。そのおかげで財政はその辺の国家と並ぶほど潤沢だという。

自治都市と名のつく通り、この街の自治は評議会によって運営されている。

代表議長とは評議会のとりまとめ役、その街の代表者のことだ。これは評議員による投票によって選ばれるが、大抵の場合その都市で幅を利かせている家の人間が持ち回りで務めている。ある程度権力が固定化するのは、どの商業都市にもいえることだ。

「ヴォールラムとは我が国も塩の取引で縁がありますな。王国から独立する商業自治都市でしたか。傭兵団を複数有し、従属する都市や農村も抱えるほどの力を持っています。それなりに遇する必要があるかと存じます」

「イプスニカ城に招くとしよう。どこか空いている小館に滞在してもらう」

レイニーク宰相の進言にオルティウスが頷き、王家の客人として受け入れることが決まった。

聖職者のみの来訪で準備を進めてきたため、派手な歓迎の儀は考えていなかった。

だが、ヴェリテ夫妻がイプスニカ城に滞在するのであれば、何かしら催す必要があるだろう。折しも王国各地からルクスに諸侯らが登城する季節だ。それなりに賑やかな宴になるかもしれない。

協議が終わり、部屋を退出したオルティウスの横をヴィオスが並ぶ。

「頭が痛いな」

気の置けない側近相手にオルティウスは本音を吐き出した。正直、警戒しかない。相手はあのウィーディアである。エデルを執拗なまでに狙い殺そうとしたゼルスの王妃イースウィアの実の娘だ。

「何の通告もなしに我が国に到来とは。一体何を考えている？」

「確かにその通りですが、打診があったとして素直に歓迎しましたか？」

「するわけがないだろう。代表議長一人ならともかく、あのウィーディアを帯同させているんだ」

オルティウスはさらに声を低くした。

このように考えるのも無理はない。それほどのことをあの母娘はエデルに対して行ってきたのだ。愛妾が産んだ娘というだけで、エデルは彼らから蔑まれてきた。ウィーディアとエデルは王女として育てられたが、その扱いには雲泥の差があった。

「そう簡単に会うこともないだろうということで、入れ替わりの件を咎めない代わりに、エデル様とヴェリテ夫人は正式な書類の上では双子の姉妹だとゼルスに認めさせましたが、いざ対面となるとややこしいですね」

「入れ替わったままだから、一応エデルが姉になるのか」

「姉としてヴェリテ夫人に接することができるのでしょうか」

ヴィオスの指摘にオルティウスは、難しそうだな、と考え込んだ。嫁いできた当初のエデルを思い起こす。自我を消し付添人のバーネット夫人に対してですら、必要以上に委縮していた。腹違いの姉に対しても、おそらく似たような態度を取るだろう。

「エデルにヴェリテ夫人の来訪を伝えるのか……」

「隠してはおけませんよ」

「正直、あの女にエデルを会わせたくない」

エデルが心穏やかに暮らせることがオルティウスの望みだ。

嫁いできた当初、エデルは自分が何を望んでいるのか、それすら分からないような娘だった。長い間悪意を耐え忍んできた弊害だった。

この国に住み、ようやく悪意から解放され、少しずつ望みを口にするようになったのだ。それは好きな食べ物ややってみたいことなど些細なものだった。小さなことから己の心を表に出すようになり、穏やかに笑うようになったのだ。

「エデル様は王妃です。ヴェリテ夫妻を客人として迎えることになった以上、会わないわけにはいきませんよ。ハロンシュ枢機卿と共に慰問などの予定も入ってきましょう」

「分かっている。だが、エデルの心境を思うとな」

彼女の瞳が不安で震えることを想像し、やるせなくなる。彼女をあらゆる悪意から遠ざけたい。それが偽りのない本心だった。

「今回はヴェリテ殿と一緒ですから、いくらウィーディア様とて、そう無茶もしませんよ。夫の顔に泥を塗ることになります。ヴェリテ商会は各国に商館を置き、その情報網と資金力はヴォールラムでも一、二を争うのだとか。当然、妻の手綱もしっかり握っておられるでしょう」

「どうだか。母親の敵討ちをしにきた可能性もある」

「ゼルス王妃に関していえばただの自爆ですし、賢い娘であればゼルス王の決定を覆そうと考えるはずもありませんが」

　静かな表情と口調ではあるが、ヴィオスも辛辣である。

　イースウィアはやりすぎた。いくら夫の愛妾の娘が気に食わないとはいえ、一国の王妃となった娘を手にかけようとした。当然自身の身に跳ね返ってくる。

　極刑こそ免れたが、あの女は現在ゼルスの最北の辺境に幽閉されている。

　オルティウスは彼の地へ密かに人を遣っていた。万が一の時のため彼女を見張らせている。定期的に報告が届き、毎回自ら目を通していた。何か変化があったとは記されてはいなかった。

「黙っていても仕方がない。今日にでも知らせる」

　オルティウスは腹をくくることにした。

七

目の前に腹違いの姉がいる。約二年ぶりの再会にエデルはもっと動揺するだろうと思っていたのだが、今彼女を前にしても足が震えることはなかった。

そのことにホッとしていた。

オルティウスからアマディウス使節団にヴォールラムの代表議長夫妻、つまりはウィーディアが随行していることを聞かされた時、彼の前ではっきりと動揺を示してしまった。

それから時間的猶予があり、心の準備ができたことが幸いしたのかもしれない。

二人共すでにゼルスの王女ではない。互いに夫がある身だ。それぞれに立場というものがある。

(それに、わたしには皆がいるわ)

エデルは隣に佇む夫に意識を向けた。彼は今日も王に相応しい堂々とした態度で客人の前に立っている。彼に見合う自分でありたい。その心がエデルを奮い立たせる。

到着の挨拶を、ということでイプスニカ城の謁見の間にてエデルは客人と相対していた。

国王夫妻の横には主だった家臣、それから近衛騎士の姿もある。そのため、少々堅苦しい空気が漂っている。

アマディウス使節団とは別に、ヴェリテ夫妻はヴォールラム商業自治都市の代表者としてイプスニカ城での滞在が決まっている。城の敷地内に建つ小館に滞在し、貿易面で商談や会見の場を持つ予定だ。

「このたびは急な来訪にもかかわらず、このような厚遇を賜りまして誠にありがたく存じます」

オルティウスが促した直後、顔を上げたクルト・ヴェリテが口を開いた。

銀とも金ともつかない淡い色の髪に灰緑色の瞳の青年は、オルティウスよりもやや年上に見える。一目で上等だと分かる羊毛地で作らせた装束は王族の前でも見劣りしない作りのものだ。

夫の挨拶のあと、ウィーディアも同じく短い口上を述べた。白銀の髪を結い上げ、こちらも上等な真紅のドレスを身に纏っている。首や耳を飾るのはヴェリテ商会の財力を見せつけるかのような大粒の宝玉だ。

そのウィーディアと目が合った。

一瞬ドキリとしたが、彼女は特に突出するような感情を表に出すことはなかった。

「そなたたちの来訪の報せはいささか急だったため、滞在中至らぬところがあるかもしれない。何かあれば遠慮せずに申し付けるといい」

「寛大なお言葉ありがとうございます。急な外遊であることは百も承知でございます。ご存じの通り、私は昨年ゼルスの元王女エデル・ウィーディアを妻に娶りました。彼女は本格的にヴォールラムでの生活に馴染む前に、一度でいいから姉が住むオストロムを訪れたいと、私に訴えまして」

クルトは饒舌に語った。一昨年に起こったオストロムの内乱騒動に実家であるゼルス王家も関わったことはウィーディアに強い衝撃をもたらした。

母の凶行を止められなかった後悔は結婚以降も彼女を苛めた。一歩間違えば姉の命が失われていたのかもしれないのだ。彼女は母の所業に深く心を痛め、止められなかった自分を責め、何度も教会に対して告解の手紙を書いた。

そのような折、ゼルス王が彼の地へ高位聖職者を派遣するという話を耳にした。

「これはまたとない好機でございます。まさに神の思し召し。妻の憂いを失くすことに手を貸すのも夫の役目だと周りからも諭され、今回の外遊を決定しました。幸いにも父は剛健で未だに商会の実権を握っております。私自身、外を回り幅広い人脈を得たいとも考えておりまして、オストロムの地で多くの縁を結べればと期待しております」

「なるほど、身軽に動けるのは今のうちだということか」

「ええ。私には前妻との間に子供が三人おりましたが、内二人は夭折しました。子が一人だけというのは心許ない。私は彼女との間にも子を望んでおります。きっと近いうちにめでたい報せが舞い降りることでしょう」

「そうなれば、クルト殿はともかく、ヴェリテ夫人はおいそれと遠出はできなくなるな」

「その通りでございます。やはり身重の妻の体調には気を使いましょう。オルティウス国王陛下も妃殿下の懐妊の際は方々から滋養のある食材を取り寄せたのだとか」

「なるほど、ヴェリテ商会の情報網を甘くみないほうがいいらしい」

「いいえ。情報源はステイスカ卿でございます」

「ガリューか。一体何を吹き込んだのやら」

「街道を南下する道中、国王陛下夫妻の仲の良い様子をたっぷりと聞く機会がございました」

最初こそ緊張感がこの場を支配していたが、次第に空気が軟化していった。

それはクルトという男の存在もあるのだろう。彼はその場に漂う気配を素早く読み、重苦しい雰囲気を軽妙なものへと変えていった。

男同士の会話が一段落すると、今度はこちらの番だ。

大丈夫。自分はもうオストロムの王妃なのだ。彼と一緒に謁見に臨む客人の前で挨拶を交わした数だって両手では足りない。

あの頃の、ゼルスの宮殿の隅で隠れるように暮らしていた頃とは違うのだ。そう自身に言い聞かせ唇を開いた。

「お久しぶりです。エデル・ウィーディア、いえヴェリテ夫人。ヴォールラムからここルクスへは海路と陸路と、平坦な道のりではなかったと思います。無事の到着を嬉しく思います」

「お久しぶりですわ、エデルツィーア王妃殿下。長旅は輿入れ以来でしたけれど、道中様々な珍しいものに触れることができて大変楽しゅうございましたわ」

ウィーディアがふわりと微笑んだ。

まるで大輪の薔薇が咲き誇ったかのような艶やかさだった。彼女が笑うと、場が一気に華やいだのが分かった。

対する自分はちゃんと口角を持ち上げることができていただろうか。ふと不安に襲われた。

「わたくし、妃殿下のためにたくさん珍しい品を持って参りましたの。妃殿下には色々とご心労をおかけしましたもの。わたくしにできることといえば、ヴォールラムに集まる珍しい品々を持参して、お心をお慰めすることくらいですわ」

「我がヴォールラムには多くの国から毎日たくさんの船が寄港します。古今東西珍しい品々が集まることが自慢でして、今回献上品として選りすぐった品物を持参しました」

妻に続いたクルトが笑みを深めた。ヴォールラムを誇りに思う自信に満ちた声だ。

「妻が姉妹との旧交を深めている間、私はぜひこの国との友好を深めたく存じます」

「具体的には？」

オルティウスが水を向けるとクルトが唇を舐めた。

「カミエシナ岩塩坑産の塩の取引を増やしたく。それに伴い、最寄りの街、クラーリンにヴェリテ商会の商館を開きたく存じます」

「ヴォールラムとしてではなく、ヴェリテ商会単独での商館ということか？」

「挨拶の場ですので、今は込み入った話はなしにしましょう」

クルトが静かに口を引き結べば、オルティウスも話題を深掘りする気はないのか黙って頷いた。


その日のうちにウィーディアからエデルと個人的に会いたいとの打診があった。

その報せはヤニシーク夫人を経由してオルティウスに共有されることになった。

彼ははっきりと難色を、いや二人きりでの接触は許さないという意思を露わにした。

守られているのだと思う。オルティウスとヤニシーク夫人はエデルがゼルスでどのような扱いを受けていたのかを把握している。それはヴィオスとガリューも同じで、この二人も今回のヴェリテ夫妻来訪について、多少なりとも警戒心を抱いている印象だ。

オストロムでの生活はエデルにとって、ひな鳥が巣の奥でぬくぬく守られるのと同じくらい居心地がよい。それはひとえにオルティウスの愛情からくるものだった。

けれども、守られているばかりではいけないのだとも思う。優しくされた分だけ自分も同じものを返したい。

王という立場を選んだオルティウスの隣に立ちたい。彼の側を離れたくない。そのために必要なことは何だろうと考えた時。逃げていてはいけないのだと考えるのだ。

「大丈夫です。二人きりとはいえ、侍女にはついていてもらいます」

王妃ではなく、エデル個人を守ろうとしてくれるオルティウスに対して首を横に振った。

身分ある身のため、本当の意味で二人きりになるわけにはいかない。それはおそらくウィーディアだって分かっているはずだ。何か起こった時、二人きりでは身の潔白を証明するのが難しい。

それでも渋るオルティウスに対してヤニシーク夫人のほうが先にエデルの味方になってくれた。侍女をつけ扉の前にはパティエンスの騎士を見張りに立たせることで、最後は彼も頷いた。大変に難しい顔をしたままではあったが。

その翌日、姉妹の会見はイプスニカ城の一室で設けられることとなった。

普段から客人を多く迎える部屋は調度品も一級のものばかりだ。室内中央に設えられた応接椅子に、エデルとウィーディアは向かい合って座った。

二人の前には白磁のカップと皿が置かれている。東方より輸入した茶葉の高貴な香りがふわりと漂う。蜂蜜とアーモンドの粉で焼かれた菓子や新鮮なバタークリームをたっぷりと挟んだ黄金色のケーキ。素朴な蒸し菓子には採れたての苺から作られたジャムがふんだんにかけられている。

茶の支度が整い、侍女は退出したがヤニシーク夫人は部屋の隅に佇んだままだった。

ウィーディアが一瞬そちらを気にする素振りを見せた。

「彼女はわたしたちに関することについて承知しています。王の信任も厚い、口数の少ない女官です」

言外に口が堅いことを伝えると、ウィーディアは逡巡するように唇を噛みしめた。

二人が入室して以降、交わされたのは当たり障りのない挨拶だけだった。

このように相対している今の状況を不思議に思う。

姉妹といえども、それぞれ別の国に輿入れした。もう会うことはないのだろうと考えていた。

一国の国王夫妻がおいそれと国を離れるわけにはいかない。慶事や弔辞の際は代理の者を遣わす。戦ともなればまた別だが、平時であれば国内の移動がせいぜいだ。

(でも、クルト殿はお父様がお元気だというし、オルティウス様とはまた少し立場が違うのかもしれないわね)

ヴォールラムの政治は評議会の人間たちが話し合いで決めるのだというから、身動きがとりやすいのかもしれない。それに商人と王族では移動に対する考え方も違うのだろう。

「エデル様。わたくし、本当に本当に後悔していましたの。まさかわたくしの母がオストロムの内政に関与するような愚行を犯すとは思ってもいなかったのです」

突然ウィーディアが泣き崩れた。紫色の双眸からは、はらはらと透明な雫がこぼれている。

「あ、あの……」

「あなたがわたくしを許せないのは分かっているのです。わたくしはずっとあなたに辛く当たっていましたもの。けれど……わたくしのあの時の行動は本心からではなかった。ずっとずっと謝りたかったのです。母に逆らえなかった臆病者のわたくしを許して」

彼女はわっと泣き崩れ、顔を両手で覆った。

肩を震わせるウィーディアに対してエデルは狼狽した。

まさかこのような事態になるなど、想像もしていなかった。立場や考え方が違えば、正反対の意見を持つことだって不思議ではない。彼女にしてみればエデルは母から父を奪った愛妾の娘だ。

「あの……顔を上げてください」

「いいえ。これしきのことで顔など上げられないわ！」

かろうじて出た言葉に対してウィーディアが頭を振った。

「母は愚かな女だったのです。その母の言葉を真に受けたわたくしもまた愚かだった。本来なら、こうして二人で会うことすら拒絶されてもおかしくはなかった――」

「ですが、顔を下に向けられたままではお話もできません」

もう一度話しかけるとウィーディアはゆっくりした動作で顔を持ち上げた。涙に濡れた瞳がうっすら赤くなっている。

「許して……くださるのですか？」

ウィーディアの問いかけに口籠った。

自分は彼女に対してどのような感情を持っているのか。すぐには出てこなかった。

ゼルスでの幼い日々を思い出す。母と引き離され連れて来られた宮殿で、父の妻だというイースウィアに引き会わされた。彼女には息子とエデルと同じ年の娘ウィーディアがいた。

宮殿での生活は決して楽ではなかった。飢えと寒さを初めて知った。母に会いたいと泣けば、うるさいと怒られた。

エデルのイースウィアとウィーディアとの関係性——。

それは決して友好的なものではなかった。イースウィアに追随する形で目の前の彼女もまたエデルに辛く当たった。

「王女として育てよ」という王の言葉があったため、彼女と同じように教育を受けることはできたが、それ以外の時間では、ウィーディアの侍女のように扱われていた。言いつけられたことが終わらないと食事にもありつくことができなかった。

それらの、胸の奥にしまわれていた記憶が呼び起こされる。

「あ……の」

謝罪に対して即答できない自分は心の狭い人間なのだろうか。

エデルはついウィーディアから視線を外してしまった。

「わたくしたちはたった二人きりの姉妹。こうしてお互いゼルスの宮殿を出たからこそ、新しい関係を作ることもできると思うのです」

その言葉にハッとした。

もう自分たちはゼルスの人間ではないのだ。結婚して外に出た。だからこそ、彼女は母の呪縛から解けたのだと口にした。宮殿は狭い世界だった。そこに君臨していたのは間違いなくイースウィアだった。

「今回わたくしはエデル・ウィーディア・ヴェリテとしてイプスニカ城に滞在させていただく身。夫はこれを機に、オストロムとの商取引を増やしたいのだと申しておりました。この国にとってもヴォールラムとの取引が増えれば利になるでしょう」

「それは……確かにその通りですね」

「商業都市だと侮ってはいけませんわ。ヴォールラムには世界中からありとあらゆる物品が届くのです」

ウィーディアは目の端に溜まった雫を指で取り払いながら語った。結婚してからたくさんの珍しい品々を目にする機会があったのだと。美しい青磁の花瓶や幾何学模様に織られた絨毯。七色に光る大きな蛋白石。

いつの間にかウィーディアの繰り出す言葉の数々に圧倒されていた。

彼女からはこちらを侮る態度は見受けられない。それどころか「このようなお話、つまらないですわね」などと気をつかってきた。

エデルはウィーディアを見つめた。

もしかしたら、これを機に何かが変わるのだろうか。姓が変わり、別の場所に立ったことで心境の変化があったのかもしれない。

そのことはエデルにも当てはまるだろう。

オルティウスだって母との長年のしこりを解いたではないか。ぎこちないながらも距離を縮めていく二人を眩しく感じたことを思い出した。

「滞在中、交流を深められればと。そう思います」

エデルが頷いた時、部屋の扉が叩かれた。

入室したのはオルティウスだった。

「姉妹水入らずのところ邪魔をする」

断りを入れながらも有無を言わさぬ声色でエデルへ近寄り、彼はウィーディアに視線をやった。精悍な顔に怪訝（けげん）な色が乗った。彼女が泣いていたことは、その顔を見ればすぐに分かる。

「ああ、嫌ですわ。目が腫れていますでしょう」

それに気付いたウィーディアが顔を伏せる。

「過去のことをお話ししていたのです。ええと、あの……」

「わたくしの過去の過ちを懺悔（ざんげ）し、許していただいたのですわ。彼女は昔から心根の真（ま）っ直（す）ぐな、素直な子でしたもの」

どう話していいものか逡巡すると、あとを引き取るようにウィーディアが顔を上げ、口を開いた。

それを聞いたオルティウスの視線がエデルへと向けられたため、一瞬の躊躇（ため）らいののち、頷いた。余計なことは言わないほうがこの場のためだと考えた。

オルティウスは一瞬何か言いたそうな目をしたが、すぐにそれを取り払いウィーディアに向き合った。

「妻のことなら私もよく知っている。争いを好まない心優しい娘だ」

「存じておりますわ。あの時も、わたくしの我儘(わがまま)に嫌な顔一つせずに、快く応じてくださいました。本来なら……あなた様の隣にいたのは……いえ、何でもありませんわ」

ウィーディアは楚々とした微笑みを携え、オルティウスを見つめていた。

同じ日の夜、エデルの隣ではオルティウスが険しい顔のまま座っていた。

きっと、考えることがたくさんあるのだろう。アマディウス使節団の到着に伴う歓迎の食事会やイプスニカ城の聖堂で行われる説教、それに王国各地から出てきた諸侯の歓待に通常の政務もある。

「ウィーディアはおまえに許しを請うたそうだな」

予想外の台詞にエデルは数秒微動だにしなかった。

「ヤニシーク夫人から聞いた。おまえが返事をする間もなく、ごちゃごちゃとまくし立てて、雰囲気で押し切ったのだとか」

「ええと」

「ヤニシーク夫人をつけておいてよかった。ウィーディアはさすがというべきか……。確かにあれほどの美貌を持っていれば、それを武器にその場を自分の色に染めることも簡単なのだろうな」

　オルティウスは感嘆とも皮肉ともとれるようなため息を吐いた。

「お姉様は美しいお人ですから」

　ほんの少しだけ、胸に棘が刺さったような気がした。ウィーディアが美しいことなど昔からよく知っているというのに。

「しばらくイプスニカ城に滞在することになるだろうが、気が進まなければあの娘とは交流を持つ必要はないぞ」

「でも……、ヴェリテ殿はクライドゥス海沿岸部で力を持つ商人の一族だと聞き及びました。今回の来訪も、オストロムにとって悪いことではないのだと」

「確かに昨今の商業自治都市の勢いは目を見張るものがある。各地に散らばる商業自治都市同士、同盟を組んで関税やら船の入港に対して優遇措置を取ろうという話も出ているらしい」

　その中心にいるのがヴォールラムだとオルティウスが続けた。

「でしたらなおのこと、わたしは王妃としての務めを果たしたいです」

「確かに公の場で関わるなとは言わない。これからいくつか行事も入ってくるだろうし、歓迎の宴席を設けることにもなった」

だが彼の個人的な感情としては、エデルがウィーディアと関わることは良しとしていないのだ。それが分かる顔つきと声音をしていた。

「付き合いが生じるのは仕方がない。割り切るしかない。けれど、深入りをする必要はない。政治的な付き合いなら、俺や臣下の領分だ」

「はい」

諭されれば頷くしかない。

あまり長話はせずに眠ることになった。明日もいくつも予定が入っている。そういえば、王領として抱えているカミエシナ岩塩坑から使者が到着していた。

今、自分がやるべきことを一つ一つしていくしかないのだ。

八

国王は数日に一度、直接民からの声を耳にする機会を設けている。

謁見の儀と呼ばれるこの時間は民が直接王へ言葉を向けることができる貴重な機会だ。とはいえ、望めば誰しもが国王へのお目通りが叶うわけではない。まずは推薦人を立てる必要がある。この推薦人の地位や王城での発言力などによって、謁見への道が開ける。

今日最後に国王夫妻の謁見の間に足を踏み入れたのは、ハルヴェーシュという名の男だった。

「国王陛下自らが指揮する討伐隊のおかげで、ルクスへ至るまでの主街道の治安は劇的に良くなりました。改めてお礼申し上げます」

「いや、岩塩は我が国にとって重要な交易品だ。王家の威信のためにも密売人をのさばらせておくわけにはいかない」

「街道の整備にも予算をかけてくださると漏れ聞こえてきております」

「いくつかの領地にまたがる事業になるが、街道の安全が強化されれば活気づき各領主も潤うだろう」

オルティウスとハルヴェーシュはいくつか政治的な話に花を咲かせる。

ハルヴェーシュは王よりカミエシナ岩塩坑の責任者を任されている男だ。年の頃は四十前後といったところか。坑道で働く坑夫たちに混じっていてもおかしくはない、がっしりとした体つきをしている。

王への報告のために年に二度ほど登城するのだと事前に聞かされていた。

彼と対面するのは初めてだった。結婚後オストロムについて学び、そろそろ公務に参加しようという頃、身籠ったからだ。

フォルティスを産み数か月が経過した現在、このような機会もぐんと増えた。

ハルヴェーシュが持参した岩塩の塊を披露した。

侍従が受け持ち、二人の御前に差し出す。エデルの知る塩とはまるで違う。

「岩塩とは水晶のようにも見えるのですね。わたくし、細かく砕かれた塩しか見たことがありませんでした。とても美しい……」

「だが、舐めると塩辛いぞ。私も昔試したことがあった」

「私も過去に一度坑道内で試したことがございました」

オルティウスのあとをハルヴェーシュが引き継いだ。なるほど、誰もが好奇心には逆らえないということらしい。

「ルクスから見て北東にある王家の直轄地でしたね。最寄りのクラーリンの街は塩の取引でたいへんな賑わいだと聞いています」

「それはもう。周辺でもひときわ大きな街でございます。この街を起点に街道が整備され、交易の中継地点としても栄えております。ちょうど今の時季、祭りも催されます」

普段拠点とする街の話になり、ハルヴェーシュは破顔した。街の娘たちは祭りの間、スカーフに花を飾り、その種類にも意味があるのだとか、祭りで供される砂糖菓子を子供たちは何よりも楽しみにしているのだとか、身振り手振りを交えて話をする。

「元はあの地方で祀られていた春の女神を讃える祭りだったものが、時代を経て普通の祭りになったのだとか」

「この国は一応聖教に改宗しているからな」

「ルクスには現在、ハロンシュ枢機卿猊下がいらしているそうですね。私も滞在中一度は西方の由緒ある司教区の猊下にお目通りしたいものです」

信心深いのか、単に珍しい人物を目にしたいだけなのか、ハルヴェーシュは明るい口調だ。

「その前に、おまえに会いたいと言っている人物がいる。ヴォールラム商業自治都市の代表議長を務めている男だ」

「その件についても聞き及んでおります――」

クルトはさっそく精力的に動いていた。岩塩以外でも、各地の特産物を取り扱いたいと意欲的に話し合いの場を設けている。

広い国内には岩塩以外にも多くの特産物がある。地域ごとの獲れ高など、まだまだ学び足りない。しっかりと勉強しなくては。そう心に決めながら、エデルは男性たちの話に耳を傾けた。

翌日、ウィーディアがたくさんの土産を携えエデルの元を訪れた。

「見てくださいな、この絹地。とろけるような手触りでしょう？」

若い娘らしく、ウィーディアは美しい品々を前に上機嫌だ。

確かに差し出された絹地は窓から射し込む陽の光に反射し、美しい光沢を放っている。白とも薄青ともつかぬ絶妙な色合いで、見ていて飽きない。

「こちらは色染めをしたものです。このように濃い赤色はとても貴重なのですわ」

「とても美しいですね」

「他にもほら、こちらの宝玉をご覧になって。これは別大陸で採れた大変に珍しいラピスラズリですわ。この青の深いことといったら」

ウィーディアが差し出したのはラピスラズリを贅沢にあしらった首飾りだ。丸く磨かれた宝玉は真夏の空よりも深い青色をしている。

「今日ここに持ってきたもの全て妃殿下に差し上げますわ」

「こんなにもたくさん、ですか？」

ヴェリテ家の家人によって運ばれた品々は、エデルの目から見てもどれもが一級品だと分かる品物ばかりだ。中には東の大陸から運ばれたという磁器もある。

「ええ、もちろんですわ。お詫びですもの。お父様もそのような意味合いがあったからこそ、アマディウス使節団を仕立てたのでしょう」

ウィーディアがころころと笑った。

彼女は気軽に持ち込まれた品物を手に取る。王女として育てられた彼女は幼い頃から高価な品々に囲まれてきた。そして現在もクルトの妻として日々珍しい品物に触れているのだ。

「あなたは昔から選ぶものが今一つ質素でしたもの。今日だって、もっと飾り立てなくてはどちらが王妃か分からないですわ」

「はい。頑張ります」

確かに本日もウィーディアは大変に煌びやかな出で立ちをしている。ドレスの前身頃にはいくつもの輝石が縫い付けられているし、指輪や首飾りなどで飾り立てられ隙のない装いだ。

王城内にいるのだからと気の抜けた自分と比べると、確かにどちらがこの部屋の主人か分からない。

「ヴォールラムはクライドゥス海の中心たる街ですもの。外国からのお客様も多くて、日々刺激に富んでいますのよ。中心部にはゼルスの宮殿にも引けを取らないほどの豪華な館が建っていますの。そこでは仮面舞踏会が開かれることもありますわ」

「そうなのですね」

「もう。少しは話に乗ってきてくださいな。オストロムのご婦人方はあまり派手派手しいものは好みではなくって？」

「いえ。そのようなことは……」

「でしたら、しばらく滞在するつもりですので姉妹でどこかに出かけましょう？」

　ウィーディアが声を弾ませた。

　エデルは彼女の友好的な態度に押されていた。

　まだ何を話していいのかも分からない。あまり踏み込みすぎて彼女の機嫌を損ねてしまったら。難しく考え始めると動けなくなる。

　エデルはオルティウスとミルテアのことを思い出した。彼らも、腹を割って話し合い、家族の時間を持ち始めたが、最初の頃はぎこちのない風情だった。何度か交流を持つようになり、徐々に会話が流暢になっていったのだ。

　過ごす時間を重ねていけばエデルも自然に受け答えができるようになるだろうか。

「妃殿下、そろそろお時間ですわ」

　同じ室内に仕えていたヤニシーク夫人がそっと口を挟んだ。

　今日はこれからハロンシュ枢機卿との会見が予定されている。彼とは到着の時の出迎えと、同じ日の夕食の席で一緒になったきりだ。

　彼は王都に入ってすぐルクス大聖堂にて説教の場を持った。詰めかけたルクス市民に慈悲深い微笑みで向かい合い、感激で涙を流す人もいたのだと聞き及んでいる。

「そういえば、ハロンシュ枢機卿とお会いになるのでしたわね。でしたら、わたくしもご挨拶したいですわ。猊下はたくさん親身になってくださったのです」

エデルとウィーディアは共に会談の場へ向かうことにした。

ウィーディアは道中も積極的にエデルに話しかけてきた。どれも他愛のないものだ。

今回使節団の代表者がグダーニウス教区のハロンシュ枢機卿に代わったことで、その呼称をどうするかと思案の声が上がった。

これについては、文書に『アマディウス使節団』と記載されていること、そしてハロンシュ枢機卿自身が当初のままの名称で構わないと了承したため、アマディウス使節団と呼ばれることになった。

そのハロンシュ枢機卿は明日イプスニカ城内にある礼拝堂にて、礼拝説教を行う予定だ。その後彼はしばしの間、街道沿いの街へ向かうことになっている。使節団の司祭や修道士も同行する予定だ。

王城の表側にたどり着くとオルティウスと鉢合わせた。彼はエデルに密接するウィーディアを認めて僅かに目を細めた。

何か思うところがあるのだろう。エデルはすぐに彼の機微を察したのだが、ウィーディアは笑みを深めて「国王陛下につきましてはご機嫌麗しく存じます」と挨拶した。

オルティウスは黙ったままだ。

「今まで、ヴェリテ夫人と一緒にいたのです。ハロンシュ枢機卿猊下とは知己とのことで、挨拶をと」

「そうか」

慌てて口を開くとオルティウスはやや素っ気なく返事をした。エデルとウィーディアが連れ立って来たことが予想外だったのだろう。

確かに今朝の時点では彼女との予定はなかった。先触れから間を置かずに彼女の訪れが知らされたため、急きょ設えられた席であった。

言外に咎められているような気がしたエデルはつい彼から視線をはずしてしまう。

オルティウスもそれ以上何かを言うわけでもない。

夫婦間を漂う微妙な空気に頓着せずに、ウィーディアがふわりと微笑み口を開いた。

「陛下は今日の装束もとてもお似合いですわ。精悍なお姿がさらに美しく引き立っておられますわね」

「ああ」

華やかな褒め言葉に対して、オルティウスは短く返しただけだった。

ウィーディアは一瞬呆気にとられたような顔になったあと、もう一度艶やかな笑みをつくって口を開きかけた。

「ハロンシュ枢機卿を待たせるわけにもいかない」

それよりも前にオルティウスがエデルを引き寄せ、歩き出した。

置いていかれるような形になったウィーディアは、特に機嫌を損ねることもなく後に続いた。

室内にはハロンシュ枢機卿の他数人の修道女がいた。

ウィーディアが嬉しそうに彼に近寄り膝を折る。

「ごきげんよう、猊下」

「ご機嫌麗しゅう、ヴェリテ夫人」

ハロンシュ枢機卿は顔に穏やかな笑みを浮かべた。それからいくつか気安い会話のやり取りをしたあと、ウィーディアが「では、わたくしはこれで」と部屋を辞した。

「ずいぶんとヴェリテ夫人と親しいのだな」

パタンと扉が閉まったのち、オルティウスが問いかけた。

ハロンシュ枢機卿は柔和な表情のまま国王夫妻に向き直った。

「国王陛下並びに王妃殿下を前に失礼しました。迷える子羊によき道を示すのが私の役割でございます。夫人は何度も私に手紙を書いて寄越しました」

「ヴェリテ夫人は敬虔な信徒なのだな」

「ええ。それはもう」

オルティウスはそれ以上言葉を重ねることはなく、本日の本題に入った。明日の礼拝説教を前に簡単な打ち合わせをするだけなので堅苦しい場ではない。

ヨルナス・ハロンシュ枢機卿はいぶしたようなやや濃い銀髪に灰混じりの薄紫色の瞳の人物で、エデルの父親とあまり変わらないような年代に見えた。おそらく四十後半には届いていないだろう、柔和な表情が印象的な人物である。

上背のあるオルティウスと並べば彼の線の細さが余計に強調されるようでもあった。書庫に閉じこもるほうが好きだというような静けさを持っている。

この国の印象や滞在先であるルクス中心部の大司教離宮の居心地など、世間話に移ったところで、同席する修道女から贈りものがあった。

彼女たちは今の今まで気配を消し去り、空気に徹していた。

「これを王家へ？」

献上されたのは美しいレースであった。細かな編み目が作り出すのはいくつもの種類の花々だ。両手で端と端を持てるくらいの長細いものから、花台用に作られた丸い形のものまで、大小様々なレースはどれも驚くほどに精緻(せいち)だ。

「はい。我が聖アクティース女子修道院では寄付に対するお礼として、このような手工芸品を納めております」

彼女たちが所属する聖アクティース女子修道院は、アマディウス教区内では最大の修道院だ。王家に由縁のある修道院として設立された経緯があるため、身分ある女性の出家場所としても重用され、また同じ敷地内には礼儀見習いの少女のための寄宿施設もある。

今回使節団を迎えるにあたり、構成する者たちがどこに所属しているのか、そこがどのような歴史も持っているのか頭に入れていた。

「このような美しいものが人の手によって生み出されているのですね」

エデルはうっとりと眺めた。それはまさに芸術品といっても差し支えない出来で、実際聖アクティース女子修道院のレース製品はあの辺り一帯では名が知れているのだという。レース製品欲しさに寄付をする、と言われているくらいだ。

「特に、このマーラ・エラディーラはレース編みが得意なのですわ」

この場を主導する修道女が、一人の女性に視線をやった。マーラというのは修道女の身分を示す敬称だ。俗世を棄てた彼女らは基本的に名前のみで呼ばれる。

エデルがつられて視線を向けると、そこには一人の年を重ねた女性がいた。髪の毛は修道女特有の頭巾で隠れているが、眉や睫毛は銀色で瞳は紫色をしている。

ハロンシュ枢機卿と同世代と思しき彼女は突然の名指しにはっきりと慌てていた。

エデルは彼女の緊張をほぐそうと思い、微笑みながら「レース編みにコツなどはあるのですか?」と質問した。

「え……ええ。いえ、あの。一つ一つを丁寧に、日々繰り返すのみですわ」

「小さなことの積み重ねが大事なのですね」

マーラ・エラディーラと視線が重なる。数秒、視線を逸らすことなく見つめ合う。

どうしてだろう。もっと彼女を見ていたいのだと感じた。

だが、彼女のほうが先に目を下へ向けてしまった。

会談はつつがなく終了した。

あの修道女とまた話をしてみたいと思った。

献上品を部屋に持ち帰ると、美しいレースを前に女官や侍女たちがうっとりした様相で見入り、修道女たちの腕を褒めたたえた。

複数あるからミルテアとリンテにも持っていこうかと考える。きっと気に入るに違いない。

視線をレースに落とした。美しい模様だ。女官たちと一緒に、飽きることなく眺め続けた。

九

アマディウス使節団の来訪に際して久しぶりにルベルムが帰城した。三日という短い間だが、家族水入らずで過ごせるとあって、ミルテアやリンテはいつもよりも浮足立っていた。

もちろんエデルも、ルベルムと会えることを待ち望んでいた。

ハロンシュ枢機卿の礼拝説教の翌日、リンテの剣稽古見学にはルベルムが同席した。彼はしばらく会わないうちに背が伸びていた。初めて会った時はリンテとあまり背丈が変わらなかったのだが、今では拳二つ分ほどルベルムの方が高い。

このことにリンテは分かりやすく膨れた。双子である二人はこれまで身長も体格もほぼ同じだったのだ。これから成長期を迎えるため、その差は大きくなっていくだろう。

「今年はヴォールラムの代表議長の訪れを知り、早めにルクスへ出てくる領主たちが多いようで、ルクスの街も賑わっているのだとか」

普段寄宿生活をしているルベルムだが、外の話題にも精通しているようだ。

「もうすぐヴェリテ夫妻を歓迎する夜会が開かれるのだけれど、思いのほか多くの方々が出席すると、侍従長たちが話していたわ」

「やはりヴェリテ家の目的はカミエシナ産の岩塩の取引でしょうか」

「それもあるようね。クラーリンに商館を開いて直接取引をしたいのだとか」

話している最中、膝の上に座っていたフォルティスがエデルの顔をぺたぺたと触り始めた。赤ん坊は常にマイペースだ。日頃から多くの人々に世話をされているおかげか、フォルティスはあまり人見知りをしない。そのため、久しぶりに会ったルベルムを前にしてもご機嫌な顔のままだ。

「ティース、遊びたいのかしら？」

「赤ん坊ってどういう遊びが好きなのかなあ？」

フォルティスをルベルムへ差し出せば、彼は困ったように眉尻を下げた。生まれた直後は小さくてふにゃふにゃしていた息子だが、よく乳を飲みぐんぐん大きくなっている。最近ではつかまり立ちをするようになった。フォルティス専用の部屋には転んでも痛くないようふかふかの絨毯が敷かれている。

「結構重たいなあ」

「もう抱くのも怖くないでしょう？」

生まれて二か月頃のフォルティスに会う機会があったルベルムに「抱いてあげてちょ

うだい」と言うと、頬を引きつらせて怖気づいていたことを思い出す。

「ええ。あの頃はまだ首もすわっていなくて、リンテが思い切り脅かすから」

ルベルムの膝の上に移ったフォルティスはきょとんと真顔になった。

「そういえばヴェリテ夫人は義姉上の妹なんでしたっけ」

思い出したかのようにルベルムが水を向ける。

エデルは頷いた。

「久しぶりに再会できて嬉しいでしょう。やっぱり積もる話もありましたか？」

「そうね……」

自分は今きちんと微笑むことができているだろうか。ルベルムの考える普通の姉妹と自分たちとでは事情が違うのだが、入れ替わりを含めた諸々を知っているのはオストロム国内でもごくわずかな人間たちだけだ。

ウィーディアと再会して数日が経った。謝罪され、過去の過ちを取り戻そうとするかのように彼女はエデルに会いたがった。クルトの妻として夫の会見や食事会などに同席し忙しいはずなのに、彼女はまめまめしく交流を持とうとする。

「今回、彼女が会いに来てくれたことで思いがけず再会できて……。わたしたちは住む場所も離れているから、貴重な機会だと思うの。だから……、今まで分からなかったことや、話したことがないことなど、色々な話ができたらいいなって思っているわ」

自分の心の中にあった考えを口に乗せると、改めてすとんと胸の中に落ちてきた。

過去を忘れることはできない。

それでも、ウィーディアは半分血の繋がった家族だ。好意を示してくれているのなら、それを受け止めたい。

次にウィーディアといつ会えるかも分からない。王妃は簡単に外国へ行けないし、一大商会主の妻となった彼女もそれは同じだ。

「話は変わりますけど……兄上と、何か……ありました？」

「え……？」

妙に真剣な目つきで問われたエデルは咄嗟に視線を泳がせた。これでは何かあったと言っているようなものである。

「喧嘩をしたとか、そういうことではないの。だから大丈夫」

「義姉上が怒ったところなんて想像もできませんし、あなたを怒らせる兄上も同じく想像もできませんが」

ルベルムはオルティウスのことをよく見ている。確かに彼は現在過敏になっている。言うまでもなくウィーディアに対してだ。

彼の気遣いはありがたい。それだけエデルのことを想ってくれている証だからだ。

彼ははっきりとウィーディアに対して警戒心を抱いていて、何かとエデルに接触しようとする態度に苛立っている。それを拒絶しないエデルに対してもだ。

当初同じ思いを滲ませていたヤニシーク夫人はエデルとウィーディアの交流に対して少しだけ方針転換した。

決して二人きりにさせないのであれば、ある程度の接触は社交のため致し方なしという具合だ。

ヴェリテ夫妻を客人として遇している以上、王妃であるエデルはウィーディアに対して一定の配慮が必要だ。

王都に集う貴婦人たちにも、二人が姉妹であることは知れ渡っている。露骨に避けていたのでは人々にいらぬ詮索をする余地を与える。

オルティウスもそのあたりのことは分かっているのだろうが、女性同士の交流について疎いところがある。彼曰く、数日後に開かれる夜会の場で挨拶を交わせば十分だとのことだ。

結果、夫婦の間には少々溝のようなものができていた。

「詳しくは言えないのだけれど、ある事柄について少し方向性の違いがあって。わたしもオルティウス様とお話ししてみるわね」

義弟に心配をかけたくはない。しっかりした口調で説明すると、あまり深入りする立場にはないと思ったのか、ルベルムはそれ以上追及してこなかった。

フォルティスがルベルムの膝の上にいることに飽きたのか、下へ降りたがった。

大理石のテラスの上にはあらかじめ大きな布が敷かれてある。

そこにフォルティスを降ろしてやるとぺたりと座り込み、嬉しそうに両手をばたばたと動かし始めた。

「寄宿舎生活でなかなか会えないだろうけれど、ティースともたくさん遊んであげてね」

「はい。義姉上」

ルベルムは花壇の上を舞う蝶々(ちょうちょう)を見つけ、俊敏な速さで捕まえた。フォルティスの目の前で放してやると、興味深そうに飛ぶ蝶々を見上げる。

「あーう」

フォルティスが両手をあげて蝶々を捕まえようとする。だが、蝶々は高く飛んでいった。微笑ましい光景にエデルは目を細めた。

「たくさんのものに興味を持つことはいいことなのですって」

「好奇心旺盛すぎる姉を持つと弟は苦労しますよ。何度脱走の片棒を担がされたことか」

「脱走……？」

「義姉上も先日、兄上と一緒に脱走したとかなんとか」

「あれは脱走……ではなくて、ええと」

視察でもなく、単に二人きりでルクス散策をしただけだった。あの時のことを思い出すと未だに顔が赤くなる。街を歩くだけのことが特別であるかのように感じたからだ。

「兄上から自慢されました。義姉上との散策、とても楽しかったとのことです」

「オルティウス様がそんなことを？」

「その時に尋ねられました。おまえはもう脱走は済ませたのか、と」

ルベルムは楽しそうに笑った。きっと、このように気安いやり取りができて嬉しいのだろう。

兄弟とはいえ、二人は長らく疎遠だった。最近オルティウスは政務の合間に騎士見習いの宿舎に顔を出し、寄宿生全員に剣稽古をつけた。ルベルムの同輩たちは皆緊張しつつも頬を紅潮させ、黒狼王への畏怖と敬愛を深めた。そう彼は饒舌に語った。

「いつか兄上によい報告ができるよう頑張ります」

それは脱走についてだろうか。それとも剣技についてだろうか。

きりりとした顔つきで宣言されれば応援したくなったが、はたと気が付いた。脱走は規則違反ではないだろうか、と。

応援するべきかやんわりと止めるべきかぐるぐる考えていると、稽古を終えたリンテが元気良くこちらへ駆けてきた。

「なあに、ルベルム。やけに楽しそうじゃない」

「リンテには内緒の話をしていたんだ」

「わたしにも教えなさいよ」

双子は息の合ったかけ合いを繰り広げ始めた。

ひとしきりやり合った後、ルベルムが大げさに肩をすくめる。

「母上が言っていたよ。リンテにはもっと淑女としての趣味を見つけて欲しいって。えと、ほら、刺繍の会ってやつを定期的に開催しているらしいじゃないか」

「お母様が声がけしたものだから、あなたのお嫁さんを見つける会なんじゃないかって皆が息巻いているアレね」

「え……？」

「よかったわね、ルベルム。可愛いお嫁さん候補が両手では足りないほどできて」

「……」

リンテが笑みを深めた。まさかそのような方向性で己に返ってくるとは思ってもいなかったのか、ルベルムは分かりやすく顔を硬直させている。

リンテは稽古上がりで喉が渇いているのか、シロップの水割りをごくごくと飲んだ。果実を蜂蜜に漬け込んだものを適度に希釈する飲み物で、稽古終わりのリンテのために適度に冷やされている。

「ああ～、稽古終わりの一杯が身に染みるわ」

リンテが満面の笑みで言うと、すかさずルベルムが「どこのおっさんだよ」と突っ込みを入れた。寄宿舎生活を始めたルベルムは市井の人々が使うような語彙を増やしつつある。

四人で賑やかにしていると、一人の侍女が先触れを伴い近付いてきた。

ウィーディアがこちらに向かっているのだと伝えられた。エデルがオルティウスの弟妹と交流しているのだと知り、自分も姉の家族に挨拶がしたいのだという。

現在十三歳の二人はまだ社交の場には出ていない。

そのため、ヴェリテ夫妻と挨拶を交わしたのはミルテアのみだ。

双子にとっても、ウィーディアは親族になる。

「僕は構いませんよ」とルベルムが承諾すると「わたしもいいわよ」とリンテがあとに続いた。

どうやら侍女とのやり取りが聞こえていたようだ。

オルティウスが関知しない場面で、双子をウィーディアに会わせることに躊躇いが生まれた。

けれども、ここでエデルが理由をつけて断れば、変に思われる。

「分かりました。では、急ですが席を設けましょう」

承諾すれば少々慌ただしくなった。非公式な席のため、かしこまる必要はないが、客人を迎え入れるにあたり、それなりの準備は必要だ。

リンテは訓練用の衣服からドレスに着替える必要があるため、一度退席することとなった。

即席の茶会は数十分後に始まった。

「家族水入らずの場所にわたくしを加えてくださってありがとうございます」

優雅に膝を折ったウィーディアは今日も貴婦人の見本のような出で立ちをしている。

それぞれが挨拶すると、ウィーディアは双子を交互に見つめた。

「ルベルム殿下のほうがオルティウス国王陛下に似ていらっしゃるかしら」

「そのように褒めていただけて嬉しいです」

ルベルムは分かりやすく照れ笑いを顔に浮かべた。リンテはそれを横目につん、とすまし顔をしている。

「もしも、お時間があれば騎士団の見学にもいらしてください」

「よろしいのですか、ルベルム殿下。勇猛なオストロムの騎士たちの訓練風景、ぜひ見学したいですわ」

　ウィーディアが瞳を輝かせた。

「もちろんです。皆、この国のために訓練に勤しむ勤勉な者たちです。僕も負けてはいられません」

「まあ、それは心強いですわね」

　ルベルムは寄宿生活や騎士になるための心得などをいくつか披露した。

　それが終わるとウィーディアはリンテに話を振った。

「リンテ殿下は刺繍の会を開かれているのだとか。わたくしもぜひご一緒したいですわ。エデル妃殿下が参加されるのなら、なおのこと。賑やかになりますわ」

「それは……あの。一度お母様に相談してみます」

　リンテの声はやや硬かった。隙のない装いをしているウィーディアに圧倒されているのかもしれない。

「ええぜひ。わたくし、ゼルスでもよくお茶会を開いていましたのよ。多くの方たちが参加してくださいましたわ」

「お義姉様も参加していたのですか？」

　リンテがエデルに向けて尋ねてきた。

　ぎくりとしたエデルよりも前にウィーディアが頷く。

「もちろんですわ。わたくしたち、仲のいい姉妹でしたもの。エデル妃殿下のドレスはわたくしが見繕ってさしあげていましたのよ」

「義姉上とヴェリテ夫人は双子と聞いていますが、見た目はあまり似ていないのですね」

ルベルムの指摘に、リンテが交互にそれぞれの顔を見やる。彼の指摘はもっともだ。ウィーディアはどちらかというと、イースウィアに似た面差しをしている。

エデルのほうも、おそらくは母に似た部分を持ち合わせているのだろう。父の顔にそっくりとだというわけでもない。

「確かに似てはいませんが、ゼルスの薔薇と褒めたたえられていましたわ」

どう答えていいか分からず固まるエデルとは反対に、ウィーディアはするすると会話を進める。

「存じています。初めて義姉上と会った時、雪の精霊のようだと思いました」

「まあ、素敵な喩えですわね。わたくしのことも雪の精霊のように美しいとお思いになってくださるかしら？」

「え、ええ。もちろんです」

ウィーディアにじっと目線を合わせられたルベルムは顔をやや赤くした。

「ふふふ。皆さんと仲良くなれそうで嬉しいですわ。次の刺繍の会へ参加する際は、妃殿下のお召し物はわたくしが見繕いますわ。現在の西側の流行のドレスを貸して差し上げます」

「そこまでしていただくわけには……」

「気にしないでくださいな。妃殿下は昔からあまり流行には頓着しなかったでしょう。今は王妃なのですから、もっと自分を引き立てる術を身に着けなくては侮られてしまいましてよ」

ウィーディアがころころと笑った。

いつの間にか茶会の席は完全にウィーディアが取り仕切っていた。彼女はカップが空になった頃合いに侍女を呼び、好みの茶葉を言いつける。

「そうそう、今ヴォールラムで流行っているお茶の銘柄をご存じ？」

「い、いえ。あいにくと流行には疎いのです」

「まあ、あなた駄目よ。そのようなことでは、諸侯たちの妻に負けてしまってよ」

ウィーディアは得意げにヴォールラムや周辺都市で流行っている品物や歌劇の演目などを語り始める。

長い説明にリンテが飽きたとでもいうように視線を移ろわせる。

「先日の贈りもの以外にもまだ様々なものを持参していますの。おかげで珍しい品物の噂を聞きつけた人々からの招待状が多く舞い込んでいますの」

お開きになるまでウィーディアが話題を独占していた。

席を立つ際、彼女はふと視線を別のほうへ向けた。

「あの子がフォルティス殿下ですの？」

「ええ」

部屋の隅ではフォルティスが乳母に抱かれていた。

「まあ、オルティウス国王陛下にとてもよく似ていらっしゃるのね」

エデルの返事を聞いたウィーディアがうっとりと目を細めた。

ウィーディアを見送ったエデルのスカートの裾をリンテがぎゅっと握った。

彼女は「わたし……あの御方苦手だわ」と呟いた。

それは独り言のように小さな声だったため、エデルの耳に届くことはなかった。

十

ウィーディアがエデルに付き纏っている。そう受け取っても仕方がないくらい、あの女は何かにつけて妻と接触を持ちたがる。

（穿った意見なのは分かっている）

エデルの過去を知る者としては、どうしても過敏にならざるを得ない。

母の命令で仕方なく虐めていた、などという理由が通用するものか。現にウィーディア来訪の報を受けたエデルは言葉を失くし、まつげを震わせた。

その一度以降、彼女が不安を表に出すことはなかった。

ウィーディアと対面を果たしたあの日、その謝罪を真摯に受け止めた。

エデルは純粋で心根の優しい娘だ。腹違いとはいえたった一人の姉の謝罪に胸を打たれたであろうことは想像に難くない。

おそらく人の善意を信じたいのだろう。人の心に寄り添う健気で真っ直ぐなところにオルティウスは惹かれたのだし、それらは彼女の美徳でもある。

あの真っ白な心を守りたい。

だからこそ、彼女が傷付くことがないよう己が気を張る必要がある。

そう意気込んでいるせいか、この数日エデルとの間には温度のずれのような、微妙な空気が漂っていた。

「オルティウス様、眉間の皺がふかーくなっていますよ」

指摘というよりもこちらに気付かせる声だ。ガリューである。

別に機嫌が悪いわけではない。心配事が尽きないせいで無意識に目つきが悪くなっていたようだ。

文官の一部は、オルティウスを前にすると緊張で胃が痛くなるという者もいるらしい。

このような情報を耳に入れてくるのはガリューだ。

威厳ある王と怖れられる王とは別物だ。平時は険しい表情は作らないようにしているのだが、無意識となると制御が難しい。

オルティウスは強張った顔から力を抜きつつ口を開く。

「ゼルス王からの返答はまだか？　アレクシス・マラート枢機卿からヨルナス・ハロンシュ枢機卿への突然の変更。一応理由は把握しておきたい」

「御返事が届いたという報せはまだですね。聖教内部への足がかりが我が国にはないので、そちらから情報を得るにも時間がかかりますし」

今回の代表者交代劇を、オストロム側もただ黙って受け入れたわけではない。数か月も前から決定していた件が直前で変更になったのだ。聖教内部の問題か、別勢力の思惑があったのか。その辺りのことをまずはゼルス国王へ問い合わせている。

「あまりそちらの方面への働きかけをしてこなかったのが悔やまれるな」

「教会に過度にのめり込むと政治に口を出されますからね。関わり合いになる距離感が難しい。高位聖職者の中には贅を尽くした宮殿のような館で暮らし、贅沢なものばかり食べ、宝石をこれでもかとちりばめた聖衣を身に着ける者もいるのだとか」

「聖職者が聞いて呆れるな」

「その点、ルクスのスラナ大司教はまともな人物かと」

「確かに彼は世俗にまみれているというよりは、教義をしっかり守るような男だな」

オルティウスは何度か顔を合わせたことがある聖職者の姿を思い起こした。今回のアマディウス使節団の来訪を心待ちにし、枢機卿を迎えるにあたり喜んで自身の住まうルクス市内の大司教離宮を明け渡したほどだ。

「ハロンシュ枢機卿猊下は世俗にまみれているというよりも、どこか浮世離れした雰囲気を持っていますね」

ガリューが率直な感想を口にした。

「線が細い男だな、とは思ったが」

「陛下は上背がありますし、鍛えていらっしゃいますから余計にそのように感じるのでしょう。猊下の場合、有事の際は随行する聖教騎士たちが守りますし、強くある必要もないのでしょう」

だがあの細腕では馬から振り落とされたらぽきっと折れてしまいそうだな、とも思ったが口には出さずにおいた。

それにしても、浮世離れとは言い得て妙である。常に柔和な表情を浮かべているハロンシュ枢機卿は感情が読みにくく、ここことは違う空気を纏わせている気配がある。

「ヴェリテ殿との視察の日程ですが、あらかたの調整がつきました」

雑談のさなか、ヴィオスが入室した。

「急なことを押し付けて悪かったな」

「いいえ。塩以外の商取引が増えることは、この国にとっても有益です」

ルクスに到着して以降、クルト・ヴェリテは商会の代表として精力的に動いている。

カミエシナ岩塩坑との直接取引に対する並々ならぬ熱意を隠しもしない。

塩は富をもたらす。人が生活をしていく上で必ず必要な塩は、しかし生産できる場所も獲れる場所も限られる。

クルトは塩の取り扱いと同時に、オストロム国内の他の特産品への興味も示した。

「商取引が増えれば街道の通行量も増え、税収入も上がる。それを街道整備に充てられれば、安全性が増す。そうすればこの国を通る商隊も増えるだろう」

「北の港に寄港する船が増えれば、民の生活も潤いますしね」

ガリューが付け加えた。

オストロム国内の特産品を売り込むためにオルティウスは時間を捻出し、クルトを連れ視察に向かうことにした。

王自らクルトを案内するのには、彼への牽制という意味もある。客人とはいえ、勝手に国内を闊歩(かっぽ)し、交渉されても困る。

国内領主の動向も見定めておきたい。

「二、三日この城を空けることになるが……ウィーディアがエデルにちょっかいをかけないかどうかが心配だな」

「ヤニシーク夫人も目を光らせていますから、過剰に心配をする必要もないのでは？」

ヴィオスの返しにオルティウスは「分かっている」と嘆息した。

表面上、ヴェリテ夫妻を歓待しているのだから、エデルの行動に対してあまり口出しすべきではないのだ。

エデルの側には常に人がいる。護衛騎士と女官たちだ。ウィーディアが直接危害を加える隙などない。理解してはいるのだが、彼女を守りたいのだという想いも心の中にくすぶっていて。

己の心だというのにままならない。

ヴェリテ夫妻を歓迎する夜会当日、侍女たちの気合の入りようといえば、それは大変なものだった。

朝から王妃の体を隅々まで丁寧に磨き上げ、白銀の髪は平素よりも艶が増すように香油を垂らし、何度も梳いて輝きを出した。

濃い紫色のドレスには金糸で刺繍がされ、胸元には真珠と輝石がふんだんにちりばめられている。

「あの……今日は皆、気合が入っていますね？」

鏡越しに見える侍女たちの険しい顔つきに、思わずそのような言葉が口から出た。

普段は常ににこにこしているユリエが気迫を漲らせ鼻息荒く「もちろんです！」と答えた。

「今日はエデル様がどれほど美しいのか、それを知らしめる絶好の機会ですから！」

まるで何かの勝負に挑んでいるかのようだ。それに追従するように侍女たちが頷いた。

結い上げた白銀の髪にも繊細な金細工の飾りを付けられる。首元と耳には大粒の青紫の黝簾石が光っている。

立ち上がり姿見の前で侍女たちの仕事に内心感嘆した。

（すごい……。わたしでも、王妃らしく見えるわ）

鏡に映るのは一分の隙もない完璧な貴婦人たる己の姿。衣装に負けないように背筋をぴっと伸ばさなければ、と意識的に胸を張る。

王女として育てられたウィーディアは堂々とした立ち居振る舞いで、その場の空気を己の色に変えることに慣れている。

対する自分はどうだろう。姉と同じように、王の娘としての教育を受け、育てられた。

しかし、ゼルスの宮殿でエデルは異質な存在で疎まれていた。そのような環境下で、常に人々の顔色を窺い目立たないように生きてきた。

姉と対峙して改めてその差を突き付けられた。存在感がまるで違う。

オルティウスの隣に自信を持って立てる自分になりたいと努力してきた。

完璧な貴婦人たる姉を前にすると、いかに自分が付け焼き刃であるのかを痛感させられた。

「黒狼王たる我らが陛下の隣にふさわしい気品と純美。今日の舞踏会で妃殿下が一番の淑女にございますわ」

「ありがとう。ユリエたちのおかげです」

「いいえ。わたしたちはエデル様の美しさを引き出しただけにすぎません」

彼女たちの言葉に励まされた。

まだまだ至らないところばかりだけれど、侍女たちのためにも凛々しくありたい。

「エデルはいつも美しいが、なるほど、確かにいつも以上に光り輝いている」

「オルティウス様！」

後ろから声をかけられ、エデルは慌てて振り返った。

いつの間にかオルティウスが入室していた。

その彼の立ち姿に釘付けになった。彼は夜会の場でも黒い儀礼服を愛用している。あまり華美なものは好きではないというのが理由なのだが、彼ほど黒が似合う男性もいないのではないかと、エデルはこっそり見惚れた。しなやかな狼のように美しい。

オルティウスがエデルの手をそっと取った。

「他の男共には見せたくないな。俺の腕の中に閉じ込めておきたい」

「か、過分な褒め言葉です……」

手の甲に唇を押し付けられ、直情的な感想を言われたエデルは声を上擦らせる。

「過分なものか」と言う彼に促され、エデルは部屋をあとにする。

会場への道すがら、エデルはちらちらとオルティウスを仰ぎ見た。

この数日、あまり話をすることができなかった。舞踏会が終わった数日後、彼はイプスニカ城を空けることになっている。

クルトを連れ、ルクス近郊の領地をいくつか回ることになっているからだ。

その時間を捻出すべく、彼は政務の調整で忙しくしていた。

それ以外でも、ウィーディアへの対応をめぐり、お互いの考え方に齟齬が生まれ、夫婦間の会話がやや少なくなっていた。

舞踏会には思いのほか多くの参加者が集まっていた。

アマディウス使節団とヴォールラム商業自治都市代表議長の来訪に、例年にも増して多くの諸侯が当初の予定よりも早くルクス入りをしたからだ。

晩餐会(ばんさんかい)を経て、会場を大広間へと移す。

国王夫妻とヴェリテ夫妻が中央へ進み出ると、最初の曲が奏で始められた。

エデルにとっては久しぶりの舞踏会だ。

昨年はフォルティスを身籠っていたため、このような場には不参加だった。

舞踏会特有の緊張感に体を支配され、足がもつれそうになったところでオルティウスがふわりとエデルを持ち上げた。彼に促される形でターンし、再び密着する。

「ありがとうございます」

「こうしておまえと踊れて嬉しい」

青い瞳とかち合って、彼の言葉が本心なのだと理解する。

繋いだ手と手が温かい。

今なら、自分の気持ちを分かってもらえるかもしれない。

エデルは「オルティウス様」と呼びかけた。

「あの。……ヴェリテ夫人とは、ゼルスにいた時と違う関係が築けるのではないかと。そう、思うのです」

「エデル」

オルティウスの声が少しだけ強張った。彼が何かを発する前に、エデルは再び口を開いた。

「もちろん、過去のことは忘れてはおりません。ですが、今の彼女を見ることも大事なのではないかと……」

「ヴェリテ夫人はおまえと和解した気になって緩んでいるのか、王妃よりも優位性を示すような会話運びをするようになってきたのだと、報告を受けている」

「それは……」

表向きウィーディアはエデルの妹ということになっている。同じ年に生まれたとはいえゼルスでは彼女こそが姉として扱われてきた。正妃と愛妾の娘という差もある。

周囲からちやほやされることに慣れ切ったウィーディアである。つい自身を持ち上げる言葉選びをしてしまうのだろうと考えていた。

ヤニシーク夫人はウィーディアとの交流に反対こそしないが、常に目を光らせている。オルティウスの声の硬さから、彼がウィーディアに疑念を抱いていることを改めて感じ取った。

「あの女にあまり気を許すな。それだけだ」

気が付けば最初の曲が終わりに近付いていた。

二曲目、エデルはクルトからダンスを申し込まれた。

そうなると、必然的にオルティウスがウィーディアに次の相手を、と手を差し伸べることになる。

初めての相手ということもあり、エデルはステップを間違わないよう意識をそちらに集中させた。

クルトがエデルを観察するように、じっと見つめていることにも気が付かない。

「あっ」

声を漏らした時は手遅れだった。

クルトの足を踏んでしまい、「申し訳ございません」と謝ると、彼は「大丈夫ですよ」と機嫌を悪くするでもなく微笑んだ。客人に気をつかわせてしまい恐縮する。

「あなたは我が妻とはだいぶ性格が違うようですね」

くすくすと笑いながらクルトがエデルの顔を覗き込む。一瞬ひやりとした。彼の瞳が内面を見透かすように鋭く細められたように感じたからだ。

だが、それも数秒のことで、彼はついと視線を別の方向へ持っていった。

「我が妻と黒狼王陛下は何ともお似合いですね」

どう返事をしていいのか判断に迷った。

クルトの目の前には、そのオルティウスの妻がいるというのに、言葉を包もうともしない。ここは怒るところなのだろうが、彼の言にも一理あると頷く自分がいるのも事実だ。

ウィーディアは咲き誇った大輪の薔薇のようだ。

くるくると回転するたびに、ドレスの裾が艶やかに舞う。その姿に人々の視線が釘付けになっているのが分かる。

自分が見られることを意識した動き。そして勘の良さ。

オルティウスとウィーディアのダンスに皆が注目し、感嘆のため息を漏らす。

二人のダンス姿に分かりやすく消沈した。

「私はあなたのような慎ましやかな御方が好きですよ」

「ありがとうございます」

クルトの気休めに、エデルは辛うじて笑みを浮かべた。

第二章

一

「二日後、ヴェリテ夫人と一緒に慰問に行きたいのです」

「二人きりで、ということか？」

オルティウスがイプスニカ城を空ける前日の朝食の席でエデルが切り出すと、彼は分かりやすく眉をひそめた。

「現地でアマディウス使節団の修道女たちと合流する予定です」

向かうのは街中の施療院だ。ハロンシュ枢機卿がルクスへ帰還したため、挨拶がてら一緒に市中を慰問しましょうと誘われたのだ。

ハロンシュ枢機卿はこの数日、別の都市へ赴き現地の信者と交流を深めていた。

「エデル、歓迎の舞踏会は終わった。おまえは誠意をもってあの夫人をもてなした。それは皆にも伝わった。もう十分だろう」

これ以上の関わりは必要ないと言われたも同然だった。

この国に嫁いで以降、オルティウスはエデルの意見を尊重してくれていた。

だが、今回は譲れない。そのような意思を感じ取った。

予感はあった。先日の舞踏会での彼の態度から、ウィーディアへの心証がどのようなものか、推し量ることはできた。

でも……、と、エデルはぎゅっと手を握った。この先彼女と会う機会があるかどうか分からないからこそ同じ時間を共有したい。

「夢に見たのです。昔……ゼルスの宮殿に引き取られたばかりの頃、同じ年頃のきれいな衣装を身に纏った女の子と遊んだ……。あれは、お姉様ではなかったのかと、そう思うのです」

早い口調で一息に言うと、オルティウスが黙り込んだ。

「あの時の女の子がもしも本当にお姉様なら……。かけ違えたボタンも直すことができるのではないかと。謝罪をした彼女を信じてみたいのです」

「演技という可能性もある。俺は、どうにもあの女を信じることはできない」

オルティウスの声は硬いままだった。その冷たい響きに心が委縮する。

それでも、家族を信じてみたい。自分のことを嫌っていないという彼女の言葉に手を伸ばしたい。

「俺は明日から城を留守にする。そのような時にウィーディアと出かけるなど許可できない」

このまま素直に頷けば余計な摩擦を生むこともない。そのような考えがちらりと脳裏を掠めた。

エデルは唇を舐めた。心臓が早鐘を打っている。夫と意見を違えるのはこれが初めてだ。それでも分かって欲しいのだと訴える。

「ヴォールラム都市国家代表議長夫妻と交流を深めることは……悪いことではありません。それに、ヴィオス様にも相談しました。パティエンスの騎士が馬車に同乗するのであれば、問題ないのでは、と。そのような回答をいただきました」

「おまえは……俺よりも先にヴィオスに相談したのか？」

「客観的な意見をいただきたかったのです」

「俺だって客観的だ」

オルティウスがそう短く言い立ち上がった。

明らかに機嫌が悪くなってしまった彼の背中を、エデルは消沈した気持ちで見送った。

二日後、エデルはウィーディアと一緒にルクスの街中心部へ向かっていた。

馬車内は二人きりではなく、パティエンスの騎士が同乗している。御者の隣に一人、そして現地に先回りした一人と合流する手はずになっている。

からからと回る車輪の音が耳に届く。

「わたし、最近子供の頃を思い出すのです」

「子供の頃？」

唐突な切り出し方だったせいか、ウィーディアが怪訝そうに復唱した。

「はい。まだゼルスの宮殿に慣れなかった頃、同じ年頃の女の子と一緒に遊んだことを思い出して……。もしかしたら、それはヴェリテ夫人だったのではないかと」

ぽつぽつと言葉を紡いだ。黙って聞いていたウィーディアがやおら口を開いた。

「……もしかしたら、宮殿に来ていたわたくしの話し相手かもしれないわね」

「その可能性もありますね」

それ以上話を広げることもなく、車内に沈黙が降りた。

ウィーディアが車窓を眺めながら独り言のような音量で呟いた。

「……ルクスはヴェレラと大差ないのね」

ヴェレラとはゼルスの王都の名前だ。

「はい。すでに建国から二百年以上経過していますし、歴代の王たちは学問や文化の発展に力を尽くしてきました。百年ほど前に大学が建立され、現在では近隣から留学生が来るほどにまで名声を高めました」

「オストロム以東の国々では、まだあまり教育機関も整っていないのでしょうしね」

「西方諸国の高名さには及びませんが、今回のアマディウス使節団来訪に際して、大学の神学部に教員招致を請願したいと、そのような意見も出ているのですよ」

とその時、馬車が急に停車した。何事だろうかと、正面に座った騎士が腰を浮かせた。御者席へ通じる小窓が開き、騎士たちが小声で言葉を交わす。

「妃殿下。今朝、この先の通りで遺体が見つかったそうです。そのため人出が多く、迂回せざるを得ないと」

「それは、お悔み申し上げます。事故でしょうか」

「詳しいことはまた後ほど。迂回しますので少々到着が遅れます」

彼女の宣言通り、慰問先の施療院へは約束の時間を少々過ぎて到着した。修道女たちに理由を説明すると、真っ先に天に召された者へ祈りをささげた。

施療院では寡婦やその子供たち、老人などが身を寄せ合い暮らしている。

エデルとウィーディアは蜂蜜菓子を手渡し、本を贈った。

（あ、まただわ）

子供たちにせがまれ本を読み聞かせていると、今日数回目になる視線を感じた。

エデルは顔を上げ、部屋のある一方に顔を向けた。だが、こちらを見つめていたと思しき彼女はすでに誰かと会話している。

何か用件でもあるのだろうか。

「おうひさま？」

「何でもないの」

考え込んでいると舌足らずな声で呼ばれ、エデルは慌てて文字を目で追った。

子供たちはエデルたちに甘え、無邪気に笑いかけてくれた。彼らの人懐こさに癒され、気が付けばあっという間に時間が経過していた。

このあとはハロンシュ枢機卿へ挨拶するため、大司教離宮へ向かう予定だ。

ルクス中心部の広場沿い、大聖堂の隣に建つのが大司教離宮である。司教区の事務所と大司教の住居を兼ねた白亜の建物だ。

ルクス滞在中、ハロンシュ枢機卿はこの大司教離宮を拠点にしている。

応接間に案内されたエデルは修道女たちの同席を願った。身分の違う者たちが同席することにウィーディアが難を示したが、彼女たちに聞いてみたいことがあった。

「あなた方の目で見たオストロムについて教えてください」

自分では気付けない国民たちの様子を聞くよい機会だと思ったのだ。

突然のことに、修道女たちが互いに目配せをし合う。

「忌憚のない意見が聞きたいのです」

重ねて問うと、やがてぽつぽつと修道女たちが口を開き始める。近年立て続けに起こった戦により、流民となりルクスへ流れ着いた者たちの貧困。戦により寡婦となった者たちの中には仕方なく修道女になった者もいるという。

「皆さん、貴重な意見をありがとうございます」

エデルは彼女たちの言葉を頭に刻み込んだ。その声一つ一つが貴重なものだ。

この国の王妃として国民に寄り添いたい。どうすれば彼らの生活を安定させることができるのか、オルティウスと一緒に考えていきたい。彼の助けになりたい。

エデルを案ずる彼の気持ちは嬉しい。

けれども、彼の後ろに隠れ、守られているばかりではいけないのだと思う。あの時、ユウェンに言った通り、王妃として彼の隣に立てる自分でありたい。

（オルティウス様が帰っていらしたら、もう一度話をしよう）

ウィーディアとの慰問が成功に終われば、きっとオルティウスも考えを改めてくれるに違いない。

「ハロンシュ猊下が妃殿下に申し伝えたいことがあると仰せでございます」

枢機卿付きの従者の案内で部屋を出たエデルは、導かれるまま階段を上がろうとする。

パティエンスの騎士も付き従うが、階段手前で止められた。

「この先は妃殿下お一人でと承っております」

制止の声に騎士たちが纏う空気を変えた。

エデルは「話をするだけです」と彼女たちを宥め、ハロンシュ枢機卿の元へ向かった。

二

その報せは視察中のオルティウスへ早馬で届けられた。

伝達役の騎士から渡された書簡にはヨルナス・ハロンシュ枢機卿の名がしたためられていた。中を検(あらた)め最後の単語まで目で追い終わると同時に、ぐしゃりと書簡を握りつぶした。

(やられた――)

ちょうど一日の行程を終え、とある領主の城館に戻った時のことだった。

オルティウスの全身から緊迫した気配を察した領主が狼狽し始めた。何か、不手際があったのでは、と危惧したのだ。

「視察は中止だ。今すぐイプスニカ城へ帰還する。支度をしろ」

「かしこまりました」

オルティウスは己の近衛騎士に命じた。騎士は僅かに疑問の色を顔に乗せたが、すぐに小姓らに指示を始めた。

「陛下、いかがなさいましたか？　王都からの報せだったのですよね」

視察に同行していたクルトが怪訝そうな声で尋ねてきた。

オルティウスは激昂しそうになる心を必死に抑えた。ここで感情に呑まれるわけにはいかない。この男を冷静に見極める必要がある。

「場所を変えよう。貴殿にも関係のあることだ」

適当な小部屋にクルトと連れ立って入った。彼の顔には、はっきりと困惑の色が浮かんでいる。

オルティウスは黙って受け取った書簡を差し出した。一度握りつぶしたそれは紙が皺くちゃで、クルトは丁寧に伸ばしたあと目で文字を追っていった。

「ま、まさか妻がそのようなことを――」

読み終えたクルトは動揺したのか、言葉が尻すぼみになった。

その様子をじっと観察する。この驚く様は本心からのものだろうか。少々大げさすぎやしないか。息遣いや目線はどうだ。何か怪しいところはないか。

（そもそも今回の視察も、ウィーディアに加担したヴェリテ殿がエデルと俺を引き離すために計画したのではないか？）

そのような疑念が頭の中に渦巻いた。

「あなたは何も知らなかったのか？」

「もちろんですよ。知っていれば全力で止めていました。いや、そもそもオストロムへ来ることすらなかったでしょう！」

クルトは大きな声で身の潔白を訴えた。その形相は鬼気迫るものがある。

しかし、この男の言葉をそのまま受け取るわけにはいかない。

「私はすぐにここを発つ。悪いが緊急事態だ。視察は中断する。当然ヴェリテ殿もルクスに帰還してもらう」

「それは、ええ。もちろんでございます。しかし、もう間もなく日が暮れますよ。明朝、日の出と同時に馬を飛ばしましょう」

「あなたはあとから戻ればいい」

確かにクルトの言う通り、日の入りが近い頃合いだ。

だが、今出発し距離を稼げれば、明日の午前中にはイプスニカ城へ到着できる。今夜は野宿になるため彼には酷だろうと配慮を示した。念のために随行する近衛騎士を一人、見張りにつけておくことを了承させた。

エデルのことが気がかりだった。ウィーディアを信じたいという彼女の優しい心をあの女は踏みにじった。そのことに怒りを覚え、爪が食い込むほどこぶしを握った。

（エデルを身分詐称罪と背徳罪で教会に訴えるだと……？　ふざけるにもほどがある！）

夕暮れに染まる大地を踏み鳴らす音を響かせ、オルティウスはルクスへ馬を走らせた。

イプスニカ城へ到着したのは翌日の正午をわずかに超えた頃のことだった。騎乗したまま城門を潜り抜け城の玄関口にたどり着いた。

王の帰還を報されたヴィオスが駆けつけ、少々息が上がった声で話し始める。

「おかえりなさいませ、陛下。妃殿下が急病で倒れましたため、早馬を仕立て急ぎお報せした次第でございます」

「……それで、エデルの容体はどうだ？」

「大事を取ってイプスニカ城の外で静養していただくことになりました。フォルティス殿下に移ってはいけませんから」

これらの内容はすでに城の人間たちの間では共有されているのだろう。オルティウスたちの会話が届いた者らが気遣わしげに視線を伏せた。

オルティウスは執務室へと急いだ。

室内にはガリューとレイニーク宰相の姿があった。

「身分詐称罪と背徳罪だったな。何を今更、白々しい。全てはあの女の我儘に端を発したことだろう」

事情を知る人間たちの前で、オルティウスは吐き捨てた。

早馬で伝えられた内容はこうだった。エデルをルクスの大司教離宮、否ハロンシュ枢機卿の名において拘束した。それはウィーディア・ヴェリテの訴えを受けてのこと。

「陛下がお戻りになりましたので、遣いを大司教離宮へやっています。じきに到着するでしょう」

ヴィオスの言葉にオルティウスは頷いた。

オルティウス不在の中、レイニーク宰相はエデルツィーア王妃の身柄引き渡しを要求した。しかし、ハロンシュ枢機卿はそれを突っぱねた。神の元で己が審理を施すとの主張を繰り返すのみ。無理に踏み込めば聖教施設内への不当侵入とみなし、それなりの措置を取るとまで宣言してきた。

「ヴェリテ夫人はずいぶんと殊勝な態度でしたから、改心したのか、もしくは大人になったのかと思っていましたが……。まさか枢機卿を抱き込んでこようとは。私もそれなりに女性のことは見てきたつもりでしたけれどね。修行が足りませんでした」

ガリューの目まで欺くとはさすがは女狐（めぎつね）といったところか。だが感心している場合ではない。

「ウィーディアとは話をしたのか？」

「いいえ。オルティウス様に直接訴えたいと」

　ガリューが嘆息した。

　枢機卿を待つ間、側近と宰相から不在中の話を聞いた。この件を知るのは、当時現場にいたパティエンスの騎士と側近二人と宰相のみとのこと。

　女官長であるヤニシーク夫人へはヴィオスからエデルに予期せぬことが起きたため、病気療養の工作を手伝うよう依頼した。

　ヤニシーク夫人は何も聞かずに、エデルの侍女数人に対して数日間の外泊を命じた。実際はルクスにある夫人の屋敷にしばらくの間留め置いているだけだ。こうしておけばエデルの看病のため不在にしていると人々は認識する。

　オルティウスはヤニシーク夫人とミルテアに此度の件を告げることを決めた。どのみちフォルティスの世話もある。乳母や世話係がいるとはいえ、指示を出す者が必要だ。

　話し込んでいると侍従がハロンシュ枢機卿の来訪を告げた。

　ひとまずオルティウスとヴィオスのみで枢機卿に相対することに決めた。

「ハロンシュ枢機卿、此度の件ではどうしてヴェリテ夫人に肩入れをするのか聞かせてもらえないだろうか」

「ええ、もちろんですよ」

　彼は普段と変わらぬ慈悲深い笑みを湛えたままだ。

　その声に被せるように、扉が叩かれた。顔に困惑を張り付けた侍従を振り切るようにして入室してきたのはウィーディアだった。

「わたくしもご一緒したいですわ、オルティウス様」

「ああ。ちょうどそなたのことも呼ぼうと思っていた」

ウィーディアはにこりと笑いながらハロンシュ枢機卿の隣に着席した。

「ようやく、物事を正しく修正できますわ。わたくしの訴えをハロンシュ枢機卿は受理くださいました。エデルという名の異母妹はわたくしから名前と立場を奪いましたわ。父王に偽りを告げ、わたくしの権利を掠め取った。そしてその偽りを正そうとしたお母様はオストロムへの内政干渉という罪を押し付けられ、辺境の地に幽閉されてしまった。これは重大なる罪ですわ。間違いは正されなくてはいけません」

「その通りです、陛下。ヴェリテ夫人は私に助けを求めました。名と立場を妹に奪われたと。善良なる神の徒が苦しんでいる。私は聖教の名の元に彼女を庇護し、救済することを決心しました」

「私が何も知らぬというのか。ヴェリテ夫人、そもそも、そなたがこの入れ替わりを主導したのだろう。それを妹がゼルス王に取り入って名前を奪ったなどと。そのようなことがあるわけがない。エデルは入れ替わりがいつバレやしないかとびくびくしていた。本当の名を知られ、ここにはいられないと訴えた。責任感の強い娘だ。だが、そなたはどうだ？　妹にオストロムとの政略結婚を押し付け、今になってエデルを訴えた。一体何がしたい？」

オルティウスは怒りと苛立ちを抑えた声を出した。目の前の女はエデルがどれほど心細い思いでこの国へ嫁してきたか、考えも及ばないのだろう。

入れ替わりが露見すれば国同士の関係にひびが入る。か細い体に不安と恐怖を抱えながら、彼女は己に身を捧げた。

あの時の、熱にうなされたエデルが思い出された。このまま消えてしまうのではないかと何度も怖れを抱いた。目覚めた彼女は自分は間違った存在なのだと涙をこぼした。

思わず抱きしめた時の肩の細さを未だに覚えている。

「あなたも妹に騙されているのですね。あの子は昔から、人に取り入るのが上手だったのです」

ウィーディアの瞳に涙が盛り上がった。しゅんと悲しむ声と、媚びるかのようにこちらを見上げる紫色の瞳。なるほど、大した女優である。

おまえのほうこそ、その演技でハロンシュ枢機卿を騙したのだろうと吐き捨てたくなった。

「話にならない。ハロンシュ枢機卿、何ならゼルスから使者を呼んでもいい。この婚姻は両国間で決着がついたことだ。今更どうしてエデルに罪を着せる必要がある？」

「私は公正な判断をするまでです。ヴェリテ夫人は善良な人間です。彼女が嘘をついているとは思えません」

ハロンシュ枢機卿は静かに告げた。

「ですが、エデルツィーア妃殿下が嘘をついているとは、私には思えません」

ヴィオスが即座に口を開いた。その声は枢機卿と同じく落ち着いていた。

両者は押し黙った。

「ヴェリテ夫人、あなたは何を望んでいるのですか。エデルツィーア妃殿下の断罪でしょうか。それとも何か交換条件がおありになりますか？」

沈黙を破り、ヴィオスがウィーディアに話しかけた。

「わたくしは……正しい状況にしたいのですわ。本来オルティウス様に嫁ぐべきだったのはわたくし。でしたら、元に戻すのが筋というもの」

「それは、あなた様とエデルツィーア妃殿下の立場を入れ替えると。そうおっしゃっているのでしょうか」

先ほどまで瞳に涙を溜めていたウィーディアが口角を持ち上げた。

「わたくしがオストロムの王妃に。そして妹がクルト・ヴェリテの妻に。そうすれば穏便にことを済ませるとお約束しますわ」

「何を――」

「エデル一人のためにこの国の聖教信者全員が破門になるとなれば……敬虔な国民はど

う思うのでしょうね？」

思わず声を荒らげようとしたオルティウスを遮るようにウィーディアが畳みかけた。

「私が否と答えれば圧力をかけると。そう言いたいのだな」

「この国の聖職者にとっても、せっかく聖教中央との繋がりが持てる機会ですのにね。陛下の選択によっては水泡に帰してしまいますわ」

ウィーディアが頬に手を当て、国民への同情を示すかのような憐（あわれ）みの声を出す。

これは脅しである。彼女は聖教の、枢機卿の力を行使すると宣言した。

ハロンシュ枢機卿は唇を引き結び、穏やかな目でウィーディアを見つめている。

（ウィーディアに与（くみ）すれば益があるということか……）

オルティウスはぐっと押し黙った。

三

エデルが大司教離宮にて自由を失って四日目の朝が到来した。

現在留め置かれているこの部屋は客室の一つなのだろう、調度品はどれも品が良く清潔に保たれていた。

待遇は悪くはなく、食事は日に三度提供され、着替えも用意されている。しかし、この部屋から外へ出ることはできない。中庭を望む三階の窓の外には露台もないし、足場になりそうな木も植わっていない。

中庭には定期的に聖教騎士が見回りに出ている。エデルが窓の下を眺めると、その視線を感じ取るのか、たまに目が合うことがあった。

窓の外を鳥の群れが飛んでいく。翼が欲しいと思った。そうすれば今すぐに夫と息子の元に飛んでいけるのに。

ふと、オルティウスの顔を思い浮かべた。胸がずきりと痛んだ。彼はきっと呆れているに違いない。何度も警告を受けていた。ウィーディアと距離を取れと。

対話を選んだのは自分だ。だが、彼女は最初から受け止める気もなかった。

トントントン、と扉が叩かれた。現れたのはアマディウス使節団の修道女だった。盥(たらい)を手にした女性ともう一人が入室し、エデルの身支度を手伝ってくれる。

顔を洗い簡素なドレスに着替えると、朝食が運ばれてきた。もう三日も閉じ込められ、あまり動いていないというのに、お腹は空くのだから不思議だ。

最初は突然の事態に驚き、食欲などまるでわかなかった。

けれど、食べなければオルティウスが心配する。そう考えたら不思議とパンに手が伸びていた。頭の中に彼の「もっと食え」という声が蘇（よみがえ）った気がしたからだ。

次に会った時痩せていたら彼が心配する。エデルは時間はかかるものの、毎食きちんと完食していた。

あの日エデルは樫（かし）の木で作られた書き物机と壁際に設置された大きな本棚が印象的な部屋に通された。

ハロンシュ枢機卿に席を勧められ正面に座ったエデルに、彼はあくまでも穏やかな声で「あなたは罪を犯しました」と告げた。

会話の取りかかりに本日の天気を話題するかのような静穏さだった。最初は何を言われたのか分からなかった。

彼は同じ声色でさらに続けた。ウィーディアから助けを求められたのだと。狡猾（こうかつ）な妹は国同士を巻き込み、書類を書き換えさせ、己から何もかもを奪ってしまった。自分ではどうすることもできない。もう神に助けを求めるしかない。

ウィーディアの訴えを受理したハロンシュ枢機卿は教会の持つ裁判権でもってエデルを拘束することを決めた。

「――っ」

喉の奥が引きつった。心臓が大きく脈打ち、じとりと汗が浮かび上がった。

自分の知らないところで何かが起きている。理解が追いつかなかった。

愕然とするエデルに対して彼はさらに言葉を重ねた。

枢機卿たる己がいるこの大司教離宮は一時的に治外法権。聖皇王から裁判権の一部を委任されているため、王といえども迂闊に手は出せない。

まずは審理を速やかに、そして公平に行うために王妃をこの離宮に留め置くのだと。

彼の言葉が頭に入ってこない。呼吸が浅く苦しかった。

分かったのは、何か大きな事態が起こったということ。今この瞬間に自由を失ったということだった。

「事情説明は終わりまして？」

扉が開き、ウィーディアが入室した。彼女はハロンシュ枢機卿の隣の椅子に腰を落とした。

「ええ。今しがた終えたばかりですよ」

ハロンシュ枢機卿がウィーディアに微笑を向けた。

「お……姉様……どう、して？」

からからに渇いた喉から何とか言葉を絞り出したエデルをウィーディアが一瞥した。

その紫色の瞳の中に、今まであった友好的な色は欠片もなかった。

あるのは敵意が込められた既視感のある眼差し。

「だって、おかしいじゃない？　わたくしがたかが一商会の跡取り息子の妻で、あなたが辺境の蛮族とはいえ国王の妻だなんて」

その瞳の中には苛烈な熱を宿している。怒りによってウィーディアの声が高く鋭くなっていく。

「こんなの間違っているわ。わたくしは栄えあるゼルスの第一王女として生まれて、王の妻になるべく育てられてきたのよ。泥坊猫の娘とは違うの」

だから、と彼女は続けた。辺境の国とはいえ、王妃は王妃。商業自治都市の代表議長の妻でいるよりもずっといい。自治都市の長とはいえ、世襲ではなく任期が終われば一介の評議員の妻に格下げになる。そうなれば、次の議長夫人に対して形式的に頭を下げなければならない。

「ヴォールラムに嫁いだあと、オルティウス陛下の噂がいくつか聞こえてきたわ。若い王は強くて精悍なお顔なのですって。だから考えたの。わたくしがオストロムの王妃になればいいのではないかって」

「なっ……」

顔色を失くすエデルとは反対にウィーディアは肩を揺らして笑った。

「実際会ってびっくりしたわ。予想以上の美丈夫ね。あれならわたくしの隣に立っても見劣りしないわ。それに、あなたよりもわたくしのほうが彼にはお似合いだと思わなくって？　あなた、ダンスも下手だし、存在感がないのよ。ルクスの街はそれなりに賑やかだし、イプスニカ城も思ったほど悪くはなかった。これならわたくしでも何とか過ごせそうよ」

流れるような言葉の数々に呑まれそうになった。

エデルは体中から気力をかき集めた。

「突然王妃が替わるなど、そのようなこと……認められません」

城にはフォルティスがいる。まだ生まれて一年も経っていない。この入れ替わりが実現してしまったら幼い息子の運命がねじ曲がってしまう。

オルティウスが授けてくれた命だった。一緒に育てようと言葉を交わし合った。簡単に彼の隣を渡すことなどできない。

エデルの反論を聞いたウィーディアがやおら立ち上がった。つかつかと歩き、エデルの前で立ち止まった彼女は手を大きく振りかぶった。

パシン、と音がした。

頬に痛みが生じた。数秒後、平手打ちされたのだと理解した。

「あなたのせいでお母様は辺境に押し込められた。わたくしは商人風情に嫁ぐ羽目になった。全ておまえのせいよ！　おまえがいたからいけないのよ！」

ウィーディアの金切り声が室内に響いた。

その声に聞き覚えがあった。ずいぶんと長い間忘れていた。

——このような薄汚れた娘をウィーディアと同じ王女として育てなければならないなんて——

——まあ、さすがは淫売婦の娘だわ。いやらしい子——

——おまえはお情けで置いてもらっているんだ——

「——殿下。エデルツィーア妃殿下？」

近くで声が聞こえた。こちらを気遣う優しげな声に、ハッと我に返った。

「あ……なたは」

ずいぶんと長い間ぼんやりしていたようだ。朝食はとっくに下げられていた。

すぐ近くに修道女がいた。人の気配に気付くこともなかった。

彼女は案ずるようにエデルの顔を覗き込む。

「喉が渇いていらっしゃいませんか？　ぶどう酒を貰ってきました。いかがでしょうか」

「お気遣いありがとうございます。ですが、お酒には弱いので、水か何かでかまいません」

「さようでございますか。ではこちらを」

修道女はエデルに銀杯を渡した。井戸水だろうか。口に含むとひんやりと冷たく頭の奥まで冴えわたるかのようだった。

「ありがとうございます。マーラ・エラディーラ」

「名前を覚えてくださっていたのですか」

「はい。とても素晴らしいレースの数々を献上くださいましたね。お義母様や義妹も喜んでいました」

「わたくし一人の作品ではありませんのに、もったいないお言葉ですわ」

マーラ・エラディーラは顔に喜びを浮かべた。

エデルは銀杯に入った水をそろりと舐めた。

マーラ・エラディーラはまだ室内に留まっている。今日はどうしたというのだろう。

このようなこと、この部屋に留め置かれるようになって初めてのことだった。

一応一国の王妃ということで配慮されているのか、世話役に彼女ともう一人修道女がつけられている。

とはいえ、彼女たちは余計なことは話さず、用が済めばすぐに退出するばかりだった。

幽閉当初、外の情報を得ようと思い質問を重ねた時も沈黙を守っていた。

「このたびのこと……妃殿下には何と申したらよいのか」

彼女の声には後ろめたい響きがあった。それを証明するかのように、彼女は沈痛な面持ちで両手を前に組んでいる。

「あなたがたのせいではありません。あの、差し支えなければ教えて欲しいのですが、わたしがこの部屋に留め置かれている理由を、どのように聞いているのですか？」

今ならば彼女は話してくれるかもしれない。確信はないけれど予感はあった。

マーラ・エラディーラは顔を上げ、迷うように周囲に視線を彷徨（さまよ）わせた。

「……戒律違反の疑いがあると……それだけですわ。詳細までは知らされておりません」

続けて、数日前誰か妃殿下の世話役につくよう、アマディウス使節団の修道女らに対して要請があったのだと、そう彼女は締めくくった。

真摯な眼差しと声に嘘はないのだろうと思った。

エデルを貶（おとし）めるのなら、告発内容を発表すればいいはずだ。それをしないということは、何か理由があるのだろうか。

エデルは考えつつ別の質問をする。

「ハロンシュ枢機卿猊下は離宮にいらっしゃるのですか？　それともどなたかと面会をされているのですか？」

「猊下のご予定までは……わたくしには分かりませんわ」

ハロンシュ枢機卿はエデルを閉じ込めるばかりで審理を開始する気配もない。

このままウィーディアの主張が通るのを待つだけなのか。それともオストロム側が交渉を持ちかけているのか。何もできない時間が酷く長く感じた。

もしも、枢機卿に面会を求めたら応じてくれるだろうか。

「少し長居をしすぎましたわ。妃殿下、わたしはこれで失礼しますわね」

マーラ・エラディーラはそそくさと出ていってしまった。

再び室内を静寂が支配する。

ほんのわずかな会話だったが、ずいぶんと気鬱さが和らいでいた。

話し相手もいない中、マーラ・エラディーラの優しさに救われた。

彼女を味方にできないかとも考えたが、エデルはすぐにその考えを打ち消した。同情はされているのだと思う。

だからといって全面的にこちらの味方になるかといえば、難しい話だ。エデルに加担するとなれば、ハロンシュ枢機卿の意に逆らうことになる。そうすれば彼女の立場が悪くなるし、故郷に帰れなくなる可能性も出てくる。

(まずは……心を強く持つところからだわ)

窓の外に広がる青い空に勇気づけられる。もう一度、この青空の下をオルティウスと一緒に歩きたい。フォルティスはもうすぐ歩くようになるだろう。そうしたら三人で手を繋いで、花冠を作って。

(それに、きっとオルティウス様が力を尽くしてくれているわ)

今現在、自分にできることは少ないどころか何もない。でも、この身を嘆くばかりでは意味がないのだ。いざという時に動けるようにしておくこと。しっかり食べて眠って体力を維持する。これは最低限必要なことだ。

（大丈夫。できることから始める。この国に嫁いできた時もそうだった）

心細さは変わらない。動かない事態に焦燥も募る。

今大切なことはオルティウスを信じることだった。

四

翌日、もう間もなく太陽が空の頂へ到達するだろうという頃、来客があった。隣の部屋へ連れてこられたエデルは、予期せぬ訪問者を前に軽く目を見開いた。

「ごきげんよう、エデルツィーア王妃殿下」

目の前で恭しく礼を取ったのはクルトだった。

ウィーディアの夫である彼がなぜ。傍らにはハロンシュ枢機卿が佇んでいる。

驚きに言葉を失うエデルとは反対に、クルトはにこやかな顔で「どうぞご着席ください」と椅子を勧める。

親しさを醸し出すクルトに対して、エデルはどのような態度を取ればいいのか判断に迷った。だが、これはある意味好機だ。ずっと閉じ込められていて外の状況を知ることもままならない。彼との会話で、何か聞き出せるかもしれない。

「あの。今日はどのような用でこちらに？」

「未来の妻へ挨拶をと思って」

「――っ！」

想像もしていなかった言葉に心臓が嫌な音を立てた。

「そこまで顔色を変えられると寂しいなあ」

エデルの反応を楽しむかのように、彼はくすくす笑いだす。

「これは冗談でも何でもないよ。ウィーディアがオストロムの王妃の座に納まるのなら、僕にも代わりの妻が必要になる」

「それが……わたしだと……、あなたはそのように？」

正面に座るクルトが頷いた。

「僕はゼルス王の娘が妻ならウィーディアでもエデルツィーア、あなたでも構わない。どのみち政略結婚で、愛の絆(きずな)が必要なわけではない。欲しいのは血筋のいい妻と王家の血を引く子供だ」

ずいぶんと冷めた物言いだった。だが結婚とは、それによって得られる利益が重要視され、個人の感情は二の次。このような価値観が一般的だ。

ヴォールラムのような商業自治都市は海上貿易からなる富で傭兵を雇い防御を固め、過去に国王から自治をもぎ取った。

同じような都市はクライドゥス海沿岸に複数存在し、友好を結ぶ都市とは関税や船の寄港時の優遇などで関係を深めてきた。

国王側もただ黙っているわけではない。隙あらば貿易都市の利益を手中に収めようと虎視眈々(こしたんたん)と狙っている。

「王家の血が入れば、商人風情がと軽んじられることも少なくなるだろう。僕には前妻との間に子供がいるけれど、きみが産んだ子が優秀なら跡取りに据えるつもりだ」

「……わたしはオルティウス様の妻です。……あなたの妻にはなりません」

「へえ。気弱で反論など何一つできない娘だと聞いていたけれど。ちゃんと口は利けるようだ」

クルトは幼子の反論を楽しむかのような声を出す。

これではもう一度立場を入れ替えられてしまう。エデルはハロンシュ枢機卿へと視線を向けた。

「わたしとウィーディアお姉様は確かに名前を入れ替えました。しかし……それは……、ゼルスの王家も認めた上での行いです。確かに……わたしたちは一度オストロムの人々を、国王陛下を欺きました。けれども、陛下は寛大なお心で許し、わたしを受け入れてくれました。どうか、このまま……わたしを陛下の妻でいさせてください」

エデルは必死に訴えた。「俺の側にいろ」と居場所を与えてくれた彼の隣にありたい。

「ウィーディア様は私の前でさめざめと泣かれました。妹に何もかもを奪われたと。あの清く美しい涙の持ち主を、私は全力で救って差し上げると、そう決めたのです」

静かな声が室内に響く。柔和な表情だが確固たる意志を持ったハロンシュ枢機卿がエデルの訴えを棄却する。

「ですが」

「私が決めたのですよ。ウィーディア様をお救いすると。これ以上の理由などないでしょう」

人々を包み込むような笑みを保ったまま言い切った彼に、エデルは言葉を詰まらせた。

ハロンシュ枢機卿は、エデルを拘束する時に同席したウィーディアの苛烈な言葉の数々を聞いている。その上で、ウィーディアを救うのだと宣言した。

これ以上説明しても彼には届かない。自分の言葉は斬り捨てられる。直感で理解させられた。

「猊下にはそれをできるだけの権力がある。実際、きみの身柄は聖教が押さえている。この建物はオストロム国内だけれど、ハロンシュ枢機卿がおわす今、治外法権が適用される」

エデルに現状を言い聞かせるかの如く、すらすら言葉を紡ぐのはクルトだ。

枢機卿には一定の権限が与えられている。神の教えを説く聖教の元には救済を求めて少なくない人々が駆け込む。彼らの権利を守るために、聖教指導者たちは世俗の法が介入できない制度と権力を時間をかけて作り上げた。

聖教勢力と国王、どちらの権限が上なのか、時代や国を越え権力闘争されて久しい。

オルティウスだとて枢機卿に対して迂闊に手を出すことはできない。

この国でハロンシュ枢機卿に何かあれば聖教王が乗り込んでくる可能性も否定できない。

組織は面子を大事にするものだ。これが潰されたとあれば、教会が有する兵力の動員という事態へ発展する可能性もある。

「どうかな。教会を敵に回すと厄介だろう？　ちなみに、僕には何ができるだろうと考えてみたんだ」

エデルに長々と国王と聖教の力関係を解説したクルトが心持ち胸を張る。

「例えば、オストロム王国の貿易船への関税の引き上げ。二倍はどうだろう。それからオストロムで発行された為替や手形の取扱い停止や通貨の両替禁止、オストロムの船舶への補給禁止も加えようか。ヴォールラムと友好関係にある商業自治都市へ同調するよう働きかけるつもりだ」

「ですが……交易路は何も海だけではありません。陸路もあります」

「海路が駄目なら陸路での交易を増やそうとしても、そう早く変更できるものでもないよ。窮状につけこまれれば商品を安く買いたたかれるし」

エデルの反論など子猫の戯れも同じだとでも言いたげに、クルトは捕らえた獲物に牙を立てるかの如く、楽しげにずいと身を乗り出す。

「でも、取引禁止とはいえ、カミエシナ岩塩は魅力的だ。だからね、こういう手段もあるんだよ」

エデルは思わずごくりと喉を鳴らした。

「クライドゥス海の北には島があるだろう。大きな島だ。寒さで土地は痩せ、作物はあまり育たない。彼らは沿岸部に住み、海に出てくじらやあざらしを狩り、それらを売って生計を立てている。彼らはね、遡れば大陸由来の海賊だった」

今でも高度な航海術を持つ彼らの裏の顔は海賊。漁師とは別に、不漁の際はそちらで食いつなぐのだと、クルトが続ける。

「彼らに依頼して船を襲わせれば、我々は塩を手に入れることができる」

「海賊と取引をするのですか⁉」

「表向き、我々は海賊を取り締まっている。だけど……まあ、世の中持ちつ持たれつだよね」

「そんな……」

海賊に襲われれば商人などひとたまりもない。もちろん彼らだって自衛はしているのだろうが、はっきり攻撃すると聞かされれば胸が軋んだ。

「戦上手な黒狼王とはいえ、今回は負けを認めざるを得ないんじゃないかな」

クルトがにこりと笑った。

今日彼らはエデルの心を打ちのめすために来たのだ。希望を持つことの愚かさを教えるために。助けなどこないのだと、知らしめるために。

二人が退出したあとも、エデルはしばらくその場から動くことができなかった。

五

オルティウスはフォルティスの部屋を訪れていた。エデルが息子と引き離されて五日が経過していた。

フォルティスは絨毯の上に座り込み、木製のおもちゃで遊んでいた。父の訪れに、彼はきょとんとした顔でこちらを見上げる。

「おまえもエデルに会えないと寂しいだろうな」

「早く妃殿下の体調が良くなることを祈っておりますわ」

乳母が控えめに言い添えた。

エデルは病に伏せイプスニカ城とは違う館で療養中ということになっている。

フォルティスは王家の子供だ。その養育には多くの人が介在している。乳母や世話係、護衛などに囲まれ、エデルが不在でも何の変りもない。そのことに安心すべきなのに焦る気持ちもある。

彼女がいなくても日々の生活は滞りなく営まれていくのだと否が応でも突きつけられているような気がするからだ。

「エデルの回復には時間がかかるようだ。フォルティスは何か変わりはないか」

「フォルティス殿下は病の兆候もなく、健やかに過ごされております。ただ……、妃殿下の子守唄を聞けないことを殿下なりに理解しておりまして。眠る前に少々ぐずっておいでです」

初めて聞く報告だった。

乳母の表情にも寂しさが浮かんでいた。

「そうか。おまえも母が恋しいか」

オルティウスはフォルティスの前に屈(かが)みこみ、額を撫でてやった。息子は今はそのような気分ではないのか、顔を左右に振った。

王妃としての務めがあるため、エデルがフォルティスと過ごせる時間は一日の中でも限られている。彼女はできるだけ息子に関わろうと時間を捻出していた。

彼女の愛情はきちんとフォルティスにも届いているのだ。

「おまえの母はきっと良くなる。だから、もう少しの辛抱だ」

もう一度くしゃりと髪の毛を撫でると、「うー」と声を出しながら両手を動かし始めた。

このような時でも赤ん坊はマイペースだ。その仕草に心が解された。

オルティウスは乳母に息子を任せ部屋を出た。

太陽が地平線の向こうに隠れ、暗闇がひたひたと城内を侵食し始める。あちらこちらに火が灯り、ゆらゆらと影が揺れている。

一日が長いのか早いのかまるで分からない。

きっと、エデルは心細い思いをしているに違いない。今すぐに大司教離宮に乗り込み助け出したい。

だが、国王という立場がオルティウスから自由を奪う。己の意思だけで動くことはできない。相手は高位の聖職者だ。聖皇王に次ぐ力を持つ枢機卿に対し、下手に動くと聖教全体を敵に回す事態になりかねない。

実際、そのような事例が過去に幾度かあった。別の国の話だが、時の聖皇王と仲違いをし、両者共に兵を立て衝突し混沌の数十年と呼ばれるような時代が存在した。

「陛下」

執務室へ向かって歩いているさなか、ヴィオスとガリューに出くわした。どうやら己を探していたようだ。

「どうした？」

何か進展があったのかと声に期待が混じった。

「先ほどからヴェリテ夫人が陛下にお目通りをしたいとごねておられます」

「そんなもの追い返せ」

不愉快な報告にオルティウスは分かりやすく眉を顰め冷たく言い捨てた。

「今日で五日です。そろそろ業を煮やした相手側が動くことも考えられます。ここは一つ、ヴェリテ夫人のご機嫌を取ってみるのも作戦としてはありなのでは？」

「俺は女性の扱いには長けていない」

オルティウスは険しい顔のままガリューに返した。特に女性との駆け引きなど苦手にもほどがある。昔から剣と馬の稽古に明け暮れてきたのだ。王を継ぐ立場であったため、近寄ってくる女には一定の警戒心を持って当たれとの教育係の言葉を真面目に受け取って成長した。

「我々は頑なにヴェリテ夫人の要求を突っぱねています。彼女の我慢の限界も近いでしょう。もしも妃殿下をハロンシュ枢機卿の教区に移動させるとなれば、我々には手が出せません」

「分かっている。兵を差し向ければ攻撃したとみなされ、問題がより大きくなる可能性がある」

反撃をするにはまだ準備不足だ。今回の使節団代表交代の事情をゼルスに問い合わせているが、その返事もまだだ。できればゼルスを通じてマラート枢機卿と連絡を取り、彼を味方に引き入れたい。

「仕方がない。どこか適当な部屋を用意しろ」

エデルを取り戻すためだと割り切り、侍従に命じた。三十分もすれば面会の席が整うだろう。

(上手くとりなすどころか、喧嘩を売る未来しか見えないな)

ウィーディアに対して機嫌を取るなど難題にもほどがある。

内心の苛立ちを抑えていると、ヴィオスによって次の報告がもたらされた。

「本日クルト・ヴェリテ殿が大司教離宮を訪れたとのことです」

建物内に入るまでは目視できるが内部の様子までは分からない。その彼はルクス市内に留まり滞在先である小館には戻っていないと続けられた。

大司教離宮はルクス中心部の広場に面して建てられている。すぐ隣には大聖堂がある。

オルティウスもただ手をこまねいているわけではない。

パティエンスの騎士たちに命じて常に建物を見張らせている。

上がってくる報告によれば、ハロンシュ枢機卿はルクスに数多ある教会を訪れ礼拝説教を行ったり、告解を受け付けたりして市民との交流に勤しんでいる。友好を結ぶために訪れたのだから、ある意味見本のような行動である。

「クルト・ヴェリテもおそらくこの件に噛んでいるだろう。俺の前では、さも今聞いたというふうに驚いていたが」

「ヴェリテ家として精力的に動き回っているようですよ。商人らしいといえばそれまでですが」

「そういえばガリュー、スラナ大司教のあとを追わせるために人を遣ったそうだな」

ヴィオスが水を向けると、ガリューがその通りだと頷く。

「ああ。ハロンシュ枢機卿の遣いで東へ向かったって聞いて。一体何の用事かなって単なる好奇心」

「聖教の用件だろうか」

「もしかしたらハロンシュ枢機卿にも、オストロムに個人的な用件があるのかなって。

そう思ったんだよ、ヴィオス」

「個人的な用件か。確か……彼はゼルスの西隣リベニエ王国の貴族家出身だったな。六番目の息子として生を受け、少年の頃に教会に預けられた。そして頭角を現し順調に出世を重ねていった」

「さすがはヴィオス。分かりやすい説明をありがとう」

ヨルナス・ハロンシュの経歴は三人で共有している。

いくら貴族の家に生まれようとも、上に五人も男がいれば家督が回ってくる確率は限りなく低い。そうなれば自分で食い扶持(ぶち)を見つけなければならない。聖職者にと親が考えるのも頷ける。

彼の経歴は言ってしまえばどこにでもあるものだ。家を継ぐのは長男が基本で、次男以下は己の才覚で身を立てる必要がある。いくら貴族家出身とはいえ枢機卿にまで上り詰めたのだから、処世術に長けていたのだろう。

「彼がヴェリテ夫人を頑なに味方する理由も探る必要があるな」

側近二人が頷いた。


面会は城内に数多くある応接室が使われることとなった。

登場したウィーディアを見るなり、オルティウスは今すぐに部屋から退出したくなった。

真正面に着席するウィーディアは胸が半分ほどしか隠れていない薄いドレスを身に纏っていた。相手の意図が透けて見える場ほど苦痛なものはない。

最初こそ礼儀に則り(のっと)オルティウスの目の前に着席したウィーディアだったが、侍従が退出した途端に立ち上がり、すぐ隣に座り直した。

「今後はわたくしがあなたの妻になるのですもの。もっと近くに侍り(はべ)たいですわ」

媚びた目でしな垂れかかってくるウィーディアに対して不愉快になった。

おまえなど必要ない――、そう意思表示をするため、オルティウスは即座に立ち上がった。

触れたいのは世界中でただ一人、エデルだけだ。その他の女に積極的に言い寄られても心が動くはずもない。

「まあ……オルティウス様は恥ずかしがり屋さんなのですわね」

ウィーディアがふわりと微笑んだ。

「どうとでも取れ」

「でも……女性に恥をかかせるのはどうかと思いますわ」

「妻以外の女に近付かれて喜ぶ趣味はない」

「この間、一緒にダンスを踊った仲ではありませんか」

「あれくらいのことで特別な仲だと勘違いされては困る。ただの社交の一環だ」

「わたくし、この国が気に入りましたわ。想像以上に栄えていますもの。きっと民もわたくしのように華やかな王妃を迎えることができて喜ぶと思いますわ。王妃たるもの、流行の発信源とならなければいけません。あの娘よりもわたくしのほうが全てにおいて上ですわ」

立ち上がったウィーディアがオルティウスへ近付く。背中に流した白銀の髪が燭台の火に照らされる。彼女のその色はエデルに似ていた。細い絹糸のような妻の髪が思い起こされた。

「今日、クルト・ヴェリテが大司教離宮を訪れたらしいな」

「まあ、そうですの。わたくし、あの人がどこで何をしているかなど興味はありませんの。あちらもわたくしを同じように思っているわ」

「一応おまえの夫だろう？」

「中肉中背で顔も十人並み。あのような男、わたくしには釣り合いませんわ。取り柄は財産をたくさん持っていることくらいかしら」

「ずいぶんと尊大な言い方をする」

「だって、わたくしは王の娘として育てられましたもの」

　ウィーディアは悪びれることなく胸を張った。

「王の娘に生まれたのだから、夫は国王でなければならないと。そういうことか」

「あなたはとても美しくいらっしゃるもの。黒狼王という言葉がいけませんわ。どうしたって、獰猛な獣を思い浮かべてしまいます」

　すぐ目の前でウィーディアが立ち止まる。

　白く艶めかしい肢体と男を誘う笑み。男であればごくりと喉を鳴らす場面なのだろう。

　ウィーディアがオルティウスの胸に指を這わせる。嫌悪感にその手を払いのけていた。

「気安く触るな」

　低く唸るとウィーディアが虚をつかれたようにその場に佇んだ。まさか拒絶されるとは露ほどにも思っていなかったらしい。

　だが、呆気にとられた表情も数秒のことだった。彼女は顔に薄暗い笑みを浮かべた。

「あの娘には触れさせているのに？　子供まで与えて。あんな貧相な娘では満足もできないでしょう？　わたくしはエデルにはないものを持っていますわ」

　その声には、瞳には、はっきりとエデルを嘲る色が乗っていた。

　これを白い薔薇などとよく言ったものだ。誰が言い出したのかは知らないが、見る目がないにもほどがある。毒草にしか思えなかった。

　――オルティウス様――

最愛の妻の声が脳裏に蘇る。こちらを見つめる紫水晶の瞳。すみれの花のように可憐な微笑み。細い指が己の背中を辿る感触。

一見すると儚げだけれど、しなやかな心をもつ娘。健気な彼女は過去の傷を乗り越えようと、姉と向き合うことを望んでいた。

「エデルはおまえのことを信じたがっていた。おまえはたった一人の姉だから、過去ではなくこれからの関係について真剣に考えていた」

オルティウスはウィーディアに言い聞かせるような声を出した。エデルは姉と対話することで前に進もうとしていた。それを踏みにじった彼女に一言言わなければ気がすまなかった。

「信じる？　馬鹿じゃないの。ふふっ……あはは！　あんなの演技に決まっているじゃない！　わたくしがあの子と分かり合える？　淫らで汚らわしい淫売婦と何を話すというの！　演技をしている間だって、苦痛で仕方がなかったのに！」

耳障りな笑い声が響き渡る。

笑い声から一転、最後は全身から蔑みを滲み出し、ウィーディアは叫んだ。

「あれが妹などと思ったことすらないわ。あれは罪の子よ。お母様からお父様を奪った憎き敵の娘のくせに、どうして仲良くしなければいけないの！」

高い女の声が室内に響いた。憎いという感情を剝き出し、その存在を否定する言葉の数々。

　オルティウスの中である記憶が蘇る。以前も同じように己の眼前で醜悪さを隠しもせずに喚いた女がいた。あれは牢の中でのことだった。

「おまえの言葉はあの女にそっくりだな」

「あの女？」

「ああ。バーネット夫人だ。おまえの母親の女官長だったのだろう？　エデルを憎むのだという言い回しも笑い方も、何もかもがそっくりだ」

「なっ――」

「哀れだな。おまえはゼルスの宮殿で醜く歪んだものばかりに囲まれて育てられた。おまえは母親と女官長の負の感情を全て受け継いでいる。エデルとは真逆だ。彼女の心は、悪意まみれの宮殿の中であっても、清らかさを失うことはなかった。あの中にあって心根の美しい真っ直ぐな娘に育った」

　オルティウスの言葉を聞いたウィーディアの顔色がみるみるうちに変化した。激憤に顔を赤く染め、唇を戦慄かせる。

「ふざけないで！　何を好き勝手に――」

「王女として育てられた娘が淫売婦などという言葉を知る機会など、そうはないだろう」

「これは人の夫を奪った泥棒猫に対する正当な評価を表した言葉よ」

「おおかたバーネット夫人あたりがよく口にしていたのだろう」

「こ、こんな屈辱初めてだわ！　さすがは蛮国の国王ね。信じられないっ！」

激昂したウィーディアは淑女の仮面をつけることすら忘れていた。不敬な台詞を吐き散らかし、癇癪を起こした子供のように扉を乱雑に開けて出ていった。

相手の出方を探るつもりが失敗に終わった。

中途半端に開いた扉の向こうから、様子を窺う侍従の気配が伝わってきた。

オルティウスは息を吐き出したのち、部屋をあとにした。

まだ耳の裏にウィーディアの甲高い声がこびりついているかのようだ。

無性にエデルに会いたくなる。彼女を思い切り抱きしめたい。

王とはままならない。一人の男である前に、為政者としてあらねばならない。時には愛する者すら斬り捨てる選択を突きつけられる。

王であることを選んだのは己自身だ。

それでも、オルティウスはまだ足掻きたいのだ。エデルを助け出せる可能性があるのなら――。

最後まで諦めたくなかった。

六

ウィーディアと物別れに終わって間を置かず、今度はクルトが面会を希望していると、侍従が告げに来た。

そういえば、彼とは視察先で別れて以降会っていなかった。

会いたいというのならちょうどいい。今は些末な情報すら貴重だ。

オルティウスが了承すると急ごしらえな会談の場が整えられた。先ほどとは違う部屋である。

席に着くのは己とクルトの二人のみ。彼は出されたぶどう酒を舐め、感嘆に目を光らせた。口に合ったからか、それとも緊張を解す目的なのか、彼は早いペースでゴブレットの中身を空け、とくとくと新たに注いだ。

「そういえば、今日大司教離宮に赴いたそうだな」

「え、ええ。そうなのです。昨日ルクスに到着した足で向かおうとも思ったのですが、身なりは整えたほうがよいだろうと日を改めることにし、今朝ハロンシュ枢機卿猊下へのお目通りを願いました」

「枢機卿は忙しくしているそうだが、面会は叶ったのか？」

「ええ、まあ。今回の妻の件について、どうにか穏便にことを治めることはできないかと訴えたのですが……猊下は頑なに妻の味方だとおっしゃるばかりで」

クルトがしゅんと肩を落とした。その様相はやや疲れており、枢機卿とオルティウスの間で板挟みになっているのだと主張しているようでもある。

「最初にオストロムへの輿入れを厭ったのは、あなたの妻であるウィーディア夫人だ。エデルは彼女の身代わりとして、この地へ嫁ぐことになった」

「そのあたりのことは水かけ論に終わるので、私に主張をされてもどうしようもないのですよ」

彼の言うことも一理ある。エデル曰く、姉の身代わりとしてオストロムへ嫁ぐことが決まったのは家族の晩餐の席でのこと。その時の詳細な会話の内容が書面として残っているわけでもない。

ウィーディアがしおらしい演技で涙を流せば、彼女の言い分を信じる者が出てこよう。

まさにハロンシュ枢機卿のことである。

「もちろん、私はエデルツィーア妃殿下の人となりにも短期間ではありますが触れました。彼女が人を貶めるなど、にわかには信じられません。けれども、ウィーディアは私の妻でもありますし。彼女もまた、誠実な女にございます」

あの本性をこの男の前では見せていないのか。ずいぶんと簡単に騙されたものだな、と穿った見方をするが、果たして言葉通り受け取ってよいものか。

「だがハロンシュ枢機卿はいささかウィーディア夫人に肩入れしすぎているようにも思えるが」

「ウィーディアはヴェリテ家に輿入れをした直後から教会に足繁く通っていました。おそらく、彼女の母君が犯した罪もあり、妃殿下に対して負い目があったのでしょう。真剣に神に祈るその姿に心を打たれたのだと思います。ハロンシュ枢機卿は敬虔な信徒で、ヴォールラムでも多くの市民に慕われておりました」

オルティウスはゴブレットに口をつけた。

ハロンシュ枢機卿が分かりやすく金品に流されるような男であれば、こちらにもまだやりようがあるのだが、彼があああも盲目的にウィーディアを支持する理由が不明だ。彼の前で本来の性格の片鱗を覗かせていたにもかかわらずだ。

（あの娘も哀れだな。母と筆頭女官の醜悪さを間近で見せられたのだから）

育った環境には同情する。けれども、いつまでも過去に捕らわれ、考え方を改めることなく嫉妬心を拗らせているのはあの娘自身だ。

「私自身、今回の件は寝耳に水でした。私はヴォールラムの長として、そしてヴェリテ家として、諍いは好みません。陛下のお力に添いたく存じます」

オルティウスはぶどう酒を舐めた。その時間を使い、慎重にクルトの顔色や表情を観察する。

「協力……か。一体何を？」

「私はウィーディアの夫です。妻とは婚家に従うもの。言うことを聞かないのであれば、彼女だけ先にヴォールラムへ送り返します」

「それで彼女が納得するのかどうか」

「もちろん、すぐに承知するとは言わないでしょう。ハロンシュ枢機卿猊下は妻の味方をするでしょうし。しかし、彼もまた妻にばかりかまけているわけにはいかない。この地には聖教指導者として訪れていますからね。隙を突けば上手くいくでしょう」

クルトの口調が滑らかになった。酔っているわけではなさそうだ。

彼の言葉に耳を傾けながら熟考する。果たしてあのウィーディアが簡単にクルトの命令に従うのだろうか。彼女はクルトを下に見ている。それは先ほどの会話からも十分に読み取ることができた。

「それでですね……こちらも骨を折るわけですから、陛下に少々見返りをいただきたいのですよ」

（やはりそうきたか）

別段驚くことではなかった。恩を売っておいて見返りを要求する。政治でも商売でも強かでないと生き残ることはできない。

目の前の男はエデルと引き換えに何を欲するのか。

オルティウスは目線で先を促した。

クルトが一度唇を舐めた。瞳の奥に隠しきれない欲が浮かび上がる。

「カミエシナ岩塩坑道の一切の経営権。これをいただきたいのです」

「経営権か……」

オルティウスがエデルを真実慈しんでいることを理解しての要求。大事な妻を取り戻すためならば、多少の無茶もするに違いない──と、そう彼は踏んでいる。

(ずいぶんと吹っかけてきたな)

オルティウスは黙り込んだままクルトに対して目を眇めた。目つきの悪さについては定評がある。正面をじっと見据えていると彼が「もちろん──」と話を続ける。

「私はそこまで強欲ではありません。そうですね……向こう二十年とするのはいかがでしょう。これでしたら陛下の在位期間中に期限がくるでしょう」

「カミエシナ岩塩坑道は代々王家が直轄地として治めてきた場所だ」

言外にできない相談だと匂わせれば、クルトが弱ったとでも言うように眉尻を下げた。

「こちらとしても、ハロンシュ枢機卿猊下に歯向かうのです。対抗策を講じておきたい。

それには資金が必要です。猊下に代わる新たな枢機卿を推薦するには、根回しのための寄進が欠かせません」

ヴォールラムを教区に含む彼の枢機卿の意思に反せば、のちの禍根として残るし、今後どのような報復をされるかも分からない。だったら己に都合のいい枢機卿に挿げ替えてしまえばいい。もっともらしい理由をつけ、彼は塩がもたらす利権に食い込もうとする。

やはり食えない男だ。彼がどこまでエデルの拘束に噛んでいるのかまでは分からない。しかし、即座にカミエシナ岩塩坑道の権利を主張するあたり、ウィーディアの計画を知りつつ止めなかったのではないか、と憶測した。

二十年とはまた絶妙な期間だ。オルティウスはまだ若い。この先何事もなければ二十年後もまだ王の座にいるだろうし、王の権限は絶大だ。

クルトは、このくらいのことならばオルティウスの独断でどうにかできるだろうと、踏んだのだ。

オルティウスは硬い表情を崩すことはなかった。足元を見るにもほどがある。

「カミエシナの地は私一人で即断できるほど軽い土地ではない」

「ええ。存じておりますとも。もちろん、経営権を譲渡いただいても、土地代として王家に幾ばくかの対価はお支払いすることをお約束します」

一方のクルトもまた、この場ですぐに返事をもらえるとは最初から考えていないようだった。彼はオストロムの土地を確かめるかのようにぶどう酒を口に付けた。

七

この数日、リンテはあまり機嫌がよろしくなかった。理由は分かり切っている。大人たちが自分に対して隠しごとをしているからだ。

もう子供時代は終わったのだから淑女になれとばかりに勉強を押し付けてくるのに、こういう時は仲間外れだ。まだ子供なのだから大人の話に首を突っ込むな、と窘(たしな)める。

そもそもの発端は、とある報せだった。それはエデルが熱病にかかり、療養のためイプスニカ城を離れたというもの。

リンテの勘が告げている。何かがおかしい。だって、仲のいい義姉とは三日を空けずに会っている。いや、ほぼ毎日顔を合わせている気がする。体調不良の兆しなどなかったではないか。

だいたい、エデルのことが大好きな兄オルティウスが病の兆候に気が付かないはずがない。そのような事態になれば部屋に閉じ込めるくらいはしそうなものだ。

「ということはやっぱりご懐妊かしら？」

「ええと、何のことでしょう？」

王妃の住まう一角に突撃したリンテは、女官を捕まえて尋問をしていた。

「お義姉様のことよ。忘れたとは言わせないわ。お義姉様がティースを身籠った時、わたしには最初教えてくれないばかりか、接近禁止命令が出されていたじゃない」

「前回とは違い、今回は病でございます。リンテ殿下に病が移らないとも限りません。どうかお見舞いに行きたいなどと申しませんように」

「むむ……」

先手を打たれてしまい、リンテは頬をぷくっと膨らませた。王妃付きの女官は何かと手厳しい。ここでごねたら母ミルテアに連絡がいってしまう。諸々を鑑み、一度引き下がることにしたリンテはしかし諦めることはなかった。

エデルがフォルティスを身籠った当時、初めての懐妊ということもあり周囲の者たちは慎重に慎重を重ねた。胎動が確認できるまで公表を避け、城の奥で厳重に守りを固めたのだ。

リンテはある日突然エデルと会えなくなった。方々に尋ね回り、最終的にはエデルの部屋にお見舞いの品持参でこっそり忍び込んだ。

あの時、エデルは大層喜んでくれた。一人で寝台の上で安静にしていると知り、寂しくないようにお気に入りの人形を渡したのだ。

(でも、今回はたぶん懐妊とは違うのよ。今回のほうがあの時よりも空気が硬いわ)

病療養のためエデル付きの侍女たち数人も城から姿を消している。ヤニシーク女官長が王妃不在の奥を守り、フォルティスの世話の指示はミルテアが出している。

あの二人ならエデル不在の理由も知っているはず。そう踏んだリンテは、彼女たちが会話するならこの部屋だろうと当たりをつけて張り込んだ。

結果、こっそり開けておいた窓の外で、エデルが現在ルクス中心部に建つ大司教離宮に捕らわれていることを知ったのだ。

思いもよらぬ事態に衝撃を受けた。まさかそのようなことになっていただなんて。一度会ったハロンシュ枢機卿は人畜無害そうな線の細い男だった。

その彼がどのような理由かまでは分からないが、エデルを大司教離宮に留め置き、頑なに解放しないのだという。

リンテは憤った。一体エデルが何をしたのだというのだ。お転婆な自分ならともかく、彼女は物静かでとても優しい人だ。ハロンシュ枢機卿への不信感でいっぱいになった。

どうにかしてエデルを救い出すことはできないのだろうか。だいたい、兄も兄だ。オストロムの王なのだから、ハロンシュ枢機卿など逆に捕まえてしまえばいいのに。

兄に文句を言いたいが、それをすると立ち聞きしたことがばれてしまう。それに、心の中では兄に対して強気に出られるが、実際目の前にするとまだ他人行儀なのである。

リンテは一人で憤りを抱え込み、夜になり朝を迎えた。

朝日を浴びながらふと思いついた。兄がエデルを助けないのなら、自分が行動を起こせばいいのではないだろうか。

そのためにはまず敵情視察だ。そう意気込んだのはいいのだが、こういう日に限って予定があった。

ミルテアの肝いりで始めた刺繍の会である。

本当なら今すぐに城を抜け出してルクス市内に行きたいのに、リンテは王城のいつもの部屋で少女たちに囲まれていた。

室内にはウィーディアの姿もある。本当はエデルも参加するはずだったのだが、病のため欠席だ。

会の始まりと同時に女官から告げられた、妃殿下は病を得て療養中との言葉に、少女たちは眉尻を下げしんみりした顔で、それぞれ見舞いの言葉を述べた。

刺繍の会の始まりこそ、少々物静かな雰囲気だったが、一時間もすると皆手を動かくことに飽きてきて、口を動かし始めた。

興味の対象は初対面となるウィーディアに対してである。

エデルの美しさと人柄を慕う少女たちは、同じ憧れの眼差しをウィーディアへ向けた。

彼女もまたエデルとは違った美しさを持つ女性だ。顔はあまり似ていないが、はっきりとした目鼻立ちと華やかな存在感。艶々の白銀の髪に染み一つない白い肌。精緻な刺繍が施された深い赤色のドレス姿に、少女たちはうっとりした視線を向けている。

好奇心を隠しきれない少女たちの質問に、ウィーディアは軽やかに答えた。

それらが一段落したところでウィーディアが侍女に指示をして、ヴォールラムから持ってきた品々をテーブルの上に並べさせ始めた。

金や銀製の髪飾りに手鏡、職人が時間をかけて彫ったカメオに誰かがうっとりすると、別の少女は、細かな編み目により作り出された花模様のレース飾りに感嘆のため息を零す。

外国由来の美しい品物を前に、一人が「エデル妃殿下のお見舞い品にお持ちになれば、お心が慰められるかもしれませんわね」と口にした。きれいなものを見れば心が華やぎ、病もどこかへいってしまうのでは、という考えから出た言葉だった。

それを聞いたウィーディアの顔がみるみるうちに沈んだ。

「わたくしもお見舞いに行きたいのだと家人を遣わしたのだけれど、色よい返事をもらえなくて。わたくし、何か妃殿下のお気に障ることをしてしまったのかしら」

「実はわたしもお見舞いを断られたのです。妃殿下は、わたしたちに病が移ってしまうのではないかと大変気にしているのですわ」

リンテは咄嗟に大きな声を出した。彼女の言い方が気に障ったのだ。

少女たちはリンテとウィーディアに交互に視線を向けながら「そうですわよね。妃殿下はとてもお優しい方ですもの」「いつもわたしたちのことを気遣ってくださいますものね」などと頷き合う。

エデルに対して変な誤解を生まずにすんでよかった。そう安堵する傍ら、ウィーディアと目が合った。すぐに彼女は別のほうへ視線をやったけれど、一瞬見えてしまった。まるで邪魔をするなとでも言いたげな怒りの炎を紫色の瞳の中に灯していたのを。

（この人、実の姉が心配じゃないの？）

純粋な疑問が浮かんだ。リンテには双子の弟がいる。生まれた時から一緒にいる相棒だ。王城で一緒に育った彼が遊び相手で良き理解者だった。喧嘩もするけれど、その日のうちには仲直りする。

（でもあのお茶会で、この人はエデルお義姉様のことを軽んじていたわ）

剣稽古終わりに自分たちの元にウィーディアが訪ねてきた日のことを思い出す。あの席でウィーディアはいつの間にか姉から主導権を奪っていた。

決定的な何かがあったわけではない。ウィーディアは愛想のよい笑顔でエデルに話しかけていただけだ。

ただ、ウィーディアのエデルに対する言葉選びに違和感を持った。自分のほうが高い位置にいるのだという自信が言葉に滲み出ていた。

大げさだと言われればそれまでなのかもしれない。ルベルムは何も思わなかったようだった。

でも、リンテは気になったのだ。

先ほどの台詞だって、エデルの心証を下げさせようとしての発言ではないか。そう穿ってしまうくらいには、ウィーディアという女性について警戒している。

少女たちは再び並べられた品々に目を向け銘々感想を零し合った。

刺繡の会は平和に幕を閉じた。

少女たちとの別れの挨拶がすんだ頃、ウィーディアが話しかけてきた。

「リンテ殿下、ぜひわたくしが滞在する館へいらしてくださいな。美味しいお菓子がありますのよ」

「……実はこのあともお勉強の予定がありますの」

リンテは普段なら嫌いな勉強から逃げられる口実だと飛びつくところを、今日に限っては正反対の行動をとった。

壁際ではリンテ付きの女官が目を丸くしている。

勉強を理由にしてでも、この人と二人きりになりたくないと思ったのだ。

「まあ……、残念ですがお勉強は大切ですものね」

ウィーディアが憂い顔を作った。年下のリンテから見ても、その表情に惹きつけられた。

それは自分だけではなかったらしい。女官から「まだ次のご予定まで少し余裕がございますよ」と促された。

余計な気遣いだと心の中で舌を出し、リンテは「では少しばかりお散歩をしませんか」と誘うことにした。本当に仕方なく、である。

小館への帰り道にもなっている庭園をリンテはウィーディアと二人で歩く。

隣の貴婦人をそっと窺う。そういえば彼女と二人になるのは初めてだ。大人の女性とはどのような会話をすればいいのだろう。

エデルは親しみやすくて何でも話せるのに、ウィーディアに対しては同じようにできない。

「わたくし、リンテ殿下やルベルム殿下とももっと仲良くなりたいのですわ。せっかくですもの、わたくしのことも親しみを込めてお姉様、と呼んでくださいな。あなたのような妹がいたら毎日がとても楽しいのでしょうね」

ウィーディアが華やかな笑顔で話しかけてきた。周りの空気をも明るくするそれに気後れを感じる。

「ヴェリテ夫人にそのようにおっしゃっていただけて、光栄です」

「まあ。他人行儀な。気軽にウィーディアお姉様と」

彼女の笑みが強まった。言いようのない圧を感じたリンテは話を変えることにした。

「そうだわ。今はまだエデルお義姉様の具合が良くなくて、わたしもお見舞いを断られたってお話ししましたよね。もうあと数日もすれば快方に向かうと思うのです。その時は一緒に会いに行きませんか」

「妃殿下のお見舞いですね。ふふふ、わたくしたちが仲睦(なかむつ)まじくしている様子をたっぷりと見せつけてしまいましょうか」

「えぇ……あの」

決して仲は良くないし、積極的に仲を深めたいわけでもない。正直に伝えるわけにもいかず、曖昧な笑みを浮かべるに留まった。

「それに……もしかしたら、エデル妃殿下は療養に行ったきり、戻って来られないかもしれませんわ」

「それって、どういう――」

「あ、わたくしとしたことが。ほんの冗談ですわ」

ウィーディアはころころと笑った。鈴を転がすような可憐な声だったが、一拍前の彼女の瞳は妖しげに煌めいていた。

八

一人きりの室内はひどく物悲しい。オストロムに嫁いで以降、多くの人々に囲まれて生活をしていたのだな、とエデルは改めて感じていた。

常に誰かが側にいて話し相手になってくれる。夜は夫の温もりに胸を満たしながら眠りにつく。息子が生まれてからは夫婦で成長を見守り、できることが増えていくたびに互いに手を取り合って喜んだ。

エデルは窓辺に立ち、小さな声で唄を歌う。

いつもフォルティスに聴かせている子守唄だ。この唄がイプスニカ城の、フォルティスの元に届けばいい。声だけでも彼に聴かせたい。

今頃どうしているだろうか。母の姿が見えなくて泣いてはいないだろうか。

（でも……寂しいと思うのは最初だけ……いつの間にか、その寂しさに慣れてしまう）

それはかつて自分が経験した思い。

突然母と離され、その面影を探し彷徨った。しかし、恋しい母を見つけることは叶わずに、次第に一人きりであることを受け入れていった。

（わたしを取り戻そうとしても、オストロムにとっていいことなど一つもない）

この身と引き換えに国民が不利益を被ることは避けなければならない。

オルティウスは為政者だ。国を治める者が家族の情に囚われてはいけないことを理解している。

だから彼がどのような判断を下したとしてもエデルはそれを支持する。

頭では理解しているのに、心が彼を恋しがる。夜、冷たい寝台に一人入れば寂寥感に襲われる。耳裏にフォルティスの笑い声がこだまする。

エデルは気を抜くと潤み出す瞳を強く擦った。

背後から控えめに「妃殿下」と呼ぶ声が聞こえてきたのはそんな時だった。

慌てて振り返ると、扉のすぐ近くにマーラ・エラディーラが佇んでいた。

「申し訳ございません。何回か扉は叩いたのですが返事がありませんでしたので、勝手に入ってしまいました」

「いいえ。よいのです」

唄を聞かれたのだと思うと少々気恥ずかしかったが、物思いにふけり込んでいたのは自分だ。

何か用件だろうか。瞳で問いかければ彼女は「手慰みにレース編みをしませんか？」

と遠慮がちに話しかけてきた。

マーラ・エラディーラは腕に籠を提げていた。彼女なりの気遣いに胸の奥がじんわり温かくなった。

「ありがとうございます」

レース編みは初めてだったが、彼女は教え方が上手く、またエデルも真面目な生徒だったため、一時間も経てば簡単な模様が編めるようになった。

「お上手ですわ」

「いいえ。マーラ・エラディーラの教え方が的確なのです」

「ありがとうございます。修道院に入ってから覚えましたが、今ではこれがわたしの一部のようでもあり……。僭越(せんえつ)ながら聖アクティース女子修道院の後輩たちの教師役も拝命しております」

「あれだけ立派な作品を仕上げるのですから当然ですね」

エデルは献上されたレースの数々を思い浮かべた。自分で編んでみて改めてその複雑さに、いかに根気が必要かが分かった。編み始めて数十分、手元のレースはまだほんのわずかしかできあがっていない。

「最初は……寂しさを紛らわすためだったのです」

「え……？」

マーラ・エラディーラの声が微かに震えた。

「わたしは大切なものを置いて、いいえ、残して修道院へ入りました。しばらくの間、心が空っぽで、気が付くと涙ばかり流していて。本当にこの道を進んでよかったのだろうかと毎日悩んで。そのような時に、先輩修道女よりレース編みをしてみては、と薦められたのです」

修道院へ入る女性たちの境遇はまちまちだ。純粋な信仰心の他に、夫や家族を亡くしたなど、のっぴきならない事情を抱えた者たちも多い。

彼女にも何か理由があったのだろう。紫色の瞳は今ではない、どこか遠くを見つめ、その声はここではない過去を探すようでもあった。

「変な話をしてしまいましたね。妃殿下にお聞かせすることではありませんでしたのに。申し訳ございません」

「いいえ。誰だって、たくさんの想いを心の中に抱え込んでいるものです」

空元気とも聞こえる声に、エデルはゆっくりと頭を振った。

それからは会話もなく、二人は黙々と作業に没頭した。

確かにこれは気を紛らわせるにはちょうどいいのかもしれない。正確に目を数えなければレース模様はいびつになり、できあがりが不格好になる。きれいに仕上げるためには頭を真っ白にして集中する必要がある。

上手に編めるようになったらリンテにりぼんを贈りたい。そのようなことを考えた直後、胸に痛みが走った。

もう彼女とも会えないかもしれないのだ。元気いっぱいなリンテには、オストロムに来てから何度も励まされた。彼女の明るさにつられて笑顔でいることが自然なことになっていった。

「今回のお妃様のご待遇につきまして……わたしたちではお力になれず申し訳ございません」

小さな声が隣から聞こえた。

エデルはハッと顔を上げた。すぐ隣には、マーラ・エラディーラの懺悔するような悲しみを湛えた顔があった。

「いいえ。あなたが気に病むことはないのです」

「ですが……」

「今こうして、わたしの元を訪れてくれたことだけでも感謝するべきこと。きっと、色々と無理を通してくれたのでしょう？」

「このくらいしか、わたしにできることがなくて……」

マーラ・エラディーラが膝の上でスカートをぎゅっと握りしめた。同情にしてはエデルに感情移入しすぎているようにも思えた。

「大丈夫ですよ。わたしはまだ大丈夫……」

それは自らに言い聞かせるような、静かな強さを秘めた声だった。

心配してくれる人がいる。一人ではない。そのことが心強かった。

九

リンテがイプスニカ城をこっそり抜け出したのはエデルが表向き病に倒れて六日目のことだった。刺繡の会でのウィーディアの態度に不信感を募らせたリンテは、とにもかくにもエデルが今どのような状態なのか確かめたくて仕方がなくなった。

大人の世界は時にとっても面倒でややこしい。身分ある大人は特にそれが顕著だ。一応、前王の娘である。国王って大変な仕事なのね、と理解するのは昔父が「王様っていうのも楽じゃないんだよ」と娘にこぼしたことがあったからだろうか。

大人には多くのしがらみがあるが、自分はまだ子供だ。そう、なんていってもまだ子供。多少のあれやこれやはお目こぼしされる……はず。

ルクス市内へとやってきたリンテは中心部の広場に面した大司教離宮の正面をじっと

見つめていた。

昼下がりの広場は多くの人々で溢れている。季節は短い春から夏へと移り変わる頃合い。一年で最も人々の気持ちが浮足立つ。

それを裏付けるかのように広場は活気に満ちている。通りを馬車や荷馬車が行き交い、広場では簡易の出店がいくつも立ち並んでいる。ぶどう酒や腸詰め肉などを売る声かけと共にいい匂いが風に乗って鼻腔へ届く。

視界の先では花売りの少女たちが忙しなく動き回っている。

雑踏に紛れたリンテは挑むように真正面を睨みつけていた。

大司教離宮は隣にそびえ立つ大聖堂と並び、ルクスが作られた初期からある歴史ある建物だ。白い石壁が陽の光に反射して輝いている。

(正面玄関は騎士が見張りに立っている……。枢機卿が滞在しているのだから、普段よりも騎士の数が多いのかもしれないわ。裏手はどうなのかしら?)

正面から乗り込んで素直にエデルを返してくれるなど、リンテは考えていない。

エデルが表向き病療養中ということは、彼女があの建物内に留め置かれていることは秘匿にされているのだ。

今日は敵情視察が目的だ。まずは建物周辺の構造を確かめる必要がある。

王都の中心部は建物が密集している。特に大聖堂の辺りはルクスの中でも一番に古いないようなもの。

地区だ。この周辺の建物は代々改修や増築を繰り返した結果、隣との境界線などあってないようなもの。

どこかこっそり離宮へ潜り込める場所はないものかと調べてみたが、大司教離宮の裏手は別の建物と境界壁が密接していて、入り込めそうもない。

だったら大聖堂側はどうだろうと、裏手に回ると墓地が広がっていた。門扉が開いていたためこっそり忍び込む。昼間は墓参りの人のために開放されているのかもしれない。

適度に緑に覆われた墓地は中心部であることを忘れさせるくらい静寂に包まれていた。ぐるりと煉瓦塀（れんがべい）に囲まれ、当然隣接する大司教離宮とも高い塀で分かたれている。

ここを上るのは無理だろうし、壁際に植わっている木を登れば反対側へ降りられないこともないが、向こう側でははしごが必要になる。エデルは木登りが得意ではなさそうだから現実的ではない。

(うーん……穴を掘ってトンネルをつくる？　でも、それだと数日は必要だわ。じゃああちらの建物の二階からぴょーんと離宮の敷地内に降り立って……。うーん、却下。帰りどうすればいいのよ)

リンテは墓地内をぐるぐると歩き回った。

いいアイディアが思い浮かばないまま、時間だけが経過する。城を抜け出しているため、あまり長居もできない。不在がバレたら母に連絡がいく。そうすればお説教が待っている。

これまではルベルムがアリバイ作りの片棒を担ってくれていたけれど、頼りになる弟は寄宿生活のため側にいない。

それでもまだ諦めたくない。そのような思いで東屋の後ろに回ったリンテはある違和感を持った。

「下が開いている……？」

東屋は休憩用のものではない。墓地だ。ここにある墓地はオストロムの聖人や裕福な市民が埋葬されているせいか、一つ一つの造りが大層立派だ。

その東屋式の墓地も正面は石像が置かれ、その周囲も丁寧に彫刻されているのに、後ろ側は蔦植物で覆わるのみだ。その一部にぽかりと黒い穴が開いている。

「最近掘り返されたのかしら？　それにしても不用心ね」

見れば近くに金属板が置かれている。よく観察すると蓋だと分かった。

リンテは好奇心に駆られて中を覗き込んだのち息をのんだ。暗さに視界が慣れ、ぼんやり浮かんで見えたのは階段だった。方向からいって、大司教離宮へと続くように掘られている。

（もしかして……）

いてもたってもいられなくなり、リンテは迷わずに中へ入り込んだ。もうあと少しだけ。心の中で言い訳をしつつ、手探りで階段を下り、身を低くしながら狭い通路を進む。ろうそくなどの灯り(あか)は持っていなかったが、幸いにも通路の先が淡く光っている。おそらく、もう一つの出入り口も開いたままになっているのだ。それを心強く思いつつ前進した。

ぴょこりと頭を出すと、目の前に石壁が見えた。否、石碑の台座らしい。上を見上げると屋根がついている。四つの柱によって支えられた豪華な屋根付きの石碑の裏手から慎重に顔だけ出した瞬間、心臓が凍り付いた。

「そこに誰かいるのですか……?」

(まずい……)

リンテは咄嗟に口元を両手で覆った。

十

この日もエデルはマーラ・エラディーラと一緒にレース編みをしていた。彼女と二人きりで過ごすのも今日で三回目だ。昼食をとり、一、二時間ほどが経過した頃現れる。

窓の一部が開けられていて、時折風が入り込みスカートの裾を揺らす。

彼女は外の様子は教えてくれないが、ぽつぽつと外国の話をしてくれることがあった。

「生まれて初めて目にした海は、どう表現したらいいのでしょうか。とても巨大で人間たちなど一切合切吸い込まれてしまうのではではないかという、えも知れぬ不安に襲われました」

「わたしは海を見たことがないのです。いつか、見てみたいです」

「きっとご覧になることができますわ」

温和な話し方をする彼女の瞳に宿る柔和な光に、うっかりすると心を預けたくなる。エデルに親身に接してくれるヤニシーク夫人とはまた違う雰囲気を持つ女性だ。

普段から悩める人々に寄り添い、神に祈ることを常としているからなのだろうか、彼女を前にすると無条件に甘えたくなるのだ。

レース編みの傍ら会話し、午後の時間が過ぎていく。

この日も前日と変わらなかった。ただ彼女は予定があるのか、いつもよりも早く切り上げ退出した。

十分ほど経った頃、再び彼女が現れた。忘れ物だろうか。しかし、彼女はレース編み道具を残らず持って出ていったはずだ。

マーラ・エラディーラはスカートの中から取り出した布の塊を無言でエデルに押し付

けた。

「あの？」

「妃殿下、これに着替えてください」

受け取ったのは、今着ているものよりも色あせた衣服だった。洗濯はされているだろうが着古した風合いをしている。

有無を言わせぬ迫力を前に固まっていると、マーラ・エラディーラは「失礼します」と頭を下げ、エデルの後ろに回り、鉤ぼたんを外していく。あっという間にシュミューズ姿になったエデルは訳も分からずに胴着を着てスカートをはいた。

「これは一体？」

「妃殿下をこの離宮に軟禁してからすでに七日以上が経過しています。今なら見張りも油断しています。現にほら、中庭を監視していた騎士の姿がないでしょう？」

言われてみれば確かにその通りだ。捕らわれた当初こそ、エデルを監視するかのように中庭には騎士の姿があった。

何の変化もないと人は怠慢になる。階下では王妃に逃亡の恐れなしという空気が濃い始め、騎士たちは退屈な見張りをさぼり始めた。そう彼女が続けた。

マーラ・エラディーラはエデルを逃がしてくれるのだ。油断している今ならそれが可能だ。彼女はてきぱきと事を進める。

まずは部屋の外の見張りを遠ざける必要がある。

エデルは寝台に潜り込んだ。何があっても喋らないでと言われた。顔の半分まで上掛けで覆ったエデルを置いてマーラ・エラディーラが一度退出した。

数分後、かちゃりという扉の開閉音が聞こえた。

途切れ途切れに「妃殿下はお心を弱らせ……体調を」や「何か気付け薬を持ってきて欲しいのです」などの声が届き、やがて遠のいた。

彼女の言いつけ通り大人しく寝台の中にくるまっていると、再び人の気配が近付いてきた。

「妃殿下」と声をかけられ寝台から抜け出すと、マーラ・エラディーラが手早くエデルの白銀の髪の毛を一つに纏め上げ、頭巾を被せた。

「今のうちです」

力強い声に背中を押される形でエデルは部屋を抜け出した。

マーラ・エラディーラは迷いのない足取りで離宮の裏手にエデルを案内した。その間、誰かに目撃されるのではないかとひやひやしていたのだが、途中から使用人が使う裏手に回ったことで、注目されることはなかった。出入りの商売人が荷物を運ぶため食糧庫まで入るのは日常の光景であることが窺えた。

裏庭は広さこそあまりないが、整然と整えられていた。横長の長方形で隣接する建物の高い塀がそびえ立っている。

「この隣が大聖堂の墓地ですわ」

案内されたのは塀の近くにある石碑だ。エデルの腰ほどまである台座の上に聖人像が立てられている。

裏手へ誘導されたエデルはあやうく声を出してしまいそうになった。咄嗟に口元を手で覆い、驚きが外に漏れることはなかった。

無理もない。すぐ目の前にリンテがいたのだ。彼女は地面に埋もれるように上半身だけ地上に出している。石碑周りの石畳みの一部に穴が開いているのだ。

「早く行ってください」

マーラ・エラディーラが急かした。この穴を通れということだ。どうやら秘密の通路であるらしい。

「でも」

エデルはリンテとマーラ・エラディーラを交互に見やった。

「お義姉様、早く」

「あなたも一緒に」

「いいえ。わたしはここに残って妃殿下の不在をできるだけ引き伸ばします」

マーラ・エラディーラの申し出に、どくん、と心臓が大きな音を立てた。このことが露見したらマーラ・エラディーラに迷惑がかかる。いや、すでにかかっている。

彼女は外国から来た客人で、この国とは何の関わりもないのに。

ハロンシュ枢機卿の意に逆らってもいいことなどない。それなのにどうしてエデルの味方をしてくれるのだろう。

「お義姉様」

リンテがもう一度エデルを呼んだ。

ここまできて躊躇(ちゅうちょ)している時間はない。だけど……。薄紫色の瞳が迷いに揺れる。

マーラ・エラディーラが大きく頷いた。幼子を安心させるかのような微笑みをその顔に乗せている。

「わたしは大丈夫です。これでも案外強(したた)かなのですよ」

後ろ髪を引かれながら、エデルはリンテに続いて狭く暗い穴に入った。

「頭を打つ可能性があるから腰を低くして、頭部を手で守ってくださいね」

リンテの忠告に従いながら一歩ずつ階段を下りる。夜の闇のような暗さに慄(おのの)くが、リンテが一緒だと思うと心強かった。

通路自体はそこまで長くはなく、すぐにもう一方の階段が現れた。

リンテに続いて頭を地上に出せば、外の明るさに目を眇めた。だが、それと同時にホッとした。短い距離とはいえ暗い細道に気を張っていたようだ。

「あとは街の人たちに紛れれば大丈夫。見つからないわ」

墓地の間をエデルはリンテに手を引かれながら進む。

「でもリンテ、どうやってイプスニカ城へ戻るの？」

「実はわたし、お城に出入りする商人と顔見知りなんです。彼らは夕方も食材を運ぶために城に行くから一緒に乗せてもらいます」

リンテの返事には迷いがなかった。これまで複数回同じ方法でイプスニカ城を抜け出したことがあるに違いない。

想像以上の行動力に、さすがはオルティウスの妹だと感心した。

「でも、どうしてマーラ・エラディーラがあなたのことを知っていたの？」

「実は昨日もここに来たんです。偶然隠し通路を発見して。好奇心でそのまま潜ってみた先が大司教離宮で、庭にいた修道女に見つかって」

敵に見つかってしまったと思い込んだリンテは開き直ることを選んだ。捕らわれた王妃を助けに来た騎士だと名乗れば、その修道女――マーラ・エラディーラは協力を申し出た。

「たまたま隠し通路の出入り口が開いていたんです。とっても幸運だったわ！」

（それって直前に通路を使用した人物がいたのでは――？）

エデルが考え込んだ時、リンテが黒い門扉に手を伸ばした。

時を同じくして、墓参りに訪れたのか外から人が入ってこようとしていた。

その人物と目が合った。四十代と思しき男性で濃い色の上着に帽子を目深にかぶっていた。

「あなたは――」

男性が最初に口を開いた。その目は驚きに見開かれている。

「知り合い？」

リンテが下から不思議そうに顔を眺めたあと、脱兎のごとく駆け出した。手を引かれたエデルも同じく走り出した。

彼女もその正体に気が付いたのだろう。

（あの人はハロンシュ枢機卿だった。一体なぜ彼が――？）

考えている暇はなかった。

よりによって一番見つかってはまずい人に目撃された。

「待て！」

背中に男性の大きな声がぶつけられたが、立ち止まることはなかった。

十一

クルトからエデルの身柄解放の条件にカミエシナ岩塩坑道の経営権を吹っかけられたオルティウスはというと、頭の中で何かがぶち切れた。

心情的には、どいつもこいつも足元を見やがって、というものだった。

王という立場が動けないのであれば、それとは悟られないようにエデルを奪還するまでである。

そうと決めればオルティウスの行動は早かった。

側近二人に話を通し、内偵隊に大司教離宮内で働く人間の買収を命じた。建物内部の見取り図はヴィオスが探し出した。国内の建物のため、王城の書庫に設計図が保管されていたのだ。百年以上前のもののため、現在とは少々間取りが変わっているかもしれないが、ないよりはましだ。

失敗すれば二度目はない。入念に手はずを整える必要がある。

「いくらバレずに奪還するとはいえ、この状況下でエデル様が連れ去られれば、枢機卿側はオルティウス様の仕業だとまず間違いなく考えますよ」

ヴィオスは奪還作戦には慎重である。

彼の言うことはもっともだ。

「犯人が捕まらなければ、こちらも白を切ることができる」

オルティウスが開き直りとも取れる返しをした。彼はそれ以上何かを言うことはなかった。

常に冷静なヴィオスは、オルティウスがエデルに対して過保護に偏ることを静かに窘めることがある。エデルは鳥かごに閉じ込められた小鳥ではない。王の隣に立つ王妃である。過剰に守ることは彼女のためにもよくない。

そのようなこと、言われなくても分かっている。ただ、虐げられてきたエデルの過去を知ったからか、彼女は守るべき者だという意識が頭の中に強くある。

「確かにヴェリテ殿が提示した条件は目に余るものがあります」

ヴィオスが口では奪還作戦に懸念を示しても本当の意味で止めないのは、クルトに腹を立てているからだ。妻の好きにさせ、自身は知らぬ顔で上澄みをすくう。やり手といえば聞こえはいいが、実に汚いやり方だ。

大司教離宮の下働きを買収し、ハロンシュ枢機卿の護り手である聖教騎士の内部配置などを聞き出し、周囲の地理を鑑みて逃走経路を複数シミュレートした。

作戦に抜かりはない。いよいよ今夜、夜陰に紛れてエデルを奪還するという日、オルティウスの元に想定外の報告がもたらされた。

「大司教離宮からエデルが逃亡だと？」

オルティウスの前では息を切らせた女騎士が跪いていた。ただし、一見すると騎士には見えない。どこにでもいるごく普通の街の女という装いだ。

「はい。離宮の正面を見張っていましたところ、隣接する大聖堂から男性が一人慌てた様子で飛び出して参りました。彼は離宮の通し柱前で見張る騎士に何事か話し始めたのです」

オルティウスが大司教離宮の見張りにつけていたのはパティエンスの騎士だった。異変があれば知らせるように命じていた。

報告によると、男と話し終えた騎士たちはすぐに大聖堂の隣の通りを奥へ走っていった。その場に残った男は正面入り口から急ぎ入った。その数分後、複数人の騎士や従卒らが出てきて四方に散らばった。

女騎士はすぐにこれはただ事ではないと判断し、自分たちも聖教騎士を追った。

彼らの姿は目立った。聖教騎士は聖なる印を刻んだマントを羽織っており、黒髪が多いオストロムにあって、彼らは銀や金色という明るい色の髪をしている。

大陸共通語で「いたぞ！」「逃がすな！」「回り込め！」などの怒号が飛び交っていた。

逃げているのは明らかに女子供だと分かる後ろ姿をしていた。

「聖教騎士たちから逃げている二人というのがエデルとリンテだというのか」

「はい。ちらりと顔が見えました」

報告を聞き終わるや否やオルティウスは部屋を飛び出した。

いてもたってもいられなかった。侍従の慌てる声が聞こえてきたが知るものか。

執務中のオルティウスはいつも黒い騎士服を纏っている。さすがに上着は置いていくべきか。辛うじて残っていた理性で上着を剥ぎ取り、厩で愛馬アーテルに跨った。

主の鬼気迫る気配に緊急事態だと悟った賢い愛馬である。合図をすると彼女はすぐに駆け出した。

それに続き近衛騎士たちが同じく騎乗し、速い速度で走り抜ける。

オルティウスは背後に頓着せず、いくつかの城門をくぐり抜け丘を下った。

気が急いてたまらなかった。こうしている間にもエデルが再びハロンシュ枢機卿の手の者に落ちる可能性がある。

（エデル待っていろ！）

アーテルを走らせながら決意する。エデルを必ず取り戻す。

ルクス市内へ続く道を、力強い蹄の音が響き渡った。

　エデルはリンテと一緒に全速力で走っていた。

　すぐ後ろからは「捕まえろ！」などという怒号が聞こえてくる。気配の近さにぞくりと背中が粟立った。

　ここがもしも入り組んだ市中ではなく、一直線で誰も人がいない場所であれば、エデルたちはとっくに聖教騎士らに捕まっていただろう。

　自分たちがまだ逃げおおせていられるのは、ここがルクスの中心部で午後の時間ということもあり、人出が多いからだ。

　彼らに土地勘がないことも幸いした。

　けれど、それはエデルにとっても同じだった。一度のルクス散策だけでは入り組んだ路地がどこに通じているのかなど把握できるはずもない。

　頼みの綱はエデルよりもルクスに詳しいと予測できるリンテだけだ。

　その彼女の誘導で狭い路地を逃げるが、騎士たちはしつこくエデルたちを追い回す。

　リンテは時折「ああ、あそこにも人がいる！」や「あっちの通りに出たいのに！」などと叫んだ。追っ手を撒くことに追われ、イプスニカ城へ行く荷馬車との待ち合わせ場所にたどり着けないのだ。

　どことも分からぬ細い道を通り、積まれた木箱の影に隠れ呼吸を整えた。

街の人々は訳ありの人間には積極的に関わり合いになりたいとは思っていないようで、遠巻きにこの騒ぎを眺めていた。聖教騎士たちに積極的に加担しないでいてくれるだけでもありがたい。

「ここがどの辺りだか分かる？」

「ここからだと見えないけれど、大聖堂の尖塔（せんとう）が見えれば、太陽の位置と合わせておおよその検討はつくわ。ただ、お城に帰るための荷馬車は次の教会の鐘の音が鳴り終わったあとに出てしまうから……」

「時間があまりないのね」

リンテの言葉をエデルが引き取った。

乱れた呼吸を整えた二人は素早く移動を開始した。何食わぬ顔で雑踏に紛れ、時折空を見上げて大聖堂の尖塔が見えないか確かめる。

リンテがおおまかな現在地を割り出し、彼女に案内されて荷馬車との待ち合わせだという広場の手前までたどり着いた時のことだった。

路地を隈（くま）なく見渡す聖教騎士の男が「見つけたぞ！」と叫んだ。

すぐにこちらに向けて突進してくるのが分かった。

「嘘でしょ！　なんだってこんなタイミングで」

あと少しで逃げ切ることができると思っていたが、そう甘くはなかった。

二人は追っ手を振り切るために人を縫うように走った。

「おいっ！　そこの女たちを捕まえろ！　教会に仇なす罪人だ‼」

逃亡者たちを捕まえられないことに業を煮やしたのか、聖教騎士の一人が市民に協力を求めように声を張り上げた。オストロムの人々は大陸共通語よりも自分たちの言葉を広く使う。しかしルクスではそれなりに大陸共通語を理解する人々も存在する。

罪人という単語に幾人かの目の色が変化したのが分かった。

「違うわ！　悪いのはあっちの方よ！」

リンテが振り返り、オストロム語で叫び返した。

急に体勢を変えたせいで均衡が一瞬崩れ、リンテが大きく前に転んだ。

「リンテ！」

エデルはその場に屈み込み、彼女を助け起こした。

「わたしは大丈夫……」

気丈に起き上がったリンテだが、すぐに顔を歪めて足首を押さえた。

「……ごめんなさい……足を捻ってしまったみたい」

聖教騎士が複数人近付いてくる。

「お義姉様だけでも逃げて」

「だめよ！」

エデルはすぐにリンテの提案を拒否した。ここで彼女を置いていけるはずもない。彼女の前に背中を出した。

「わたしが背負うから」

リンテはわずかに躊躇ったのち、エデルの背中に体を預けた。

だが、立ち上がる寸前に聖教騎士が二人の目の前にたどり着いた。

「観念しろ」

自分たちもここまでだ。ぎゅっと心臓を掴まれたような心地になった。

もしかしたらオルティウスにもう一度会えるかもしれないと思った。フォルティスをこの腕に抱くことができるのだと希望を持った。

エデルたちはあっという間に騎士たちに取り囲まれた。

やっと道が開けたのに。最後まで諦めたくない。

(でも……)

どう見ても絶体絶命だ。どうやらここまでらしい。

エデルがぎゅっと目をつむったその時だった。

「彼女たちから離れろ！」

聞き覚えのある男性の声が耳に届いた。一瞬聞き間違えかと思った。

エデルは思わず目を開き、周囲の様子を窺った。

「エデル！」

黒髪の青年が聖教騎士たちを押しのける。彼らは突然の闖入者に束の間たじろいだ。その隙に彼が二人の傍らに到着する。

青年――オルティウスが騎士の一人に足払いをかけた。後ろにバランスを崩した男のおかげで彼らの足並みが一瞬乱れた。

その隙を逃さずオルティウスはエデルの手を取り、立たせた。

「リンテは怪我をしているのか？」

「はい。先ほど転んでしまって」

わずかに頷いたオルティウスがエデルの背中からリンテを引き取り肩に担いだ。

突然の事態にリンテが「うわぁ」と声を出す。

「彼らを傷付けると後々面倒になる。ひとまず逃げるぞ」

オルティウスに従い、再び逃亡が始まった。

けれども、隣に彼がいるだけでどうしてこんなにも心強いのだろう。

「リンテ、舌を噛むなよ」

走りながらオルティウスが妹に対して現実的な指示を飛ばす。

少女を肩に担いだ上背のある青年と町娘という組み合わせはそれなりに目立つ。

追跡者はしつこく、いつの間にか十数人の聖教騎士に追われる格好となっていた。

背後からは時折怒号が聞こえた。それから誰かが倒れる音なども。

エデルが気にする素振りを見せると、オルティウスが口を開いた。

「俺の近衛やパティエンスの騎士らが足止めをしてくれている」

「そ……う、なのですね」

はあ、はあ、と息が大分上がっている。体力がそろそろ限界にきている。

先ほど彼が言った通り、聖教騎士と正面きってやり合えば、外交問題に発展する恐れがある。

そのためオルティウスは彼らと対峙することは避け、エデルたちを安全な場所へ避難させることを目的としていた。

いくつかの路地を走り抜け、彼らの追跡を交わすために敢えて狭い路地に入ってすぐ危機が訪れた。

目の前が行き止まりだったのだ。

「まずいな」

今来た道を戻るしかないと踵を返しかけたところで「あの通りに入ったぞ！」という男の声がした。続けて「剣を抜け！　抵抗すれば男を斬っても構わない」という声も。

「オルティウス様」

「大丈夫だ。おまえのことは俺が守る」

思わず彼の名を呼べば、オルティウスはエデルを安心させるかのように頷いた。

聖教騎士の一人が姿を見せた。その手には抜き身の剣が握られている。

オルティウスも剣の柄に手をやるが、リンテを担いでいるため応戦できない。

（わたしがリンテを背負って……。でも、このままだと袋のねずみだわ）

万事休すだと思ったその時、突然すぐ横の窓が開いた。

「あんたたち、この窓から中へお入り！」

見知らぬ女性が顔を出していた。その顔には見覚えがない。一体どうして彼女は自分たちに手を差し伸べるのだろう。

「わたしたちは一度受けた恩は忘れないよ！　旦那のほうが前に暴れた傭兵崩れをこてんぱんにやっつけてくれただろう」

困惑するエデルの視線を受け止めた女の言葉に、まだ寒い頃にルクスを訪れた日のことを思い出した。

そういえば成り行きで傭兵崩れのごろつきをオルティウスが成敗したのだった。近隣店舗数軒が被害に遭っており、大変に感謝された。

彼女はあの日の恩を返したいのだという。

「ご婦人、まずは妹を頼む」

オルティウスが女性に目をやり、即断した。まず体重の軽いリンテを差し出す。無事にリンテが建物の内側に入れば「おまえも行け」と促された。幸いにも窓は肩くらいの高さだ。縦に細長いそれはエデルのような細身であれば通れるだろう。

エデルは縁に両手をつけて飛び上がり、どうにか窓の中に転がり込んだ。

その直後、オルティウスが騎士の剣を受け止めた。

「正当防衛だ。悪く思うなよ」

オルティウスは低く唸(うな)ると素早く重心を落とし、騎士の懐に剣の柄を入れた。安心するのも束の間、すぐに別の騎士が剣を振り落とした。それを難なく受け、数度打ち合ったのち、足を引っかけ重心を崩した男の首元に手刀を入れ昏倒させる。

「俺はその窓から中に入れない。ご婦人を信じる。妻を頼む」

「分かった。けりがついたら『金の熊亭』においで」

「ああ」

オルティウスは素早く話をまとめ駆け出した。

「さあ、ついておいで。安全な場所に避難しようじゃないか」

「は、はい。ありがとうございます」

エデルはリンテを背負った。大人たちが会話をしている間静かだと思っていたが、どうやらオルティウスに担がれている間に揺られたせいで酔ったようだ。

「もう少しの辛抱だから」

背中の重みと体温に勇気をもらう。

突如現れた助け手と一緒に、エデルは歩き出した。

十二

その後エデルは裏庭から別の建物へ入り中庭を抜けたりしながら、人が行き交う表通りに一切出ることなく目的地に到着した。

街の建物は裏庭などが共用になっていることが多く、地元民ならこのような抜け道を熟知しているのだと、歩きながら女性が語った。

エデルよりも十は年上に見える彼女が「奥さん連れてきたよー」と奥に声をかければ「よかった。無事だったんだね」と前掛け姿の年若い女性が姿を見せた。

彼女の顔は覚えていた。ルクス散策の時、食事をごちそうになった店の主の娘だ。今日は頭巾は被っておらず、黒髪を後頭部で一つにまとめて後ろに流している。

明るくはきはきした彼女の声と表情にようやく体から緊張が抜けた。

ダーナと名乗った彼女が言うには、表通りで大捕り物が繰り広げられていると聞き、好奇心に駆られて見物に行けば、追われていたのは見覚えのある顔だった。春前にこの界隈(かいわい)で暴れ回っていたごろつきを成敗してくれた恩人の妻の顔までしっかり覚えていたダーナは、すぐに近隣の友人や知り合いに声をかけた。

彼女の実家、金の熊亭は宿屋も営んでおり、エデルたちを上階の客室に案内してくれた。

寝台が二つと小さな書き物机が置かれた部屋は、シーツも上掛けも糊(のり)がきき清潔感があった。一つある窓は中庭に面していて表通りの喧騒が嘘のように静かだ。

足を捻ったリンテのために冷やすものを取りにいったダーナは、十数分後オルティウスを伴って戻って来た。

聖教騎士を気絶させたあのあと、彼もまたダーナの知り合いだという男に案内され、この宿までたどり着いたのだという。

幸いにもこの潜伏先は先方には漏れていないとの見方をオルティウスは示した。そのため一晩宿を取ることになり、三人部屋に移動することになった。

オルティウスは足を捻ったリンテに素早く適切な処置を施した。その彼女は手当ての最中に兄から「感謝と説教、どちらを先にしたらいいのか考えている」と告げられ、顔から血の気(け)を引かせた。

夕食はダーナがパンとスープを運んできてくれた。食べものを胃の中に入れて安心したのか、リンテは食事のあとすぐに眠ってしまった。

今日は大変な一日だった。エデルはあどけない義妹の寝顔を見下ろしつつ、そっと頭を撫でた。彼女のおかげでもう一度オルティウスと会うことができた。

（マーラ・エラディーラは無事かしら……）

エデルはもう一人の協力者に思いを馳せた。

聖教側の人間なのにエデルを逃がしてくれた修道女。大司教離宮に残った彼女のことを思うと胸が痛んだ。自分が逃げたことでその責任を負わされる可能性がある。

「どうした？」

オルティウスの声に顔を上げた。憂えた面持ちになっていたのかもしれない。

エデルはぽつぽつと、離れていた数日間に起こったことと、その中で親身になってくれたマーラ・エラディーラのことを話した。

「彼女のことが心配なのです」

「その修道女は俺にとっても恩人だ。分かった。俺のほうで何とかする」

今は彼女が無事であることを祈るしかない。もう一度彼女に会って感謝を伝えたい。

オルティウスがエデルの背中を優しく包み込む。

まるでその存在を腕の中で確かめるかのような抱擁の仕方だった。

「ようやくおまえを取り戻すことができた」

かすれた吐息の中に、安堵の色が濃く混じっている。

エデルも同じ気持ちだった。ようやく彼の元に戻ることができた。その胸の中に、この身を預けることができた。

まだ信じられない。本当にこれは現実なのだろうか。オルティウスがすぐ側にいる。抱きしめられている感触と温もりが夢のようにも思える。

オルティウスがぐっと力を込め、エデルの首筋に顔を埋めた。

肌に触れられる唇の熱さに、トクトクと心臓の音が速まった。数日ぶりだからだろうか、胸の鼓動が外に漏れてしまうほどに大きく感じる。

変な緊張を悟られまいと、エデルは身じろぎしてくるりと彼に向き直った。

「あの。ティースはいかがお過ごしですか？　寂しがってはいませんか？」

「ああ。元気にしている。母上が乳母たちに指示を出している」

「よかった」

「離れた当初はおまえの歌声が恋しかったみたいで少しぐずることもあったが、最近ではそれも落ち着いたと聞いている」

「あの子には寂しい思いをさせてしまいましたね」

「今回の件が片付いたら思い切り甘やかしてやろう。俺の歌が気に入ればよかったんだが、おまえのようにはいかなかった」

「オルティウス様が歌われたのですか？」

「ほんの一小節だけ」

「あなたの歌声、聴いてみたかったです」

「おまえに聴かせるのは子守唄ではないだろう」

オルティウスがエデルの瞳を覗き込む。そのまま彼はエデルの後頭部に手のひらを添え、顔を近付けた。

流れるように唇を塞がれる。その存在を確かめるように優しく。やがて少しずつ熱を帯びていく。

離れ離れになって、相手のことを恋しく感じていたのは自分だけではなかった。

王と王妃として話さなくてはいけないことはたくさんあるけれど。

「もう一度おまえを抱きしめたかった。こうして触れたかった」

「わたしもです」

今は言葉などいらない。ただ、目の前にある愛おしい存在をこの身に焼きつけたい。

口にせずとも、互いに何を求めているのか分かった。

オルティウスがエデルを抱きかかえた。降ろされたのは寝台の上。

静かな青い瞳の中に自分が映っている。彼のこの落ち着いた色が大好きだった。その中に、熱が灯っている。

エデルはゆっくりと腕を持ち上げた。指先がかすかに彼の頬に触れる。その指に彼の指が絡まった。そのまま彼の唇へ持っていかれる。触れられた箇所が熱い。このまま全てを彼に明け渡したい。今はあなたで心の中を一杯にしたい。

オルティウスが再びエデルの唇を塞ごうとしたその時。

「んん〜、ルベルム……それわたしのぉ……」

突然大きな声がして、彼の動きがぴたりと止まった。

心臓が止まるかと思った。それはオルティウスも同じだったようで、二人はしばしの間固まったのち、そろりと身を起こした。

リンテはごろんと寝返りを打ってこちらに背を向けた。

「寝言か……」

「よく眠っていますね」

エデルはほうっと息を吐き出した。

(そうだったわ。二人きりじゃなかった)

雰囲気に酔ってしまうところだった。ある意味リンテの忠告、いや自己主張だったのかもしれない。

「ええと、今日はあの……わたしたちも早めに眠りましょうか」

「おまえも疲れているだろう。外のことは俺に任せてゆっくり休め」

オルティウスが微苦笑し、エデルの目じりに唇を押し当てた。エデルも彼の頬に同じものを返した。

数日ぶりの就寝の挨拶はほんの少しくすぐったかった。

閑話

ウィーディアはこの日も気だるげな顔で朝食に出された半熟に茹でられた卵の黄身をくるくると掻きまわしていた。

朝食といっても、朝の教会の鐘と同時に働き始める労働者とは違い、すでに正午までの時間を数えたほうが早い時刻だ。

昨日もルクスに滞在中の某領主が主催する夜会に出席していたためまだ眠い。田舎の国の領主らしく、たいして面白味もない舞踏会だった。だから馬鹿にされるのよ、という気持ちは表に出さないで、ウィーディアは貴婦人らしく終始微笑んでいた。

内心では、自分がオストロムの王妃になった暁には、もっと洗練された今風の舞踏会を持ち込んで流行らせるとは思っていたけれど。

まだ頭の半分も覚醒していないような時間に突如無作法に部屋の扉が開け放たれて、ウィーディアの機嫌は急降下した。

しかも相手はクルトである。朝から見たくもない顔を見てしまった。ああどうして、自分の夫はこのような凡庸な男なのだろう。中肉中背で顔はぼんやりと薄くて印象に残らない。商売の才能がある？　そのようなものが魅力だなんて嘘でしょう。

「朝からうるさいわね。あなたは礼儀ってものをどこかに置いてきたのかしら？」

「エデルツィーア王妃殿下がハロンシュ枢機卿猊下の元から逃げた」

「な……んですって？」

前置きなど一切ない単刀直入な物言いに、普段なら嫌味の一つでも飛ばすのだが、今日はただ体を硬直させた。さすがに予想外の言葉だった。

「詳細は不明だけれど、昨日ルクス市内は大騒ぎだったそうだよ。逃げる女子供を聖教騎士たちが剣を抜いて追いかけていたそうだ。そこをオストロムの騎士たちが仲裁に入ったが、激昂した聖教騎士はオストロム騎士にまで剣を向けた。オストロム騎士たちが助けに入ったことで、市民たちの間では聖教騎士のほうが悪者扱いだ。確かに、丸腰の女子供相手に剣を抜いたら、やりすぎだろうって気持ちに傾くよね」

「長話はどうでもいいわ。結局のところ、その女子供のうちの一人がエデルなのでしょう？」

「そういうこと。猊下から連絡は？」

「わたくしは今起きたばかりよ」

ウィーディアはテーブルの上に置いてあるベルを鳴らし、給仕係を呼びつけた。彼に手紙の類が届いていないか尋ねると、ほどなくして数通の封書を盆に載せて戻って来た。

それらを乱雑に手に取り差出人の名前を確認していくと、ヨルナス・ハロンシュの名前を見つけて開封した。ざっと目を通したあとくしゃりと握りしめた。

「届いていたようだね」

「あの男、なんて使えない！」

金切り声を上げればクルトがあからさまに顔をしかめて耳を塞いだ。当てつけるような仕草も癇に障った。

「僕はこの件から手を引くよ。さっさとヴォールラムに帰ろう」

「はあ？　何を勝手なことを言うのよ！　わたくしはあの娘に替わって王妃になるのよ。帰るのなら一人で勝手にすればいいじゃない」

「エデルツィーア妃殿下が猊下の元にいたから、こちらも強気に出られたけれど、情勢が変わったんだ」

「だったらもう一度かどわかせばいいんだわ」

「今度は無理だろうな。警戒度が格段に上がっている」

「あら、あの子は馬鹿だもの。わたくしがちょっとしおらしく泣いてみせたら、またころっと騙されるわ」

ウィーディアは鼻で嗤った。

「僕はオルティウス陛下に誠意を見せる必要があるから、その案は却下」

「誠意ですって？」

「そう。陛下には取引の打診をしていたんだ。エデルツィーア妃殿下の身柄と交換にカミエシナ岩塩坑道の経営権をいただきたい。陛下の泣きどころが妃殿下だから大きく出たけれど、機嫌を著しく下げたことも分かっている」

「あなた……わたくしを裏切っていたの⁉」

ウィーディアはこぼれんばかりに目を見開いた。クルトはウィーディアの計画に賛同しているふりをして、オルティウス相手に別の交渉を行っていたのだ。それも勝手にエデルを返すなどと！　あまりのことに、開いた口が塞がらない。

「カミエシナ岩塩坑道が手に入れば莫大な財を築けるからね」

クルトは悪びれることなく付け足した。

「わたくしは引かないわよ。あの子が王妃でわたくしが一介の商人の妻だなんて、そんなのおかしいじゃないっ‼」

「おかしい、おかしくないはどうでもいい。オルティウス陛下にとって僕の心証は現在最悪だ。ここで遜っておかないと岩塩の取引でヴォールラムの他の商会が優遇される恐れがある。これは由々しき事態だ」

クルトは首を何度か横に振り、テーブルの上のベルをさっと取り、何度か鳴らす。独特の抑揚をつけた鳴らし方は彼が己の従僕たちを呼ぶ時の合図だ。

控えの間で待機していたであろう数人の男たちが入室してきた。

彼らは人形のように表情のない顔つきでウィーディアの両側に立った。

「わたくしに触れないで！　無作法者!!」

金切り声を上げ、必死に抵抗しても従僕たちの力は全く怯まない。

ウィーディアは彼らによって小館の上階へ連れて行かれた。これ以上余計なことをしないように帰還の時までここに閉じ込めておく算段のようだ。

ウィーディアはあまりの理不尽さに物に当たり散らした。

悔しい。腹立たしい。どうしてこのような目に遭わなければならないの！

「わたくしはゼルスの王女よ！　それなのに、どうしてわたくしの夫があんな男なのよ！」

全ての始まりは、父王の一言から始まった。

──おまえの結婚が決まった──

思えばあそこから運命の歯車が狂い始めた。

黒狼王との婚姻を厭い、身代わりとして異母妹のエデルに挿げ替えた。王女として育てられたこの身に相応しいのは歴史ある王国の次期国王。

それなのに──。

エデルが嫁いで一年後、己の婚姻相手として告げられたのは、北の商業自治都市の商人だった。あの時の怒りと屈辱をウィーディアはまだ鮮明に覚えている。

理由を教えて欲しいと迫った娘に向けて、父王は気のない顔で「王女なら国の益になる男に嫁ぐのが当然のことだ」と告げたのだ。

王の決定は覆らなかった。このような時、味方をしてくれるはずの母はもういない。オストロムへの内政干渉罪と王妃殺害の共謀罪で北の城へ閉じ込められたからだ。ウィーディアを甘やかしてくれた母も、バーネット夫人も失脚してしまった。

納得がいかなかった。だって、あの娘は存在してはいけないのだ。母はあの娘のせいで長い間苦しんできた。淫売婦の娘をそう呼んで何がおかしい。

——おまえの言葉はあの女にそっくりだな——

ふいに耳に低い声が響いた。

——エデルを憎むのだという言い回しも笑い方も、何もかもがそっくりだ——

この声の持ち主は、そう、あの男だ。

黒髪に青い瞳を持つ精悍な男。黒狼と渾名（あだな）される青年王。あの男がウィーディアに向けて放った冷たい言葉。それが頭の中に蘇った。

ゼルスの女官長はことあるごとに淫売婦という単語を口にしていた。母は宮殿に住まうエデルに対していつも嫌悪の目を向けていた。

この二人は宮殿の人間にとって絶対であった。彼女たちの機嫌を損ねるわけにはいかない。

それはウィーディアにとっても同じことだった。母が厭う相手なのだから悪い子に決まっている。仲良くなろうとしたら駄目。一緒に遊んだらわたくしがお母様に嫌われてしまう。

本当は妹が欲しかった。だって、お兄様はわたくしに対していつも威張るのだもの。妹がいれば一緒にお人形遊びができるわ。それにりぼんの貸し借りもできる。美味しいお菓子を二人で食べて、大きくなったらどんな男性と恋に落ちるか打ち明け合うの。

「違う！　違う違う！　あんな子、妹でも何でもないわ!!」

両手で耳を覆い、頭を激しく左右に振った。

母から父を奪った憎き敵の娘。それがエデルだ。

それなのに、どうして彼女が一国の王の妻で、自分が一介の商人の妻なのだ。正当性でいえばウィーディアは王妃の娘だ。正しい夫婦の間に生まれた自分のほうが格下の夫をあてがわれた。納得がいかなかった。

王女一人が異を唱えようと、婚姻の決定は覆らなかった。イースウィアが失脚して以降、今まですり寄ってきた貴族たちはあからさまにウィーディアを遠巻きにし始めた。王が関心すら寄せない王女に味方しても得にならない。王妃が辺境に押し込められては尚(なお)のこと。

兄は全く頼りにならなかった。妹よりもヴォールラムとの商取引の拡大による実利を取った。

憤る心を抱えたまま、ウィーディアはヴェリテ家に嫁いだ。凡庸な男に抱かれる屈辱と爵位すらない婚家の名を口にしなければいけない恥ずかしさ。ウィーディアを従わせようとするいけすかない姑に、こちらに懐こうとしない前妻の子供など、煩わしさしかなかった。

そして貿易都市だからこそ耳に入る各国のうわさ話。黒狼王と呼ばれる蛮族の王は、剣技に優れているだけでなく若く美しいのだという。

辺境の田舎とはいえ、今や一国の王妃となったエデル。対して自分はどうなのだ。腹の奥に噴火寸前のマグマを抱える日々だった。

誰かわたくしの力になってくれる人間はいないの。わたくしはこのような男の妻で終わるような器ではない。

方々に手紙を出した。有力者たちと面会した。その中で力になってくれたのがヨルナス・ハロンシュ枢機卿だった。

優しく慈悲深い彼はウィーディアの主張全てに頷いてくれた。義理の妹が己の権利を全部掠め取った。本当なら自分こそが王妃となるはずだった。

「そうよ……、わたくしにはまだ猊下がいるもの。彼はいつだってわたくしの味方。猊下の前ではクルトだって言うことを聞くしかないのよ」

ウィーディアは昏い光を瞳に宿しながら笑った。

そうだ、ハロンシュ枢機卿に頼んでクルトにたっぷり罰を与えればいい。最初はこちらの計画に乗り気だったくせに、彼は裏でオルティウスとの取引を企んでいた。

これは明白な裏切りだ。あんな男、いなくなってしまえばいいのに。

ウィーディアは腹に鬱屈を抱えたまま一日を過ごした。

翌日になり、クルトが渋々という顔で部屋を訪れた。

「ハロンシュ枢機卿猊下がきみに会いたいんだってさ」

やはり彼は自分のことを見捨てていなかった。彼だけが味方なのだ。

馬車に揺られウィーディアはルクス市内の大司教離宮へ到着した。早く彼に会いたくて、正面玄関の扉が開かれた途端に飛び込んだ。大理石の床の上を靴の音がはしたなく響いたけれど、そのような些事などどうでもよかった。

応接間に現れたハロンシュ枢機卿に甘えた声ですり寄った。

「もう少しのところでしたのに、あの妹が逃げてしまったというのは本当ですの？　それにクルトったら酷いのですわ」

夫の裏切りと自分への理不尽な態度を訴えると、ハロンシュ枢機卿は痛ましそうに眉尻を下げ、その場にそっと膝をついた。

「美しいご婦人の心を傷付けるなど……。そのようなことがあってはいけません」

彼は騎士が姫君に忠誠を誓うように、ウィーディアの手をそっと持ち上げ、口付けを落とした。

「わたくし、とても悲しいのですわ」

「私があなた様の憂いごとを取り除いて差し上げましょう。美しいあなたに涙は似合いません。あなたのお心が真(まこと)に晴れるよう祈りを捧げます」

ハロンシュ枢機卿はウィーディアの手を優しくさすった。

彼はいつだって欲しい言葉をくれる。彼だけがウィーディアを気高い女主人のように扱ってくれる。

元は貴族の家に生まれたのだと聞いている。だからだろうか、彼はクルトとは違い、立ち居振る舞いに品がある。

「ちょうどスラナ大司教がルクスに戻ったのですよ。これで準備は整いました」

「準備?」

立ち上がったハロンシュ枢機卿がウィーディアを優しく見下ろした。

「ええ。あなたを苦しめる女を罰するための準備です。そのためにはもう少し時間が必要です」

「あとどれくらいですの?」

いっそのこと今日にでもエデルを殺してくれたらいいのに。そう喉元まで出かかったが、必死に取り繕った。

　ウィーディアは甘えるようにハロンシュ枢機卿の胸に身を寄せた。相手の庇護欲をそそるように計算しつくした仕草だ。

　ハロンシュ枢機卿がウィーディアの耳の側に顔を寄せ囁く。

「もうあと、数日。それで万事上手くいくでしょう」

「楽しみですわ」

　ウィーディアはハロンシュ枢機卿の胸の中で昏く微笑んだ。

第三章

一

　日が暮れ、夜の静寂が世界を支配していた。古くから人々は闇を恐れた。何か悪いものがやってくるのではないかと。知らぬ間に得体の知れないものが入り込むのではないかと。

　だが、己は違った。闇にこそ魅力を感じる。

「もうすぐだ。もうすぐ、我が願いが成就する」

　応接間の椅子に頬ずりをしていたヨルナス・ハロンシュはやおら立ち上がった。昼間彼女が座っていたそこにはまだ熱が宿っているかのようだったが、その温もりは長続きせずに消えてしまった。

「ああ、彼女を永遠に私のものに……」

　ルクスのスラナ大司教の協力もあり、ようやく欲しいものが手に入った。あとはこれを使うだけ。持ち上げたのは布に包まれた小さな塊。古い木製の像がくるまれたそれをヨルナスは恍惚（こうこつ）とした表情で幾度も撫でた。

新しいおもちゃが手に入った。早くこれを使いたい。だが、慎重を期する必要がある。

まずは予行演習が必要だろうか。

オストロム王妃が逃げたことで彼女は機嫌を悪くしている。彼女は苛立ち、結果を求めている。時間がない。計画を早める必要がありそうだ。

いつまでも本命に手を出せずにいるのも精神上良くない。

「さて、彼女のためにも儀式は完璧でなければならない」

ヨルナスは平素通りの笑みを浮かべ応接間から出ていった。

*

早朝、ふわりと意識を浮上させたエデルはころんと寝返りを打った。すぐ近くに自分以外の熱を感じる。無意識にぴたりと寄り添うと、ぐっと引き寄せられるのが分かり、そのまま夢の中へ旅立った。

次に覚醒した時、中途半端に開いたカーテンの隙間から朝日が射し込んできていた。まだ見慣れない室内装飾は、ここがイプスニカ城からほど近い王立軍の砦（とりで）の一室だからだ。

金の熊亭から移動して二日目の朝を迎えていた。

「まだもう少し眠っていろ。すまない、あまり寝かせてやれなかった」

先に覚醒していた夫の台詞にエデルは顔を真っ赤に染めた。

城下の宿からひとまず砦に滞在することになり、夜尋ねてきたオルティウスと言葉を交わすでもなく、熱情に突き動かされるように肌を重ね求め合った。

「体は辛くないか？」

「大丈夫です」

朝特有の、少々気だるげなオルティウスの声に昨晩の熱の欠片が呼び起こされる。

わずかな布擦れの音と、蠟燭を揺らす炎の音。それから互いの息遣い。何かの誓いのように指と指を絡め身を繋げた。

エデルと名を呼ぶ声と、絶え間なく与えられる彼の情愛。

気恥ずかしくてオルティウスの顔を見ることができない。昨晩はあんなにも彼の青い瞳の中に己が映し出されたというのに。

オルティウスがエデルを仰向けにした。

昨晩同様、彼の瞳に捕らわれる。少し野性味を帯びた精悍な顔つきは、人によっては怖いと感じるのかもしれない。

でも、自分にとっては……。頬を赤らめつつ彼の視線を受け止めているとふいに唇を塞がれた。再会して何度唇を重ねただろう。数えきれないほど求められ、エデルもまた彼を求めた。

誰にもこの人を渡したくない。愛をくれ居場所をくれた。彼だから、エデルは王妃であり続けることを願った。

他の誰でもない、オルティウスだから。彼の隣に立てる自分になるために努力をしようと決意した。

「今日も予定が色々と立て込んでいる。そろそろ起きないとな」

オルティウスが名残惜しそうに呟いた。

「オルティウス様と一緒に朝食をとりたいので、わたしも起きます」

「無理していないか？」

「大丈夫です。それに、お腹が空きました」

「そうか。食欲があるのはいいことだ」

オルティウスの目元が嬉しそうに細められた。彼はエデルが食欲を見せるととても喜ぶ。

互いに身づくろいを終え、続き間の扉を開けるとすでに朝食の支度が整えられていた。砦内の館は小さいとはいえ居心地はすこぶるよい。テーブルの上にはイプスニカ城で出されていたものとそん色ない皿の数々が並んでいる。

オルティウスが「おまえが好きなパンだ」と言いながら干した杏（あんず）入りのものを取り

分けてくれた。些細なことだけれど、その気遣いが嬉しい。

「リンテの具合はどうですか？」

「昨日少し熱を出したが、夜には下がっていた」

彼が言うには、ねんざをすると熱を出すことがあるのだという。風邪ではないため安静にしていればすぐに良くなるとのこと。だが、足が完治するまで絶対安静が必要で、そしてこれがリンテにとって一番重要事項かもしれないが、今回の件でミルテアが相当に立腹していた。

「あの、あまりお叱りにならないでください。わたしのためを思っての行動だったのです」

「……そもそも勝手に城を抜け出したことに対して母上は立腹している」

「……きっと、リンテにとってルクスは大きな庭のようなもので」

「その言い訳は苦しいぞ」

「うう……」

自分でも分かっていたため、これ以上は何も言えない。

「確かにリンテの機転のおかげでエデルを救い出すことができた。そこには感謝をしているが、聞けば聞くほどあの娘のおてんばぶりに頭を抱えた。普通、そこに穴があったら入らないだろう。修道女に見つかったら抗議せずに逃げるだろう」

昨日オルティウスはリンテを見舞い、エデルを連れ出した経緯を全て聞いていた。

現在エデルは、表向き病でイプスニカ城を離れ療養中ということになっている。そのことに不審を抱いたリンテはエデルが大司教離宮に軟禁されていることを突き止め、城を抜け出し、偶然大聖堂と離宮を繋ぐ秘密の抜け道を発見した。

そこに穴があったからという理由で潜り込み、出口の向こうでたまたま裏庭に出てきていたマーラ・エラディーラと出会ったのだそうだ。

(見つかった相手がマーラ・エラディーラでよかったわ。もし万が一、別の誰かに目撃されていたら。リンテも不法侵入の咎で捕まっていたかもしれない)

ミルテアもオルティウスも彼女の好奇心からくる向こう見ずな行動を危ぶみ心配しているのだ。

「そうですね……。穴を見つけた時点で、オルティウス様かどなたかに報告をするべきでした」

「おまえがリンテを庇(かば)いたくなる気持ちは分かる。俺と母上にたっぷり叱られたから、おまえからフォローしてやってくれ」

「はい」

オルティウスはそれから現在の状況をかいつまんで話してくれた。まずはハロンシュ枢機卿に遣いをやり、王妃の体調が良くなってきたため、もう間もなくイプスニカ城に帰還することを伝えた。

　ウィーディアの脅しは、ハロンシュ枢機卿の元にエデルが留め置かれていたからこそ、オルティウスに対して効力を発揮した。聖教の力は一国の王であっても無下にできるものではないからだ。

　いいところ取りをしようと目論んでいたクルトはエデルが逃げたと知り時流を読んだ。彼は商売人だ。損得勘定に長けている。案の定彼は昨日の早い段階でオルティウスへ宛てて書簡を寄越した。これ以上妻を野放しにせず、速やかにヴォールラムへ帰還する、と。

「マーラ・エラディーラはしばらくの間イプスニカ城で預かることにした」

「彼女は無事だったのですか？」

「ああ。王太后がレース編みの技術を教わりたいと希望している――、そう昨日の遣いに手紙を持たせたら、了承だという返事をもらった」

「そうなのですね」

　彼女の処遇だけが心配だったが、その話を聞くに大きな罰は受けていないように感じた。

「それとゼルスに出していた遣いが帰ってきた。もう間もなくマラート枢機卿がルクスに到着する」

「本来のアマディウス使節団に名を連ねていた方ですね」

「ああ。だが、マラート枢機卿からはルクス訪問の件はくれぐれも内密にと念を押されている。俺がいいと言うまでこの件は他言無用を徹底して欲しい」

「分かりました」

「それとゼルス国王の親書も届いた。エデルとウィーディアの婚姻はそれぞれが正当なものだという趣旨のものだ」

「お父様が？」

目を丸くすれば、オルティウスが微苦笑して頷いた。

ゼルスで暮らしていた時、父とは疎遠だったため驚きが勝つのも致しかたない。

「分かりづらい優しさだが、アマディウス使節団も元々はおまえの出産祝いを兼ねたものだ」

「そういえば、そうでしたね」

「マラート枢機卿が到着すれば、マーラ・エラディーラの身の安全も保障される。彼女の献身ぶりをきちんと伝え、安全に国へ帰れるよう手配する」

その力強い声に安堵した。エデルを逃がしたせいで彼女が不利益を被ることだけが不安だった。

「もう少し彼女と一緒にいることができるのですね」

嬉しさにそう付け加えると、オルティウスが不思議そうに見返してきた。

だからエデルは軟禁されていた間の彼女との交流を語った。

「マーラ・エラディーラは不思議なのです。話していると、どこかホッとして、まだ一緒にいたいと、そう思わせるような人なのです」

「俺も次に彼女に会った時礼を言おう」

穏やかなオルティウスの眼差しが胸の深い場所を優しく撫でた。

彼はいつだって自分のことを考えてくれている。

だから、自分の口できちんと伝えなければならないことがある。

「わたしはあなたに謝らなければいけません」

「どうしたんだ、急に」

「オルティウス様はずっとお姉様のことを警戒していました。そしてわたしにも忠告をしてくださった。わたしは……あなたの言葉に従わなかった。だから今回のことは、わたしの注意不足だったのです。申し訳ございません」

エデルはすっと頭を下げた。ずっと一人きりだったのだ。考える時間はたくさんあった。

「エデル、おまえは強い」

彼から出た唐突とも取れる言葉に思わず目を瞬いた。

「エデルは、自分を一方的に虐げてきた者と向き合おうとした。しなやかで強い心を持った人間でないと難しいだろう」

彼の嘘偽りのない声が胸の奥に突き刺さる。

エデルはぎゅっと膝の上に置いた手でスカートの布を握った。

「わたしは強くなどありません。ただ、認められたかった。嫌われたままでいることが怖かった。お姉様はまだわたしのことを嫌いだと、それを改めて確認したくなかった。だから逃げたのです」

ウィーディアの口から出される謝罪に真実を見出そうとした。少し威張ったような言い方をするのは彼女の性格だから。そう思おうとしていた。

彼女は姉だから、妹に対して大きな態度を取りたいのだろうと、そうやって自分の目で見たものを聞いたものを誤魔化そうとしていた。

「……お姉様はまだ……わたしのことを……。わたしは見たくないものに蓋をしていたのです」

「エデル」

オルティウスが立ち上がった。

そしてエデルのすぐ目の前で膝をついた。

「誰だって嫌われたくはない。できれば好かれたいと思うものだ。だから、おまえの気持ちを俺は否定しない」

　そう言いながら彼は両腕を伸ばしてエデルを引き寄せた。彼の肩口に額が当たった。

　白銀の髪の毛がさらりと垂れ下がった。彼が優しい手つきでそれを梳いていく。

「たとえヴィーディアに嫌われていようとも、おまえには俺がいる。俺はエデル、おまえを愛している。おまえを傷付ける者がいたら、誰であろうと許さない。それに、俺以外にもおまえを愛する者はたくさんいる」

　優しく言い聞かせるそれらの言葉が胸の奥に染みていった。

　オルティウスの愛情を一身に受けて、じわりと涙が浮かび上がった。彼の言葉に救われたのは二度目だ。

「わたしはいつの間にか欲張りになっていました。こんなにも愛されているのに、もっと欲しいだなんて。駄目ですね」

「おまえは今まで必要以上に我慢していたんだ。少しくらい我儘になるのも仕方がない」

　もう大丈夫だと、そういう意味も込めて微笑むと彼も目尻を緩めた。

「だが、さすがにこれ以上は俺も許容範囲外だ。おまえがヴェリテ夫妻に会うのは彼らが出立する当日のみだ。俺とおまえで見送ることになる」

「はい」

自分の弱さをさらけ出しても、それを受け止めてくれる人がいる。この身を案じてくれる人がいる。幸せにめまいがしそうだ。

彼のこの手を離したくない。だから、もっと王妃として頑張ろうと思える。

「俺もおまえのよき夫になれるよう努力する。俺を飛び越えてヴィオスに相談したと言われた時はさすがにショックだったぞ」

微苦笑ついでにオルティウスがエデルの唇を塞いだ。戯れのように啄まれて、ぽっと頬を赤く染めた。

二人とも、夫婦としてはまだ経験が浅い。毎日たくさん話をしていても、全部を知り尽くすには至っていない。けれども、こうして語り合うことはできる。

二人は気恥ずかしそうに瞳を絡め合った。

翌日、表向き静養から帰還したエデルは真っ先にフォルティスの元に向かった。もう十日以上息子の顔を見ていなかった。

抱き上げたフォルティスは離れている間にまた大きくなったのか、記憶よりも重いように感じた。

「ティース、お母様よ」

思わず頬ずりをすれば、彼は機嫌良さそうにエデルの頬をぺしぺしと叩いた。容赦のない力加減が懐かしい。侍女や女官たちも微笑ましげに親子の触れ合いを眺め、事情を知る一部の者たちはうっすら涙ぐんでさえいた。

乳母によると、エデルの姿が見えなくなった当初こそぐずることもあったが、それも日を過ごすうちに落ち着いたとのこと。

そう聞くと何だか寂しい気がする。

(もう少しわたしのことも必要としてね)

フォルティスの瞳を覗き込むと、にこりと笑ってくれた。

その後、息子の昼寝の時間までたっぷり一緒に遊んだ。そのせいか、いつもより早い時間からうつらうつらし始め、ぐずることなく昼寝に入った。

息子の額に口付けを落としたエデルはそっと部屋を退出し、その足でリンテを見舞うことにした。

「お義姉様! よかった。戻られたのですね」

「リンテ、怪我の具合はどう?」

エデルが姿を見せた途端にリンテは頬をさくらんぼ色に染め、勢いよく椅子から立ち上がり駆け出そうとした。お付きの侍女が慌てて止めに入ったため、リンテは不承不承という顔になって再びすとんと椅子に腰を落とした。

「もう平気なのよ。ま、まあ……確かにちょっとまだ痛いけれど」

「無理をしては駄目よ。オルティウス様もおっしゃっていたわ。きちんと直さないとねんざは癖になるって」

リンテは顔色もよく経過も順調だと思われた。

侍女たちは二人の前に冷やした蜜割り水を置いてくれた。甘いお菓子もテーブルの上にのっている。これはオルティウスからの差し入れである。

「リンテ、今回はわたしのためにありがとう。あなたの勇気のおかげで、わたしはこうしてイプスニカ城に帰ってくることができた」

「わたし英雄よね？　それなのにお母様とお兄様、二人からお説教されたの。とても長かったのよ」

リンテはその時のことを思い出したのか、両手で自身を抱きしめ一度ぶるりと震えてみせた。

「お二人はあなたのことを心配しているの。一人で無謀なことをすると危険な目に遭うこともあるから」

「それは……そうだけどぉ」

すでに同じ内容の説教をされたせいかリンテは頷いたが、まだ納得がいっていないようだ。

「パティエンスの騎士だって、任務の時は二人や三人で行動するでしょう?」

「それは確かに」

「何か起こった時に、誰かに知らせる役目の人も必要だと思うの」

身近な例を出せばリンテは難しい顔をして黙り込んだ。

「でも、報告だけしてあとはぽいっと任務から外されちゃわない?」

「前線だけが仕事ではないわ。後方支援がいないと組織は回らないって、オルティウス様がおっしゃっていたわ。それに、わたしはちゃんと覚えている」

リンテの目を見て頷けば、彼女は一度顔をくしゃりとさせて甘えるようにエデルの胸に飛び込んだ。

「怪我が治ったら一緒にルクスに行って、ダーナにお礼を言いましょうね」

「ほんとう?」

今回、たくさんの人々が力になってくれた。宿をあとにする時、お礼の言葉は口にしたけれど、少々慌ただしく、また裏口から出たこともあり、今度は表玄関からきちんと訪問し感謝を伝えたかった。

もちろんオルティウスの許可もとってある。彼は、全てが終わったあとに行こうと快諾した。

「ええ。オルティウス様とわたしとあなたの三人で。正体を告げるわけにはいかないから、その時は身の上は伏せて普通の女の子としてダーナに接してね」

「もちろんよ。そのあとに、ほんの少しだけでいいの。お義姉様と一緒に街の中を歩けたらいいなあって思うんだけど……」

リンテが期待を織り交ぜつつこちらを窺う。

素敵な提案にエデルは頷いた。リンテと一緒に街を歩いたらきっと楽しいだろう。

「わたしからもオルティウス様にお願いしてみるわね。少しの間だったら多分許してくれると思うの」

「わたし、早くねんざが治るよう安静にするわ！　だからお義姉様たちも早く悪い人たちをやっつけてね」

(悪い人ではないのだけれど……)

今後ハロンシュ枢機卿とも何事もなかったかのように接することになるだろう。

きっと、このように多様な思惑の中を泳がなければならない場面がこれからもたくさん生じる。

上手くこなせるかどうか、正直まだ分からない。

でも、リンテのように素直に自分を慕ってくれる人がいる。

自分の周りは幸せで溢れている。改めてそう感じた。

二

エデルが無事にイプスニカ城に帰還したとの報せを受け、オルティウスがホッと一息ついたのもつかの間。王立軍の将軍たちとの定期会議と訓練視察をすませたところにヴィオスが近付いてきて耳打ちをした。

オルティウスはすぐに彼と二人で手近な部屋に入った。

「クルト・ヴェリテが死んだだと？」

「ええ。頭部に損傷があったとの報告を受けています。おそらく他殺かと」

半信半疑でもう一度問いかけたが、それに対する返答は変わらなかった。ヴィオスは抑揚のない声で続ける。

「本日早朝、ルクスの街角に捨て置かれていたとのことです。遺体の頭部には血がこびりつき、金目の物が抜き取られていたため、警邏隊は強盗だと判断しました。身元に繋がるものは携帯していませんでしたが、彼の髪色から外国人だと判断し、身元照会は外国人商館などを中心に行ったそうです」

聞き取り調査をしているさなか、ヴェリテ商会の者たちが主人の行方を捜しているとの情報を得て彼らに接触した。遺体と彼らが話す主人の特徴が一致したため確認を行ってもらった。彼らはクルト・ヴェリテ本人だと断言した。

「ヴェリテ殿の足取りは？」

「家人の証言によると、彼は昨日もルクスで幾人かの商人と面会の約束を取りつけていたそうです。帰還の準備と並行して、オストロムの商人との縁繋ぎはぎりぎりまで行っていたようです」

抜け目のないクルトらしい行動だ。彼はエデルがオルティウスの手元に戻った途端、これまでの態度を翻し、長い言い訳をしたためた手紙を寄越してきた。

一度はウィーディアの作戦に乗っかる形でオルティウスに対して利権を要求したことへの負い目は持ち合わせていたようだ。今後ヴェリテ家が塩の商いで不利になることは火を見るよりも明らかである。それをどうにか最小限にしようと動き回っていたさなかの凶事ということか。

「彼は一人で行動していたのか？」

「そのようです。最後の約束を終えたあと、用事があるからと先に従者と馬車を帰しました。従者曰く、このようなことは初めてではないため、特別不審とは思わなかったそうです」

「一人で行動することくらい、ヴェリテ殿にだってあるだろうしな」

オルティウスが納得するとヴィオスも頷いた。

「ヴェリテ殿とは色々あったが、ヴォールラムの代表議長という肩書を持った客人だ。俺の配下にも捜査に加わるよう命じておく」

異国の地で主を失った家人らの混乱も大きいだろう。葬儀や手続き、ヴォールラムへの連絡などやることは山ほどある。

ヴィオスはすでにヴォールラムへ遣いを仕立てたことと、残された家人たちの手伝いに文官を数人貸す手はずを整えたと報告した。

「ヴェリテ殿の遺体が見つかった場所というのは、普段から治安に問題があるのか？」

「いいえ。そのような報告は上がってきていません」

今はまだ分からないことが多すぎる。捜査の進展を待つしかないだろう。


クルトの訃報はエデルにも早急にもたらされた。

オルティウスより聞かされた時、一瞬視界が揺らぐほどの驚きに見舞われた。

だが、自分よりもウィーディアの心痛のほうが計り知れないだろう。

クルトの遺体はルクス市内の教会に安置され、そのまま葬儀が執り行われた。

今、この場にいるのはハロンシュ枢機卿や国王夫妻の側近など、ごくわずかな関係者だけだ。異国の地での、あまりにも寂しい見送りの儀式だった。

全てが終わったあと、エデルはウィーディアへ話しかけるかどうか迷った。彼女は自分に対していい感情を抱いていない。何を言ってもから回りするだけなのではないだろうか。

一方で遠い異国の地で夫を失くした彼女を思えば、姉妹の間を隔てるわだかまりなど気にしてはいられないという思いもある。

世間では夫という後ろ盾を失くした女性は弱き存在だ。女性には相続権がないことがほとんどだからだ。子供がいればまた違うのだろうが、ウィーディアにはまだ子供がいない。

寡婦となったウィーディアの身の振り方は、ヴォールラムに帰還したあとに取り決められることになる。

彼女はずっと感情の抜けた顔をしていた。泣くこともせず、今もぼんやりとどこかを眺めている。現実と夢の狭間を漂っているような気配に覆われていた。

エデルはウィーディアの近くへ歩み寄った。すぐ側にオルティウスが付き添う。

「あの……ヴェリテ夫人。あまり無理をなさらず、ご自愛ください」

エデルの声に気が付いたウィーディアがゆっくりと顔の向きを変えた。どこか虚ろだった瞳の中に光が戻る。

紫色の瞳に強い感情が宿った。視界に映る相手がエデルであると認識したウィーディアがその距離を詰めた。

「おまえのせいよっ！」

叩かれる！　びくりと肩を震わせ、エデルは思わず目をつむった。けれども、覚悟していた衝撃は訪れなかった。

「此度のことは妻の落ち度ではない。私の名の元に、ヴェリテ殿を殺害した犯人の捜査がされている。必ず犯人を捕縛すると約束する」

恐る恐る目を開ければ、オルティウスがウィーディアの腕を掴んでいた。今まさに手を振り落とすという格好のまま腕を取られた彼女は、オルティウスの声を聞き、徐々に顔を歪ませた。

「そのようなこと、どうでもいいわ！」

ウィーディアはぐいと腕を動かし、オルティウスの拘束から逃れた。

オルティウスがエデルを守るかのように一歩前に出た。それが癇に障ったのか、ウィーディアは憤怒の形相になった。

「おまえのせいよ！　元はといえば、おまえがわたくしから全てを奪ったんだわ。わたくしの婚姻相手も、花嫁道具も、王妃の座も何もかも！　どうしてわたくしが商人の妻にならなくてはいけなかったの。全部おまえがいけないんじゃないっ！　わたくしから権利を奪い取ったくせに！」

つんざくような高い声が静かな墓地にこだました。

作業道具の片付けに入っていた墓守たちが動きを止めるのが視界の片隅に入った。

「そうよ、今からでも遅くないわ！　ハロンシュ枢機卿猊下におまえを告発してやるわ！　わたくしにオストロムの王妃の座を返しなさいっ！」

（お姉様！）

彼女の激しい怒りが空気を揺さぶった。その瞳に映るのは、エデルが憎いという感情だけ。憎悪に呑まれそうになる。

「ヴェリテ夫人は錯乱しているようだ。誰か、彼女を丁寧にイプスニカ城に連れて帰ってやって欲しい」

オルティウスの低くも落ち着いた声が割って入った。

彼の大きな手がエデルの背中にそっと触れた。温もりに竦んでいた体の中に芯が通った気がした。どんな時でも、彼の、夫の隣に相応しい自分でありたい。

（下を向いては駄目。怖がっては駄目）

強い感情を受け止めるにはまだ勇気がいる。彼女の声に、怒りに負けそうになる。

でも、あの時に――、黒狼王の婚姻相手にエデルが選ばれた時に運命は決まったのだ。

今回のことは、ウィーディア自身が乗り越えなければならないことだ。エデルに責任を押し付けて、嫌なことから目を背けてはいけないのだ。

「わたくしは錯乱などしていないわ！　侮辱しないで！」

「つい二日ほど前、ヴェリテ夫人と我が妻の父であるゼルスの国王陛下から親書が届いた。娘二人の婚姻はそれぞれ正当なもので、娘たちは納得し各々嫁いでいったと。そう書かれてあった」

「なっ……」

ウィーディアは開いたままにした口を数度動かしたのち、ハロンシュ枢機卿を振り返った。

そのハロンシュ枢機卿が何かを言う前にオルティウスが再び口を開いた。

「まさか、一国の王の言葉を妄言呼ばわりするつもりではないと信じていますよ。私の妻はあちらの国で正式な手続きを踏んで嫁してきた」

「……」

ハロンシュ枢機卿が黙り込んだ。

「何よ！　黒狼王の分際で、偉そうに！　猊下、助けて！　わたくしは間違ってなどいない。どうして？　どうしてわたくしがこのような屈辱を受けなければならないの！」

ウィーディアはいやいや、と頭を何度も左右に振った。それはまるで幼子が駄々をこねているようでもあった。

　オルティウスの意向を組んだ近衛騎士らがウィーディアを連れ出そうと動き出したが、その前にハロンシュ枢機卿がウィーディアに近付き肩を抱いた。

「ヴェリテ夫人は私が送っていきましょう」

「どうして！　どうして誰もわたくしの味方をしてくれないの？　だっておかしいじゃないっ！　あんな子が王妃でわたくしがこんな……こんなっ」

　感情の制御の仕方を忘れてしまったかのようなウィーディアの背中を、両腕を何度もさすりながらハロンシュ枢機卿は彼女を馬車へと誘う。乗り込む寸前まで彼女は何事か叫んでいた。

　悲痛な叫びに胸がずきずきと痛んだ。それを和らげるように、オルティウスがエデルの手を握った。

「酷だが、彼女自身の問題だ」

「……はい」

　どうか彼女の心が静まりますように。そう願わずにはいられなかった。

三

二日後、マラート枢機卿がルクスに入った。

道中の身の安全は、ゼルス側の騎士とオストロム入国後はこちらが用意した騎士で担ったのだが、彼は必要最低限の従者しか供につけず、高位聖職者とは思えないほど地味に徹していた。

否、彼は聖職者であることを隠していた。貴族がお忍びで着るような簡素な出で立ちでオルティウスの前に現れたからだ。イプスニカ城への入城もひっそりとしたものだった。出迎えは文官のみで、会見の場も入り口からほど近い小部屋となった。

事前に届けられた書簡には、くれぐれもアマディウス使節団の人員にこの訪問を悟られないようにと、くどくどと書き連ねられていた。

マラート枢機卿は鷲鼻と細い目が特徴的で、一見すると近寄りがたい雰囲気を持っていた。歳の頃は五十手前といった風貌で、白い髪は地毛なのか老化によるものなのか見分けがつかない。

「此度の訪問感謝します。当初はマラート枢機卿、あなたがお越しになると聞いていたのだが、直前でハロンシュ枢機卿に変更になった理由を聞いても？」

「ヴォールラムのヴェリテ夫妻が姉夫婦に会いに行くために自分めに付き添いを願い出ているとハロンシュ枢機卿が伝えてきました。これまで数度ヴェリテ夫人の告解を聞き、絶大な信頼を寄せられているため、ぜひ自分めが彼女と共にオストロムへ参りたい。手紙にはそう書かれていました。彼も私も同じ地位にいる身。それではお願いしましょう、ということで代わった次第でございます」

　マラート枢機卿は抑揚のない声ですらすらと答えた。

　事前に暗記した台詞をただ口から出しているだけともとれる流暢さに、オルティウスは、彼は本音を語っていないのだと推察した。

　でなければ、己の来訪を決して漏らすな、などと強く要望する必要もないし、今のように聖職者ではなく一市民に扮(ふん)する必要もない。

「ゼルス王と私の要請に応えて遠路はるばるルクスを訪れたこと、感謝する」

「いいえ。とんでもありません。少々困ったことになったとゼルスの国王陛下より相談を受けましたので。こうして仲裁に上がった次第です」

　オルティウスはエデルが己の手元に戻ったことを話した。手紙のやり取りだけでは情報伝達に限界がある。

告発の件はうやむやになったが、ウィーディアは現在もまだ不満を胸の中にくすぶらせていることを伝え、そしてもう一つ重要なことを話した。

「クルト・ヴェリテが亡くなったですと？」

さすがにこれにはマラート枢機卿も感情を露わにした。

オルティウスは他殺であること、葬儀がすでに終わったこと、それから現在も犯人を捜索中だと伝え、本日の会談を終わらせた。

到着早々長話をするのも憚られるし、マラート枢機卿の出方を見たいという思惑もある。そのため捜査の進捗まで今の時点で話すこともないだろうし、これはこの国の問題であって、マラート枢機卿の管轄外だ。

オルティウスは彼にイプスニカ城の一室を提供する心づもりだったのだが、本人に断られていた。彼はルクス市内に滞在予定だ。

一体どのような腹積もりか。それとなく動向は把握しておくべきだろう。

彼にはイプスニカ城へ入城できる通行証を渡している。用があれば連絡を入れてくるはずだ。

本日の予定に一区切りつけると夕刻近くになっていた。

まだ夕食には時間がある。

エデルはフォルティスたちと散歩を楽しんでいる頃だ。今朝そのようなことを話していた。

体と頭を休ませがてら、様子を見に行こうと立ち上がった。

城の奥に向かっていると、リンテと鉢合わせた。どうやら彼女もエデルの散歩に付き合うようだ。妹とエデルは実の姉妹のように仲がよい。難しい年頃に差しかかってきたリンテの扱いにはミルテアも手を焼いている。

大人の言うことに反発したがるリンテだが、不思議とエデルの言うことだけはよく聞く。エデル曰く、年が近いからというのが理由のようだが、それだけではないだろう。

エデルは人に寄り添うことが自然にできる娘だ。真っ直ぐにこちらを見つめる眼差しと他者を思いやる包容力にリンテも心を許しているのだろう。

「ご、ごきげんよう。お兄様」

「おまえもエデルとティースと散歩か？」

以前よりも話すようになったとはいえ、リンテは未だにオルティウスに対して一歩線を引いている。歳が離れているせいもあり、あまり交流してこなかったのが理由だ。

オルティウスとしても、小さな妹と一緒に過ごせと言われても何をして遊んでやればいいのかまるで分からなかったため、長い間顔を会わせるのは年に数度だけという生活をしてきた。

「はい。お義姉様がお誘いくださいました」

一緒に歩き出せば、彼女は小さな声で付け足した。

まだぎこちないが、疎遠だった妹と交流を始めてもうすぐ二年になる。以前であれば、ミルテアかエデルの影に隠れていたのだから、こうして並んで歩けるようになっただけでも進歩である。

「そういえば、マーラ・エラディーラがおまえの話し相手になったと聞いていたが、彼女とはどうだ。上手くやっているか？」

オルティウスはリンテの数歩後ろを歩く修道女に目を向けた。

エデルが大司教離宮に捕らわれている間、親身に接し脱走の手助けまでしたのがマーラ・エラディーラだ。その責で咎められることがないよう、また不利な状況に立つことがないよう、オルティウスは彼女をイプスニカ城へ招き入れることにした。

その理由付けのために、王太后の名前を使わせてもらった。母は由緒ある修道院出身の彼女にリンテの話し相手を依頼した。

聖アクティース女子修道院では、良家の娘を預かり淑女教育の一環として手芸や敬虔さや慎ましやかさを教えるのだそうだ。

ミルテアはそれらの指導をマーラ・エラディーラに期待したのだ。そう思惑通りにいくものかと、内心疑問だったのだが、意外にもリンテは異国の修道女に懐いているようだ。

「はい。マーラ・エラディーラの教え方は優しく分かりやすいので楽しいです」

母の顔を立てて、という返事でもなさそうだ。

リンテは後方に顔を向けマーラ・エラディーラに向けて笑いかけた。それを見た彼女もまた同じく笑みで返した。関係は良好なのだと見てとれるやり取りである。

「レース編みはお母様も一緒に習っています。お母様でも苦戦することがあるのだと思うと、ちょっと意外って思ったり」

「なるほど。同じ初心者同士だからな」

「はい！」

リンテが元気よく頷いた。修練具合は五十歩百歩というものらしく、普段完璧に見える母も最初から何でもできたわけではないと知り、心の負担が軽くなったようだ。

今日のリンテはいつもより饒舌だった。

オルティウスは妹が気を張らずに己と話してくれることを嬉しく感じた。

やがて、前方にエデルたちが見えてきた。

リンテがオルティウスに体を寄せて背伸びをした。察したオルティウスは背中を丸めた。

「お義姉様とマーラ・エラディーラって、どこか似ていると思いませんか。こう、雰気というか。ふんわり優しいところとか、わたしの言葉を否定せずに最後まで聞いてくれるところとか」

「そうか」

リンテはとっておきの内緒ごとを打ち明けるような声を出したあと、エデルのほうへ駆け出した。

オルティウスはその背中を眺めたあと、後方で立ち止まっているマーラ・エラディーラを改めて観察した。

彼女は城内でも修道服を常に纏っている。客人として招いたため、城にいる間は通常のドレス姿でも構わないと、何点か華美ではないものを用意するよう女官に命じたのだが、彼女は「長年の習慣ですから」と固辞した。

濃紺と白の修道服に、顔の周りをぴたりと覆う聖教特有の頭巾を被っている彼女の顔には年相応の細かな皺が刻み込まれている。額から辛うじて見え隠れする髪色は白銀で、瞳の色は紫色。アマディウス教区にも銀髪の人間は多く住むというから特別なことではない。

オルティウスはエデルたちの元へ向かった。風が気持ちいいのか小さな手押し車に乗せられたフォルティスは機嫌が良さそうに顔を動かしている。

己に気が付いたエデルが顔を綻ばせた。風に揺れる白銀の髪を掬い、互いに視線を絡ませ合う。

「お仕事は大丈夫ですか？」

「少し休憩だ。外に出ないと気が詰まる」

緑の木々とエデルを側で感じれば、それだけで気分転換になるというものだ。

「今日はわたしがお花を見せてあげるね」

リンテが慣れた手つきでフォルティスを抱き上げた。イプスニカ城で自分よりも年下の子供ができたことが嬉しいのだろう。リンテは積極的にフォルティスの世話を焼きたがる。

エデルは二人を微笑ましげに眺めている。

「リンテはすっかりティースの姉だな」

「はい。ティースもリンテのことが好きなのですよ」

夫婦二人、前を行く子供たちを見守りながらのんびり後ろを歩く。手入れの行き届いた庭園にはいくつもの花々が咲いている。

オルティウスは可憐に咲く小さな花を摘み、エデルの髪に挿した。白銀の髪に、赤紫色の小花が映えている。彼女に触れることができるのは己だけの特権だと主張するような行為。

「良く似合う。花はいずれ枯れてしまうから、今度花の意匠の髪飾りを贈ろう」

「え、あ……あの？」

エデルの頬がたちまち真っ赤に染まった。やはりこの顔は誰にも見せたくはない。

「たまには夫らしいこともさせてくれ」

背を丸め、彼女を覗き込む。照れているのか、赤い顔のまま紫水晶の瞳を揺らす仕草が愛らしい。もっと彼女の反応を引き出したいと思うのだから、これでは子供と一緒だ。

エデルの「ありがとうございます」という小さな声が耳に届く。

二人だけの秘密の会話は、しかしこの先は夜まで預けておいたほうがいいだろう。これ以上は歯止めが利かなくなりそうだ。前方にはリンテたちもいる。

オルティウスはエデルの手を取り、歩みを再開させる。

「エデルもまだマーラ・エラディーラにレース編みを教わっているのか？」

「はい。お義母様と一緒に。リンテもすっかり彼女に懐いているようですね」

エデルが距離を置いてこの場に佇むマーラ・エラディーラに視線を向け微笑みを送った。

オルティウスは順番に二人を眺めた。

(似ている……か。確かにふんわりとした物腰はそうかもしれないな)

彼女は遠慮深い性格をしているのか、あくまで客分という位置を脱しないよう一歩引いた場所から動こうとしない。そのような姿勢には好感が持てる。

エデルと目が合ったマーラ・エラディーラはぎこちなく笑みを作った。

「不思議ですね。彼女を前にすると……。ここが温かくなるのです。オルティウス様とはまた違う……安心感と言いましょうか」

エデルが自分の胸に手を当てた。

彼女がその視線をリンテとフォルティスに移したあとも、オルティウスは視線を感じていた。こちらをちらちらと眺めているのはマーラ・エラディーラである。

悪意は感じない。ただ、感情が込められていた。

オルティウスは顔を動かさず視線だけでマーラ・エラディーラを観察した。彼女の眼差しに既視感を覚えた。あの瞳を知っているような気がした。

どうしてそのようなことを思うのだろう、と考えているとリンテがマーラ・エラディーラの名前を呼び、手をぶんぶん振った。

それに対し、彼女が遠慮がちに手を振り返す。

「このような時間がいつまでも続くといいですね」

エデルがこちらを見上げて微笑んだ。

目の前で繰り広げられているのは優しい家族の団欒だ。彼女の春風に揺れるすみれのような笑みに、ふわりとある思いが浮かび上がった。

(似ている……)

オルティウスはもう一度エデルとマーラ・エラディーラを見比べた。生き写しというわけでもない。だが、エデルをこっそり眺めるマーラ・エラディーラの表情は、エデルがフォルティスを見つめる時のそれとそっくりだった。

もしもエデルが年を重ねれば、彼女の醸し出す雰囲気に似るのだろう。そのように思った。

エデルの生い立ちを調べたのはガリューだった。彼はついでとばかりに彼女の母の行方も調べた。

それはまだオルティウスがエデルと結婚して間もない頃のこと。彼女の挙動に疑問を持ち、ガリューに命じたのだった。

彼は「エデル様の母上の行方については、辿れませんでした。イースウィア王妃が手を回したという見解が大半のようです」と報告をしてきたし、次から次に問題が起こりエデルの母どころではなかった。

もしも、ゼルスの王が、愛した女を密かに外国へ逃がしていたのなら――。

新たな名前と身分を与え、おいそれと素性を辿れぬ場所を用意したというのなら――。

アマディウス使節団を遣わしたのはゼルスの国王だ。

使節団の構成を確認した時、誰も疑問に思わなかった。枢機卿や修道士、修道女と、聖教徒同士それぞれ交流を持つことができるな、という感想を持ったくらいで深く考えなかった。

「オルティウス様？」

「ん、ああ。何でもない」

オルティウスはエデルをじっと見つめた。

熱心な視線を受けた彼女が首を小さく傾けた。

彼女を安心させるように口元を綻ばせ、その頬にそっと触れる。

いつの間にかリンテとフォルティスが戻ってきていた。

「ティース、楽しかったか？」

オルティウスがフォルティスを受け取ると、エデルを希望していたのか途端にむずかりだした。

リンテには大人しく抱かれていたのにと思うと悔しいものがある。女性のほうが抱かれ心地がいいのだろうか。我が息子ながらそれはどうなのだ。

それぞれ散策を楽しみ部屋へ戻ることになる。リンテはマーラ・エラディーラと一緒に帰っていった。

彼女たちの後ろ姿をエデルが何とはなしに眺めている。

オルティウスはどう声をかけていいのか躊躇った。

おそらく彼女は気が付いていないだろう。むしろ本人よりも周囲の者たちのほうが先に気が付くのかもしれない。

（だとしたら危ういな）

二人が並べば勘のいい者はその関係性を疑うかもしれない。

少し注視するべきか。オルティウスは今はまだ己の心の中に留めておくことにした。

四

太陽が地平線の向こうへ吸い込まれるまでもうあと僅か。

黄昏時（たそがれどき）の空はなんとも不思議な色合いをしている。太陽の残滓（ざんし）とも取れる真っ赤な夕焼けが迫りくる夜との境界線で交じり合う。

そのような時分、ウィーディアはイプスニカ城内に建てられた礼拝堂を目指して歩いていた。

歩兵が灯りを点（つ）けて回っているのを眺めながら視線をそっと動かす。

二人の女騎士が一定の距離を開けつつ、こちらを注視している。表向きは警護と聞かされているが、実態は監視である。ウィーディアを不用意にエデルに近付けるな、と黒狼王から厳命を受けているというわけだ。

ウィーディアは再び歩きだした。礼拝堂へ向かい祈りを捧げるふりをするために。夫を亡くしたばかりの憐れな女を演出するために。

（クルトが死んだのは予定外だったけれど……まあいいわ。エデルに罰を与えたあとはゼルスに帰ればいいのだもの）

彼の訃報を聞かされた当初こそ、予期せぬことに頭が真っ白になった。夫とは女性にとって後ろ盾も同然だ。彼を亡くして、この先どうしたらいいのか。

葬儀が終わるまで何も考えることができなかった。あの時、エデルに声をかけられ、ウィーディアの中で感情が決壊した。彼女への怒りと境遇の差、それらが腹の奥から湧き上がり、言葉が止まらなかった。

取り乱したウィーディアを優しく慰めてくれたのはハロンシュ枢機卿だった。彼のおかげで前向きになれた。

そうだ、自分はむしろ自由になったのだ。まだ子のいないウィーディアが今後もヴェリテ家に居続ける必要はない。

幸いにも父は現在もゼルスの国王として君臨している。未亡人としてゼルスに戻り、今度こそ自分に相応しい男の元に嫁ぐのだ。

（けれども、その前にエデル、あなただけは許さない）

自分が不幸な結婚を強いられたのも、全てあの娘のせいだ。おかげで瑕疵がついた。

こんな回り道をする羽目になったのも、オルティウスに馬鹿にされたのも、元凶はエデルだ。

自分だけ不幸になったのに、あの娘が幸せなのは許せない。

最後にきちんと罰を与えてやらなければ。

ウィーディアは先ほどまで面会していたハロンシュ枢機卿の「いよいよ罪深い人間を正しい神の道に戻す準備が整いました」という言葉を思い出した。

彼は神聖なお告げを知らせるかのように、ウィーディアの耳に顔を寄せた。

そしてこう囁いたのだ。

「これは最終手段です」と。

その方法とは、業火によってその身を焼き尽くすこと。すなわち魂の浄化。罪を犯した者に相応しい末路だ。

エデルによって母と自分の運命がねじ曲がった。彼女は罰せられなくてはならない。

それが正しいことなのだ。

——あなたは清く正しい魂をお持ちなのです。全て私に任せなさい——

ハロンシュ枢機卿の静かな声が耳裏に蘇った。決行の日はもうすぐそこだ。

現状ウィーディアに対する監視の目は厳しいが、エデルを連れ出すことについてはハロンシュ枢機卿が請け負うことになっていた。彼には配下が多くいるのだから、やり方はいくらでもあるのだ。

(でも……彼のことだってあてにしてはいけないわ。クルトの例があるもの)

ウィーディアの味方をしていた亡き夫は、しかし裏で秘密裏にオルティウスに取引を持ちかけていた。

そのことを思い出したウィーディアは苛立ちを感じたが、あれはいい教訓にもなった。こちらでも何か手を打ち、確実にエデルをおびき出さねばならない。

考え事をしているうちに礼拝堂の目の前に来ていた。

ここは城に出入りをする者であれば誰もが祈りを捧げることができる場所だ。王族はもっと奥まった場所にある専用の礼拝室を使うことになっているが、ウィーディアへの使用許可は下りていない。

そのような些細なことですら今のエデルと自分の格差を思い知らされ、胸の中に黒い感情が蓄積される。

今日はいつもより遅いせいか、室内の燭台にはすでに明かりが灯されていた。大理石の列柱で支えられた内部はどこかひんやりしている。風もない中、時折炎がゆらりと小さく揺れる。

ウィーディアはゆっくりと身廊を歩いた。

途中で足を止めたのは、主祭壇の前でうずくまっている人間を見つけたからだ。訝しんだのも束の間、すぐに祈りを捧げているのだと理解する。祭壇の前で熱心に祈るなど、敬虔な人物もいたものだ。

よく見ると修道女だった。特有の濃い色の衣服を身に着けている。人の気配にも気付かないほど集中しているようだ。

（そういえば、アマディウス使節団の修道女がイプスニカ城に呼ばれたのだったわね）

誰かがそのようなことを話していた。レース編みが得意な者が一人、王太后の希望で現在この城に滞在し、さらには先王の娘リンテの行儀作法の教師兼話し相手もしているのだと。

なかなかの好待遇で、城内に一室与えられていることも同時に思い出し、胸の中に顔も分からぬ相手への嫉みが浮かび上がる。自分は未だにイプスニカ城の外れにある館住まいだというのに。

アマディウス使節団と一緒に旅をしてきたとはいえ、ウィーディアは全員の顔など覚えていない。身分の違いから食事も宿泊施設も別だし、その必要性もなかったからだ。

（せっかくの城住まいだというのに、神のために祈るとは、さすがは修道女ね）

自分ならせっかくの機会とばかりに城での生活を満喫するのに。

先客を内心嘲笑しながら足を一歩前に踏み出した。

大理石の床がカツン、と鳴った。

世界から隔絶されていたかのように無心で祈っていた修道女の肩が一度揺れ、顔を上げた。こちらに振り向いた彼女と目が合った。

これといって特徴のない平凡な女だ。市井の女にしてはそれなりに整った顔立ちをしている。

「――イースウィア王妃……殿下……？」

独り言のようなその呟きは静謐な礼拝堂内ということもあって、ウィーディアまで届いた。彼女はぼんやりした顔でウィーディアを見上げたのち、現実に戻って来たかのように機敏な動作で立ち上がった。

「し、失礼しましたわ。あなた様はヴェリテ夫人でしたわね。お見苦しいところを見せてしまい申し訳ございませんでした」

修道女はやや早口で言い、軽く膝を折って退出しようとする。

「お待ちなさい！」

気が付けば、大きな声で彼女を呼び止めていた。

「あなた、名前は？」

「……エラディーラと申します」

「そう。家名は？」

「申し訳ございません。家の名前は随分と前に捨てました。今は、ただのマーラ・エラディーラでございます」

命令することに慣れきったウィーディアの高圧的な声に、マーラ・エラディーラが緊張を含む声で答えた。聞いたことのない名前だった。

ウィーディアは退出を許可するように小さく頭を動かした。マーラ・エラディーラが足早に立ち去った。

一人取り残されたウィーディアの頭の中に、彼女の言葉がこびりついている。

――イースウィア王妃……殿下……？――

（わたくしのことをお母様だと思った……？）

自分を産んだ母がこの場所にいるはずもないのに。彼女は一瞬見間違えた。一体なぜ。確かにウィーディアと母は似た面差しだ。親子なのだから当然だ。

行き着いた考えに愕然とした。それはそのままエデルとあの女、マーラ・エラディーラにも当てはまるのではないか。

エデルの母親はゼルスの王妃の侍女だった女だ。母の顔を知っている。

（……お父様は愛妾の居場所を知っていた。だからアマディウス使節団なんてものを仕立てた……。娘の元に母親を遣わした）

全てが繋がった気がした。あの父が、何事にも関心を示さないゼルスの王がオストロム王妃に出産祝いを仕立てた。何の気まぐれかと思っていたが、ようやく理解した。やはり父が逃がしていたのだ。

ある日忽然と姿を消したゼルス王の愛妾。一部では、嫉妬に狂ったイースウィア王妃が密かに殺した、などという噂もあったが真実ではない。

母は何年経っても憎い仇の行方を探し出すことはできなかった。そして鬱屈した怒りをエデルへ向けた。

これは天啓だ。母の仇敵を見つけた。母は北の辺境に追いやられたというのに、あの女はどうだ。今ものうのうと暮らし、平穏を享受している。その上、エデルの近くに侍っている。

エデルと一緒にあの女、マーラ・エラディーラも罰しなければ。でないと母が可哀そうではないか。あの女の存在に母は長年苦しめられていたのだ。

頭の奥にあの声が浮かび上がる。怒りを孕んだ低い声。子供の頃幾度となく聞いた母の恨み言。それは何年たってもウィーディアの胸の奥に巣くって消えてくれない。

母の無念を晴らせばあの声は消えてくれるだろうか。母も喜んでくれるに違いない。

五

クルト・ヴェリテ殺害の調書を読んだオルティウスはわずかな引っ掛かりを覚え、時間を作りルクスの警邏隊の詰め所へ赴いた。

気になったのは、とある酔っぱらいの証言だった。荒唐無稽な戯言(たわごと)だと担当捜査官はせせら笑ったそうだ。どんな些末なことでも書き示すよう命令が下されていたおかげでこうしてオルティウスの元まで上がってきたのだ。

オルティウスは建物内へ足を踏み入れた。室内特有の薄暗さに目が慣れず僅かに瞑目(めいもく)したのち、建物内が妙な緊張に包まれていることを肌が感じ取った。

先触れを遣ったのは一時間ほど前のことだ。王の訪れという滅多にないことに建物全体が緊迫しているのだろうか。

だが、これはそういうものとは違う種類の空気だ。

考えても仕方がない。奥へ進むこととする。小さな建物である。同行する近衛騎士が先に奥を見回り戻って来た。

彼がもたらした報告に、うっすら眉を寄せたが、構わずに最奥の部屋へと繋がる扉を開けるよう命じた。

「マラート枢機卿、警邏隊への慰問感謝する」

応接間と辛うじて呼べるような小さな部屋には、二日ほど前にルクスに到着したマラート枢機卿の姿があった。

前触れなく現れた国王を前にマラート枢機卿はわずかに表情を動かしただけだった。

「いいえ。全ては神の思し召しでございますゆえ」

「だが、そのように町民と変わらぬ出で立ちで何の前触れもなく訪れると、騎士たちが驚くだろう。それともこの建物内に貴殿の憂いがあるのだろうか」

近衛騎士の言によると、マラート枢機卿は突如現れ、この半月ほどの日報を見せるよう迫ったそうだ。

見るからによそ者だと分かる人間に居丈高に命じられた詰め所の上役は、声を張り上げ否と突き返した。するとその訪問者は懐から聖教の印章を取り出した。

身元は知れたが、どのような理由で日報を読みたがるのか教えろ。内密につき無理だ。という押し問答が室内で繰り広げられていた。

「私がこの建物に到着したのは十分ほど前のこと。陛下へ連絡がいくには、ずいぶんと早いようで」

マラート枢機卿が抑揚のない口調で遠回しに王を非難した。

「偶然だ。私もここに用事があった」

「そうですか」

確かにマラート枢機卿の行動は見張らせてある。ただし、そこまで厳しいものではないし、報告はヴィオスにいくことになっている。今現在、彼から特にマラート枢機卿の件で進言はない。

今日のことは側近含めて情報共有しておこう。己の国でこそこそ調べ物をされるのは正直面白くはない。

二人は黙り込んだ。

マラート枢機卿は、ごり押しをすれば日報を引き出せると踏んでいたようだが、王の登場によりそれも叶わないと踏んだのか、引き上げていった。

オルティウスとて、そう簡単に許可を出すわけにはいかない。正当な理由がいる。

マラート枢機卿が去り、本題に入ったオルティウスは調書を改めて読み、件のルクス市民から再度証言を得た。

次に訪れたのは大司教離宮だ。この建物は元々ルクスを含む教区を管轄する大司教の住まいである。

現在の大司教はスラナという名の男だ。彼はつい最近までルクスを離れていた。ハロンシュ枢機卿の個人的な用事で東の地方へ赴いていたのだ。

これからオルティウスが行うことは、聖教にとって醜聞にしかならないだろう。ハロンシュ枢機卿の味方をしないように釘を刺しておく必要があった。

西方の技術を取り入れ、優美かつ繊細な彫刻が至る所にほどこされた大司教離宮は、今日も平素と変わらぬ佇まいでルクスの中心に鎮座している。

その正面入り口で、オルティウスは再びマラート枢機卿と鉢合わせた。

今日は少数の近衛騎士のみを連れ、馬車ではなく騎乗という身軽な訪問だ。大々的に王の訪れを喧伝していないため、市民らはせいぜい高位騎士が貴族と一緒に離宮を訪ねたくらいにか感じ取っていないだろう。

そのようなわけで二人は時を同じくして扉をくぐることになった。

「この訪問も、日報の件と関わりがあるのか？」

「……」

マラート枢機卿は沈黙で返した。

彼には知られたくないことがあるのだ。

だが、こちらも事情が変わった。ハロンシュ枢機卿に、ある嫌疑が浮かび上がった以上、マラート枢機卿へは根回しをしておく必要がある。

「貴殿の望み通り、日報を検めることを認めよう。ただし、条件がある。ハロンシュ枢機卿の身柄を一時的にイプスニカ城へ留めることについて、口出しをしないでもらいたい」

「それは……、クルト・ヴェリテが亡くなったことに由来すると考えてよろしいでしょうか」

ハロンシュ枢機卿の拘束とクルト殺害を即座に結び付けるに足る何かを持っている。そう白状したも同然だった。いや、彼はオルティウスの話を聞き、瞬時に方向転換したのだ。オストロムにハロンシュ枢機卿の身柄を押さえられると彼にとっても不都合なのだ。

「本来であれば、聖教内の審問ゆえ、口外はしたくないのですが。ここはお互いに持っている情報を共有したほうがよいでしょう」

嘆息交じりに彼はそう結論付けた。そして、スラナ大司教に問いただしたいことがあり、ここを訪れたのだと続けた。

ハロンシュ枢機卿がオストロムを秘密裏に訪れた理由と、スラナ大司教との面会時に問いただした内容。それらから、オルティウスは思いもよらない事実を知ることになった。

六

同じ日の午後、リンテに仕える女官がエデルとの面会を願い出た。

何かと思えば、マーラ・エラディーラに関することだという。これまで彼女は約束の時間を違えることなどなかったが、今日は授業開始の時刻になっても姿を見せなかった。

女官はすぐに遣いをやった。マーラ・エラディーラの世話をしている下女曰く、本日早朝に訪問者があったとのこと。

「それがヴェリテ家の家人だったのですね」

「はい。その通りでございます。夫を亡くし気を塞いでいるヴェリテ夫人を慰めて欲しいのだと。何でも夫人たっての希望だそうでして」

女官を通じてその事実を知ったエデルは何かの予感に突き動かされた。

ウィーディアは現在追い詰められている。彼女は後ろ盾ともいえる夫を亡くした。彼女を取り巻く環境が変わりつつある中でマーラ・エラディーラに接近した。

（もしもお姉様がマーラ・エラディーラがわたしを大司教離宮から逃がす手伝いをした

のだと知ったら……）

何かの拍子に、それこそハロンシュ枢機卿からあの日あった出来事を聞いたのなら、怒りの矛先がマーラ・エラディーラに向かっても不思議ではない。

現在彼女がイプスニカ城に滞在していることは別段隠されてはいないのだから、姉が知る機会もあるだろう。

「……リンテの授業開始時刻を過ぎていると知らせに行った女官に、王妃エデルツィーアを迎えに寄越すようヴェリテ夫人が命じたというのですね」

「左様でございます。自分と妃殿下は姉妹なのに、最近交流を邪魔されている。そう訴えているのだと、ヴェリテ家の家人からの伝言でございます」

リンテはマーラ・エラディーラによく懐いている。座学が好きではないリンテがここ最近は飽きることなく、癇癪を起こすこともなく座学に向き合っている。そのためマーラ・エラディーラの評価は上々だった。ミルテアは半ば本気で、彼女をこの国に留めることができないか考えているようでもある。

そのような事情もあり、リンテ付きの女官がわざわざこの伝言をエデルに持ってきたのだろう。

ヤニシーク夫人が困ったように嘆息した。その声にリンテ付きの年若い女官がわずかに身じろいだ。

「このあと、急ぎの予定もありません。ヴェリテ夫人の元に行きましょう」

「……ですが」

「ここはイプスニカ城内です。陛下の味方が大勢いる場所で、ヴェリテ夫人も大きな騒ぎは起こさないでしょう」

エデルが言い含めると最終的にヤニシーク夫人が折れた。リンテ付きの女官がホッとしたような顔つきになった。

夫を亡くしたウィーディアは最近王城内の礼拝堂へ祈りを捧げに行くことを日課にしていると報告を受けている。世間では夫を亡くした女性の身分はどうしても不安定になる。後ろ盾を亡くし修道院の門を叩かざるを得ないという話を聞いたばかりだ。

そのような状況下で、ウィーディアがエデルを頼りたいと思っても不思議ではない。

もちろん即断はできないが、オルティウスに相談することはできる。エデルに会うために回りくどい方法を取らなければいけないほど、現在姉妹の間には距離が空いていた。

イプスニカ城の外れに建つ小館は、どこか寂れた空気を醸し出していた。主が亡くなり、家人たちに精神的な余裕がないのだろう。のちほど彼らへの支援についてヴィオスらに確認しようと頭の隅に留め置く。

最初の挨拶がすむと、家人の一人がエデルに一通の封筒を差し出した。ウィーディアから託されているのだという。

「彼女は……今、こちらには？」

「朝方修道女を連れてハロンシュ枢機卿の元へ出かけられました」

平坦な声で告げられる内容に、エデルの背後に控える女官たちが空気を変えるのが分かった。わざわざ呼び出しておいて本人は出かけたというのだ。こけにされたも同然で、彼女たちが気分を害するのも無理はない。

「一体、そちらのご夫人はどのような了見で我が国の王妃を――」

「待って。まずは手紙を読みましょう」

ヤニシーク夫人の抗議の声を遮り、エデルは封を開けるよう目線だけで指示をした。

手順に従い女官の一人が封を開け、白い紙を受け取った。

かさりとした紙の感触を指で感じながら、エデルは文字を目で辿っていった。

読み進めるごとに、呼吸を忘れた。指先から血の気が引いていく。

ここに書かれてあることは全て本当のことなのだろうか。分からない。ウィーディアの妄言という可能性もある。

でも――。

「妃殿下？」

ふと、我に返った。

「ヴェリテ夫人からのお手紙、確かに読みました」

エデルは微笑を顔に浮かべた。

念のために同行したパティエンスの騎士らが館内を見て回った。

「ヴェリテ夫人が隠れている様子はありませんでした」とのことだった。

先ほどから心臓がやけにうるさい。手や足の先が冷えている。

館の外に出たエデルはごくりと息を飲みこみ、自分の望みを口にする。

「馬車を用意してください」

「妃殿下？」

誰かが怪訝そうな声を出した。

「マーラ・エラディーラを迎えに行かねばなりません」

未だ手の中にある手紙に意識を向ける。真偽のほどは分からない。けれども、これを無視することはできなかった。

「しかし……」

「護衛を付けてください。一人での行動はしません。お願いします」

ここで折れるつもりはなかった。

エデルの決意を秘めた眼差しの強さに折れたのはヤニシーク夫人だった。彼女たちの主人はエデルなのだ。折衷案を出されれば従うしかない。

頭を下げ動き出した女官や騎士たちにエデルは感謝を示した。

『マーラ・エラディーラがあなたの母親だっただなんて、お父様に完全にしてやられたわ。あなたは知っていたのかしら？　今となってはどうでもいいわね。あの女は、お母様からお父様を奪った咎人。当然、罰を受けてもらうわ。あなたにも特別にその様子を見せてあげる――』

確かにそのような言葉が書かれてあった。

（まさか、マーラ・エラディーラが……？）

カラカラと馬車の車輪が回る音が遠くに感じる。

エデルはぎゅっと便箋を胸に押し当てた。

車内にいるのはオパーラだけである。その彼女はエデルの意をくみ取ったかのように黙りこくっている。

あまりに突然の事態に夢を見ているような心地だった。どこか現実味がない。だって、あまりにも唐突だし都合が良すぎる。どうしてここで母親なのだ。

騙すにしても、もっと違うやり方があるのではないか。

だからこそ、疑いきれない心の一部分がエデルを突き動かす。

荒唐無稽な話を持ち出してまでエデルを呼び出したいほどに、彼女の怒りは深いものなのだろう。

真偽のほどは定かではないが、現在マーラ・エラディーラはウィーディアの元にいるのだ。それは確かだった。姉妹のわだかまりに巻き込んでしまった。そして彼女の怒りの矛先の一端がマーラ・エラディーラに向いている。

(だからまずは……マーラ・エラディーラがお母様かどうかよりも、彼女の無事を確かめないと)

万が一にも彼女が傷付くようなことがあってはいけない。最優先に求められるのは彼女の身の安全だ。そのためエデルは、ウィーディアの求めに応じてほぼ単身で馬車に乗り込んだ。

心が急いていた。マーラ・エラディーラを思い浮かべる。出会ってからまだわずかな時間しか経っていない。

彼女は自らの立場を顧みず、エデルを助けようとしてくれた。どうしてそこまでしてくれるのだろうと不思議に思った。自分の身を危うくしてまで庇う理由などないはずなのに。

けれども、もしもウィーディアの言う通り、彼女がエデルの母なのだとしたら。娘を助けたいと思う心はごく自然なことだ。

(だめ。余計なことは考えない)

自分の都合のいいように解釈しそうになった心を慌てて戒める。期待をしては駄目。母との縁はとっくに切れているのだ。姿を消した母を想い、寂しくて泣いた。母を探して宮殿を捜し歩いた。どこにも彼女はいなかった。

ルクスの城門を抜け、馬車は東の方角へ進んだ。

ウィーディアが指定したのは、ルクスから少し離れた場所にある町の名前だった。その郊外に打ち捨てられた修道院がある。そこに来いと書かれてあった。

窓の外を眺める余裕もなかった。時間がやけに長く感じられた。

やがて一つの小さな町にたどり着いた。町の人間に件の修道院の詳細な場所を尋ねるため、オパーラが馬車から降りた。

戻った彼女によると、その建物は十数年前から無人だという。小さな修道院だったが、資金繰りの悪化により解散した。

最近聖教関係者が頻繁に出入りをしていたのを町の人間たちが目撃していた。次の持ち主が決まったのだと、そのように考えていたらしい。

「今日もその建物の方向に馬車が向かうのを町の住民が目撃しておりました」

エデルはぐっと手を強く握りしめた。急き立てられるような衝動が体の奥から湧き上がる。

「では、わたしたちもその建物へ向かいましょう」

「かしこまりました」

再び馬車が動き始めた。

ほどなくして到着したのは、草原と麦畑に囲まれたまさに長閑な田舎そのものという景色に囲まれた場所。

まずはオパーラが降り立ち、続いてエデルも地に足を着けた。

風が吹き、草花が揺れる。穏やかな平原の中にある、目の前の修道院だけがどこか異質だった。

まるでこの建物の敷地全体が人を拒んでいるようにも思える。建物の石壁は一部が剝がれ落ち、玄関へと続く石畳は雑草に埋もれている。

人の温もりが離れて久しいためか、寂しい気配に包まれているようにも感じられた。

異様さはそれだけではなかった。

「妃殿下、煙が」

「何が起こっているの……？」

オパーラがすぐに異変に気が付いた。彼女が指し示す方角に視線を向ければ、かすかな煙が空に向かって立ち上っているのが分かった。

予期せぬ光景に身をすくませる。さすがに煮炊きの煙ではないだろう。焦げた匂いが風に乗ってうっすらと漂っている。

エデルはためらうことなく門扉を手で押し、敷地内へ入った。石畳の隙間から生える雑草には踏みつけられた形跡があった。やはり、人の出入りがあったのだ。

もしも、その中にマーラ・エラディーラがいたのならば。ウィーディアの言う、罰とは一体何を示しているのか。漂う焦げ臭い匂いに不安が増していく。

外は石造りであっても、内部の骨組や屋根などには木材も使われている。また机や椅子などもほとんどが木製だ。

室内で火の手があがれば、あっという間に炎に包まれる。

エデルは突き動かされるように奥へと進んだ。オパーラの制止の声も耳に届かなかった。

やがて中庭にたどり着いた。正方形の中庭には、ぐるりと回廊が設けられている。その奥に建つのが礼拝堂だ。見上げると、その建物のどこかから煙が上っているようだった。出所を探ると、縦長の窓の一部が割れていた。

(中で燃えているんだわ。マーラ・エラディーラは無事なの?)

中庭では、元々は花壇だっただろう場所に植えられた木々が乱雑に伸び、一部野生化した花々が自由に葉を茂らせている。

外回廊の左側へ行こうと駆け出したエデルは、しかしその途中で足を止めた。大きく茂った植木や回廊の柱の影から、剣を携えた男が数人姿を現したからだ。

「神聖なる儀式の途中だ。何人たりとも中に入れてはならぬとのお達しだ」

聖教騎士が複数人、ぎろりと険しい目つきでこちらを見据える。その視線に竦み、無意識に一歩足を後ろに下げた。

オパーラがエデルを守るため前に進み出た。

今は震えている場合ではない。あの建物の中に探し人がいる可能性が高い。

エデルは竦む心を叱咤し声を出した。

「この先に……用があります。人を探しているのです」

「中にいるのは咎人だ」

全部で四人。騎士たちがじりじりとエデルたちとの距離を詰めてくる。剣を抜く気配はないが、こちらが戦う意思を見せれば即座に応対する。そのような気迫が伝わってきた。

近くにウィーディアはいるのだろうか。彼らに指示を与えているのは彼女ではないのか。だが、一介の商家の妻が聖教騎士を動かす事などできるのだろうか。

エデルは彼女と親しい人物に思い至った。

「あなたたちはハロンシュ枢機卿の命令で動いているのですか」

「貴殿には関係のないことだ。今すぐ立ち去っていただきたい」

騎士の一人がもう一歩前に進み出た。

だが、こちらにも目的がある。ここで引くわけにはいかない。

（でも……このままだと、オパーラを危険な目に晒してしまう）

いくら彼女の腕が立つとはいえ、四人の騎士を相手にするのは無謀だということくらいエデルにも分かる。どうしたらいいのだろう。一度引くという選択肢もあるのだろうが、一刻を争う事態だ。

迷いは判断を鈍らせる。焦りに胸の鼓動が速まった。

「ここから立ち退いてもらうのはおまえたちのほうだ」

背後から凛とした声が響いた。耳にしただけでエデルを安心させるそれは、オルティウスのものだった。

「おまえの所在がつかめなくて心臓が止まるかと思った。無茶をしすぎだ」

「あ……その、ご心配をおかけしました……」

エデルのすぐ傍らへ近付いてきた彼の声には多分に安堵が混じっていた。

改めて指摘をされると、感情のままに城を飛び出してきたことに思い至った。多くの者たちがオルティウスと同じ思いをしたのだと遅まきながら理解する。

だが、エデルも必死だったのだ。そして今もその状況は変わらない。

「あの中に、マーラ・エラディーラがいるかもしれないのです。それから」

「ヴェリテ夫人とハロンシュ枢機卿がいるのだろう。だが、事態はおまえが思っているものと少し違うかもしれない」

「それは、どういう――」

疑問を投げかける前にオルティウスが素早く動いた。

いつの間にか彼の他に近衛騎士たちも到着していた。

オルティウスが目にもとまらぬ速さで騎士を一人昏倒させた。それを合図に残りの聖教騎士たちが剣を抜き襲い掛かってきた。

オルティウスらを阻もうとする聖教騎士に近衛騎士たちが斬りかかる。剣を打ち合う彼らの横をエデルはオルティウスに守られながら通り抜け、正面の扉へたどり着いた。

「エデル、行くぞ」

「わたしも、ついていっていいのですか？」

「中の様子次第では入り口で待っていてもらうことになる。だが、マーラ・エラディーラのことが気になるのだろう？」

その言葉を口に乗せる彼の表情でエデルは察した。

彼は知っているのだ。彼女の素性を。彼女こそがエデルの母であると。

誰よりも信頼できるオルティウスだからこそ、エデルの胸の内にその事実がすとんと落ちてきた。

「あなたは……知って……？」

「証拠はない。だが、そうなのだろうと確信している」

オルティウスが扉を蹴り飛ばした。施錠されていなかったのか簡単に開いた。慎重に扉をくぐった彼に続いてエデルも室内へと入った。

がらんとした広い空間にはうっすら煙が漂い、外よりも暑く感じた。

中は人の手が長い間入っておらず、荒れるままになっていた。あまり予算をかけられなかったのか、イプスニカ城内にある礼拝堂とは違い、木板が張られた床がギシリと音を立てた。高い天井へと続く壁に埋め込まれた窓の一部が割れている。

人から忘れられた礼拝堂は、今や異質な空間になり果てていた。

主祭壇を取り囲むように炎が燃えていた。その周囲には巨大な松明のように椅子が積み上げられ、ぱちぱちと音を立てながら燃焼している。その一部は今にも壁に燃え移らんとしている。木材が燃える匂いに混じって、かすかに甘い香りが届く。香油か何かだろうか。

（誰か、人が倒れているわ）

エデルたちと主祭壇の中間付近には小さな円卓と椅子が置かれており、その下に女性が一人倒れていた。頭部が主祭壇のほうに向いているためウィーディアかマーラ・エラディーラか判別がつかない。

今すぐ彼女の側へ駆け出したい。そのような衝動に駆られたエデルは前方で視線を止めた。まさに今、刃物を振り上げるような形で、一人の男性がぴたりと止まっていたからだ。

「ハロンシュ枢機卿っ！　あなたは何を――」

思わず声を出すと、その男は目の焦点をエデルたちに合わせた。彼は一度腕を降ろし、にたりと口角を持ち上げた。

「これはこれは、せっかくの儀式に割って入るなど無粋極まりない」

穏やかな笑みを携えながら、彼は信者に説法を唱えるかのように、流麗な声でこちらに話しかけてきた。

主祭壇の上に寝かせられているのは人間だ。体の線から女性であることが分かる。銀色の髪をしていた。

彼はその女性に向けて刃を振り下ろそうと、殺そうとしていたのだ。

ハロンシュ枢機卿は清廉な笑みをさらに深め――、そして。

「まさに今、あなたの姉、ウィーディアを神の贄に捧げようとしていたのですよ」

と幼子に聞かせるような優しい声音で続けた。

七

これでエデルに罰を与えることができる。

それればかりか、あの娘の母親まで手中に収めた。

ウィーディアは愉快さから、ぶどう酒の入った銀杯を揺らした。

久しぶりに気分が高揚していた。

クルトとの結婚を決められてからずっと胸の奥に巣くっていた黒い靄(もや)が取り払われていくような心地がした。

エデルを破滅させるための場所は、王都ルクスから馬車を東へ走らせた小さな町はずれにある無人の修道院。

長い間放置されていたせいで建物周辺は草木が伸び放題。外壁の一部は剝がれ、現在いる礼拝堂も一部雨漏りがするらしいが、逆にあの娘には相応しいと思えば、みすぼらしい室内も気にならなかった。

儀式が終われば火刑に処する。さぞかしよく燃えるだろう。

「ふふ。あとはここにエデルが到着するのを待つばかりね」

「ええ。スラナ大司教を遣いに向かわせましたから、妃殿下の周囲も疑うことはないでしょう」

「馬鹿な子ね。また騙されるのだわ」

ウィーディアはくすくすと笑った。エデルを蔑むそれが高い天井に吸い込まれる。

何度も騙されるだなんて憐れな子。

前祝いも兼ねたぶどう酒をくいと煽り、ウィーディアは床の上に転がっている女を見下ろした。声を出せないように口に布を噛ませてある女の名前はエラディーラ。それが本名かどうかは分からない。

早朝ヴェリテ家の家人を遣いに出し、彼女を連れて来させ対面した際「あなたがお母様からお父様を奪った泥坊猫？」とにこやかに問いただすと、その顔が瞬時に蒼白（そうはく）になった。

目の前で顔色を変えた女を見て「大人しく一緒に来てくれないと、エデルに真実を言うわよ」と囁けば、彼女は「どうか王妃殿下にはご内密に。どうかお願いします」と何度も懇願した。エデルを王妃と呼ぶその声に苛立ち平手を打ってしまったが、その後は余計なことを言わせないため口の自由を奪ってやった。

「まずはお母様の仇を打つためにこの女をエデルの前で殺してやる。そうしたら次はエデルの番。あの子のせいでわたくしは貴重な時間と純潔をクルトに奪われたわ。あの子だけ王妃としてのうのうと暮らしているだなんて許せない」

「ええ。あなたの苦しみはよく存じておりますよ。美しいあなたの価値も分からずに商業都市に追いやったゼルス王。あなたが得るはずだった栄華を掠めったエデル。あなたの手を振り払った黒狼王。高貴なあなたは憤る資格がある。さあ、もっと心の内を吐き出しなさい」

ハロンシュ枢機卿は儀式の準備を中断し、ウィーディアの目の前に移動した。彼は幼子を包み込むようにウィーディアの背中に両腕を回した。

この声だけが自分のことを導いてくれる。道を照らしてくれる。彼に委ねておけばそれでいい。慈悲に満ちたこの声に何度も励まされた。

「枢機卿だけだわ。わたくしの心に寄り添ってくれるのは」

「黒狼王もあなたの真の魅力に気付かなかった愚か者。私だけでございます。あなたの真の美しさを知っているのは私だけ。私だけがあなたの味方だ」

流れるような声色に思考が侵食されていった。

そうだ。この苦しみは理不尽なものなのだ。自分の魅力に気が付かないオルティウスなど、美しさの価値も分からない田舎者。そのような国の王妃になど、もうなってはやらない。

「私は儀式の最終確認に入ります。あなたはぶどう酒でも飲んでごゆるりとお待ちください」

ウィーディアを抱きしめていた腕が離れていった。ここにエデルが到着しても、儀式の準備が整っていなければ話にならない。椅子に座り手持ち無沙汰に銀杯の中身を飲み進め、円卓の上に置かれた瓶からお代わりを注いだ。

この放棄された礼拝堂を利用することを考えついたのはハロンシュ枢機卿だ。

神に代わり己がエデルに罰を与えると囁いた彼にその方法を尋ねると、とっておきのものがあると頷いた。そのためにスラナ大司教にオストロムのとある地方へ儀式に必要な聖遺物を取りに行かせていたのだとも。

ウィーディアは聖教を信仰しているが、敬虔さを問われれば即座に頷くことはできない。神の教えを忠実に守り暮らすよりも、日々楽しく過ごすほうが性に合っている。実際そのような生活をしていた。

主祭壇の隅や下にはいくつかの壺（つぼ）が置かれ、香炉からは甘ったるい匂いが漂う。

聖教の儀式には様々なものがあるのだと何とはなしに考える。

足元ではマーラ・エラディーラが己の末路を想像しているのか、小刻みに震えている。

ああ、恐怖に歪んだその顔。これを母にも見せてやりたかった。

自分たちに見向きもしなかったゼルスの王、父にも知らせてやれば、どのような反応をするのだろう。

愉悦に唇を歪めた矢先、異変に襲われた。

カツン、と何かが床の上に落ちた音が耳に届いた。自分の手の内から銀杯が抜け落ちていた。力を緩めた記憶などなかったのに、どうして。

床の上に濃い色の液体が零れているのが確認できた。

「ああ嫌だわ。ドレスに飛び散っていな——……い、かし……ら」

どうして。言葉が上手く言えない。舌が痺れて呂律が回らない。

突然の体の変化に動揺した。異変はそれだけではなかった。手先が小刻みに震え始めたのだ。それは一気に体中へと伝播した。

自分の身に起こったことが信じられない。話すことができない。手足どころかほんのわずかに指先を動かすことすらできない。何が起きたというの。

「ようやく薬が効いてきましたね」

体の変化に震駭していると、常と変わらぬ温和な声が聞こえた。

(何を……?)

口を動かしたくても動かせない。顔をハロンシュ枢機卿のほうへ向けたくても体が言うことをきいてくれない。

ハロンシュ枢機卿は座ったまま何もできないウィーディアの前に膝をついた。その手を伸ばし、ウィーディアの頬を優しく何度も撫でる。

「儀式に必要な贄はあなたです、ウィーディア。あなたこそ、この儀式の正当なる贄に相応しい。私の可愛くて愛おしい贄なのですよ」

こちらを覗き込む薄紫色の瞳の中に、得体の知れないものを見つける。その正体が分からずに背筋が粟立った。

それでも動けない。逃げ出すことすら叶わない。

「何が何だか分からない。そう言いたいのですね。こう言えば理解できるでしょう。私は最初からあなたを殺すつもりだった。今日ここにエデルツィーア王妃は来ません。スラナ大司教は王妃を呼び出してもいない。あなたがそう信じて私と一緒にここに来ればそれでいい。私が欲する供物はあなた様なのだから」

まるで悪びれない口調に頭の奥がカッとなった。今すぐにこの男の頬を叩いてやりたい。騙したことに対して罵声を浴びせてやりたかった。

瞳の中に宿る怒りの感情を感じ取ったのか、ハロンシュ枢機卿が目を細めた。

「美しい。あなたはイースウィア王妃そっくりだ。あの気高い王女様が産んだ娘。それがあなただった」

ハロンシュ枢機卿は陶然した声を出しながらウィーディアの体を撫でまわす。

頬から首筋、肩を伝って腕へ。そして腰から臀部へと手のひらが滑っていった。

嫌だ。気持ちが悪い。異様さに怖気だった。

「それなのに、ウィーディア、あなたはあの御方とは似ても似つかなかった……。あなたもこの世の悪に染まっていた。この世の女たちは皆そうだ。この世界は気高さとは真逆で悪意と憎悪にまみれている。嫌忌、怨嗟、妬心。醜い心ばかりが世界に蔓延している」

その声に呼応するようにハロンシュ枢機卿の瞳に昏い影が宿った。

イースウィア王妃のことは幼い頃数度その姿を垣間見る機会があったのだと、彼は饒舌に語った。ウィーディアは彼の出身国を思い出した。リベニエ王国は母の祖国でもあった。ゼルスよりも西に位置する大国。ハロンシュ枢機卿はリベニエの貴族の家に生を受けた。

ハロンシュ枢機卿の目から見た母、当時のイースウィア王女は意志の強さと気高さを持った美しい娘だった。王の娘に生まれた誇りと矜持。私情を表に出すことはなく、大国の姫として求められる振る舞いを完璧にこなすその姿勢に、彼は心を雷に打たれたかのように感銘を受けた。

この世界にはこのように美しい女性がいる。甘美に震えた。憧れた。たとえ手の届かない相手でも、同じ国に生まれたことに感謝した。

「私は聖職者として、多くの人間たちの心に寄り添ってきました。女性たちの醜い性根は聞くに堪えなかった。彼女たちを浄化するにはどうしたらいいのか。この世にはイースウィア王妃のように生まれた時から気高い女性がいるというのに。このままでは彼女の澄んだ心が濁ってしまう。汚(けが)されてしまう」

　この世界から醜い女たちを浄化する。これが己の使命だ。そう考え実行に移した。

　イースウィアが不遇な待遇を強いられるのも、この世界の醜悪な邪気に犯されてしまったからだ。

「そのような一心で私は告解に来る女性たちを密かに呼び出し、贄としてその心臓を捧げてきましたが……少々やりすぎました。あなたから手紙を受け取ったのは、私の教区内で生贄(いけにえ)の儀式がやりにくくなってきた頃のことでした。これも神の思し召しでしょう」

　贄とは一体何のことだろう。儀式がやりにくくなった？　混乱する頭の中で、ある噂話が脳裏を掠めた。

　クライドゥス海沿岸の街で起こる、女ばかりが犠牲になる殺人事件——

　ウィーディアでも知っている話だ。ヴォールラムでも犠牲になった人間が出たはずだ。

　まさか……。

　ハロンシュ枢機卿は動けなくなったウィーディアを抱き上げ、主祭壇へと運んだ。

　彼にされるまま、ウィーディアはその上に仰向けに寝かされた。

「私はね、いつも生贄には神経を麻痺（まひ）させる薬を使うんです。そうすれば、声は出せないが、こと切れる寸前まで意識を保つことはできる。女たちの顔が恐怖に歪む瞬間。慟哭（どうこく）、戦慄。ああ、何とも甘美な時間。まさに魂の解放。救済だ」

イースウィア王妃に似たウィーディアの中から穢（けが）れを消し去ることこそが長年の儀式の集大成なのだ、とハロンシュ枢機卿は真上から囁いた。

背中に感じる無機質な冷たい温度。それが改めてウィーディアの恐怖心を煽った。彼は冗談でもなく、本気で自分を殺す気なのだ。

嫌だ、死にたくない。こんな辺鄙（へんぴ）な田舎で殺されたくない。

心の震えは止まらないのに天井を見つめることしかできない。

ハロンシュ枢機卿が動く気配がするたびに何度も恐怖する。彼の側に従卒が近付き指示を仰いでいる。小言でやり取りをしてどのくらいが経過したのだろうか。ぱちぱちと爆（は）ぜる音が聞こえてきた。

室内の気温が上がっているように感じた。煙の臭いが鼻に届いた。

「あなたの心臓にナイフを刺したあと、火あぶりにして差し上げます」

ああそうだ。あの時はエデルに罰を与えるのだとばかり思っていて、笑ってすらいた。

火刑に処すると、彼は言っていたではないか。浄化の炎で焼き尽くすと。

（いや……。やめてっ！）

心の中で叫んだ。何度も繰り返し叫ぶも声に出てくれない。

じわりと涙が浮かび出るのが分かった。

突如ハロンシュ枢機卿が視界を覆った。彼は薄ら笑いを浮かべている。

「ああ、素晴らしい顔だ。その身に宿した悪魔があなたの表面に浮かび上がっているのですね」

ハロンシュ枢機卿が朗々とした声で聞き慣れない言葉を紡いでいく。呪文のようにも思えた。その手には鈍色に光る鋭利な刃物があった。

炎が作り出す熱気に肌が晒される。

彼の腕が振り上げられた、まさにその時だった。

「ハロンシュ枢機卿っ！　あなたは何を――」

ここにいるはずのない女の、エデルの声が聞こえた。

八

炎の中でハロンシュ枢機卿は笑っていた。炎の中心にいてもなお、平素と変わらぬ穏やかな表情。正体の分からない不気味さが足首から這い上がってくるような感覚がした。

彼は今まさにウィーディアを殺そうとしていたのだと告白した。手に持つナイフがそれを雄弁に語っていた。一歩でも遅ければ、ウィーディアの胸にそれが突き刺さっていたのだ。

理解した途端に足元から氷に覆われるような寒気を覚えた。

一方のオルティウスはエデルよりも幾分冷静だった。さして表情を変えないまま、ハロンシュ枢機卿に向けて低い声で語りかけた。

「ハロンシュ枢機卿、あなたが今まさにしようとしていた行いは異端信仰の一端、悪魔崇拝だな」

「悪魔とは手厳しい。これは浄化の儀式です。闇の力を借り、女性たちの心に巣くう黒き魂を食らいつくさせるのです」

「悪魔崇拝のことはひとまず置いておく。貴殿にはクルト・ヴェリテ殺害の容疑がかかっている。それともう一つ。このひと月ほどの間にルクスで起きた女性殺害。これについてもあなたに話を聞きたい」

まさか、ハロンシュ枢機卿が⁉　エデルは思わず隣のオルティウスを仰ぎ見た。

彼は極めて険しい眼差しで正面を見据えている。この容疑を口にするだけの根拠があるのだ。

二人が対峙していると、背後の扉から複数人が入室した。全員オルティウス配下の近衛騎士だった。彼らは国王夫妻の周囲に散らばった。

「どうしてそのように思われたのですか？」

「あの事件当日、貴殿は大司教離宮で過ごしていた。従卒や聖教騎士も同じ内容を証言していた。だが、今日のこれに加担している者たちの証言ならば、その信憑性を疑わざるを得ない」

ハロンシュ枢機卿はオルティウスの硬い声を黙ったまま受け止める。

「ここ最近、ルクス大聖堂の裏手に幽霊が現れるという噂が立っていたのは存じているだろうか。墓地の奥で火の玉が揺らめき、それは突如消えるのだそうだ。酔っぱらいの戯言だと人々は取り合うことはなかったが……。そういえば、大聖堂裏手の墓地には隠し通路があったな」

そういえば、とエデルも思い出した。大司教離宮の裏庭と大聖堂裏手の墓地を繋ぐ通路だ。緊急時の脱出用に作られたものなのだろう。

リンテがあの通路を発見したのは、その日たまたま通路を塞ぐ蓋が開いていたからだ。

そしてエデルが脱出する時、今まさに墓地に入ろうとするハロンシュ枢機卿と鉢合わせた。あの時の彼は聖衣ではなく、町の人々と同化するような衣装を纏っていた。

大司教離宮正面から出かけてはまずい用事でもあったのだろうか。

そのように考えたエデルは背中をぞくりとさせた。

「スラナ大司教が白状した。万が一の時のためにあの通路を貴殿に教えたと。私の妻も一度、あなたがその通路を使おうとした場面に居合わせたな。クルト・ヴェリテが殺害された日も、火の玉の目撃証言があった。あの通路を知る者は限られている。あの日のスラナ大司教にはアリバイがある。クルトを殺害したあなたはあの通路を使って遺体を運びだした。もしくは殺したあと、あの通路から離宮内へ戻った」

「そのような戯言で私の行動を妨げないで欲しいものです」

ハロンシュ枢機卿が一笑に付した。

「だが、今の状況はどう言い訳をする？　ウィーディア・ヴェリテの殺人未遂は現行犯だぞ」

「彼女は聖教における戒律違反を犯しました。枢機卿の権限でもって罰を与えようとしていたまでのこと。いくらあなたがオストロムの王であっても、ここは修道院。そして私は聖皇王より裁判権を与えられている聖職者。余計な口出しはしないでいただきたい」

ここは己の領域だと、そう諭すような言い方だった。

「あまり聖教の権威を貶めないで欲しいものだ、ヨルナス・ハロンシュ」

背後から聞こえた第三者の声に、エデルは思わず振り返った。

そこには、ハロンシュ枢機卿と同じく枢機卿に許された聖衣を纏った壮年の男性が立っていた。続けて後ろ手に拘束された聖教騎士が一人連行された。

さすがにこれにはハロンシュ枢機卿が動揺の色を見せた。

「……アレクシス・マラート」

「あなたが裁判権を有すると言うのなら、同じ枢機卿の位階を与えられている私の権限をもって、今ここであなたを悪魔崇拝の罪で拘束する。あなたと同じ思想に傾倒していた者たちは全員捕縛しました。尋問をすればクルト・ヴェリテ殺害について白状するでしょう。もちろん、その他の余罪についても」

「おまえ……裏でこそこそ動いていたのですか……」

「あなたを確実に捕らえるためですよ。あなたは目先の獲物のことで頭がいっぱいで、どうして私があっさりとアマディウス使節団の代表の座を譲ったのか、深く考えることもしませんでしたね」

マラート枢機卿がこつこつと足音を響かせオルティウスの真横で立ち止まった。

密かにルクス入りを果たしたのだと、オルティウスから聞いていたが、エデルが彼と対面するのはこれが初めてだ。

「あとは牢の中で話を聞きましょう。あなたには質問したいことがたくさんありますが、まずはクルト・ヴェリテの件からでしょうか」

マラート枢機卿が足を一歩前に進めた。追い詰められたハロンシュ枢機卿は返事をせずに俯いた。

緊迫感に包まれる中、オルティウスもそろりと動き出し、身廊に横たわっている女性を助け起こした。

エデルは思わず駆け出していた。

「マーラ・エラディーラ」

オルティウスによって抱き起こされた彼女を覗き込む。口の自由を奪われていたため、急いで後ろの結び目を解いた。

マーラ・エラディーラは自由になった口元に手を当て、数度深い呼吸を繰り返す。

「大丈夫ですか？」

「え、ええ……。ありがとうございます」

思いのほかしっかりした声が帰ってきたため安堵した。

一方のオルティウスは眉間に皺を寄せ固い声を出す。

「先ほどよりも火が燃え広がっている。エデルはマーラ・エラディーラを連れて避難しろ」

見上げると高く積まれた椅子を燃やす炎の一部が壁や天井に燃え移っていた。そのわりに煙が充満していないのは窓の一部が割れているからだろう。

オルティウスがマーラ・エラディーラの身柄を近衛騎士に託しているさなか、耳をつんざくような笑い声が礼拝堂内に響いた。

驚いて前方を見やると、ハロンシュ枢機卿がけたけたと笑っていた。

「はははは っ！　そうだ！　私が殺したんだ。あの日、クルト・ヴェリテは予告もなしに私の元を訪れた。そのせいで儀式の予行演習を見られた。悪魔崇拝だと感づかれたのでね、手近にあった燭台で殴りつけたらこと切れた。あの男は私の目的には邪魔だったから、これも天の思し召しだと思い街中に打ち捨てることにした」

あまりのことにエデルは声を失った。

「あなたがルクス入りしたあと、街で女性の他殺体が見つかったかどうか警邏隊の調書を確認しました。女性の殺人事件が二件記されていました。これについても、あなたに問い質したい」

「女性のこと切れる瞬間を定期的に見ないと……私自身が悪魔に滅ぼされるのですよ」

マラート枢機卿の質問に対して、ハロンシュ枢機卿がくつくつと笑った。

明らかに常軌を逸した声と返答にその場にいた者たちは言葉を失った。

「業火の炎よ、燃えるがいい！」

ハロンシュ枢機卿が壺を手に持った。その中身を炎にめがけて撒き散らす。その側から炎の勢いが強くなった。

積み上げられた椅子の塔をハロンシュ枢機卿が蹴り倒した。大きな音がし、炎の範囲が広くなる。

「エデル、早く外へ逃げろ！」

「で、でも。まだお姉様が！」

「あとは俺たちが何とかする」

行け、と促されたエデルはオパーラに肩を抱きかかえられ、後方の出入り口へ連れて行かれた。

炎の勢いは拡大し続けていた。けたたましい笑い声がエデルの背中を刺した。

声の主、ハロンシュ枢機卿に向けてオルティウスが駆け出していく後ろ姿をエデルは見送ることしかできなかった。

*

美しくない。無粋だ。

神聖な儀式を邪魔する不届き者たちめ、全員炎に捲(ま)かれて死ねばいい。

「ここまで我慢したのです。この娘、ウィーディアだけでも生贄として捧げなければ」

あの気高く美しいイースウィアから生まれたとは思えないほど身勝手で独りよがりな

娘。この娘は魂まで悪魔に穢されている。汚れ切っている。

初めて手紙が届いた時は歓喜した。あのイースウィアの娘なのだから、さぞ気高い魂を持っているのだろうと。

しかし、数多の女性たちの心の奥に巣くう悪魔を見つめてきた己の前で、その身の不幸さを嘆くウィーディアからは、何の美しさも感じることはなかった。

ああ、この娘も同じだ。魂が悪魔に侵されている。絶望は怒りとなり、ウィーディアを贄に捧げることを決意した。

せっかく辺境の地で、古の異教の邪神の依代を手に入れたのだ。

誰にも儀式の邪魔をさせるものか。

ハロンシュ枢機卿はもう一度ナイフを振りかざした。

己を捕えようとする輩たちとの距離はまだある。彼らが近付いてくる前に早く供物を捧げなければ。ようやくここまできたのだ。

真下のウィーディアと目が合った。恐怖に涙を零すその様を見れば、気分が高揚した。こと切れるその瞬間まで意識を保つ贄たちの絶望に染まった顔の何と美しいことか。

「地上の穢れをその身に宿すウィーディア・ヴェリテよ。今あらゆる苦痛から解き放って差し上げましょう」

「させるか！」

ナイフの切っ先がウィーディアの胸に触れるかどうかという時、飛んできた何かがハロンシュ枢機卿の腕を刺した。

何だろう、と確認のために視線を下にやったと同時に体が衝撃に揺れた。誰かが主祭壇を跳躍し、己に体当たりしたのだ。

ハロンシュ枢機卿はやみくもに腕を振り回した。

そうだ、手にナイフを持っている。誰だか知らないが拘束されてたまるものか。

「ちっ。大人しくしろ！」

黒い装束の男、これは黒狼王だ。この男は厄介だ。揉み合いになる中、一心不乱に抵抗し、どこかに武器になるものはないかと手で探った。布切れを摑み、思い切り引っ張った。

転がり落ちたのはウィーディアだった。そうだ、この女を盾にすればいい。どのみち殺すつもりだったのだ。

ああそうだ。このままこの娘と一緒に焼け死ぬのも悪くはない。ここは儀式のために用意した最高の祭壇なのだ。

（私の元にはこれから偉大なる神々が降臨される。何しろ最高の生贄があるからだ！）

現世で身の破滅を待つくらいなら悪魔にこの身を捧げてやろう。

＊

追い詰められたハロンシュ枢機卿がウィーディアを殺そうとしている。

オルティウスは咄嗟に彼に向けて短剣を放った。自身も彼めがけて駆け出した。

ハロンシュ枢機卿の腕にナイフが刺さったのと、オルティウスが跳躍したのは同時だった。主祭壇を飛び越え、ハロンシュ枢機卿に体当たりするように倒れた。

内陣付近は特に炎が燃え盛っている。熱気に晒されながらオルティウスはハロンシュ枢機卿を拘束しようと力を加えるのだが、この細い体のどこにそのような力があるのか、彼は激しく抵抗してみせた。このあとマラート枢機卿に身柄を引き渡す約束をしていたため、殺してはまずいと手加減したのも原因だ。

だが、ウィーディアを引きずり降ろした時点である程度はやむを得ないと腹をくくる。エデルに約束したのだ。姉を助けると。

三人が一体となってごろごろと床の上を転がった。まずはハロンシュ枢機卿からウィーディアを引きはがすことが先決だ。

ウィーディアは微動だにしない。まさか死んでいるのかと懸念したが見開いた瞳の奥、瞳孔が動いていたため生きているのだと悟った。

近衛騎士が駆け付け、ウィーディアの救出を先行した。

ハロンシュ枢機卿から彼女を離した隙をついて彼がよたよたと四つん這いで逃げようとする。

「させるか」

追いかけた時、ハロンシュ枢機卿が起き上がり主祭壇に置いてあった壺をオルティウスめがけて投げつけた。中から液体が飛び散る。寸前で避けたが、衣服に付着するのは避けられなかった。指で拭い匂いを嗅ぐとその正体は油だった。

「ふはははっ！　全員死ね！　この業火の贄となるがいい！」

ハロンシュ枢機卿が別に用意してあったと思しき壺をひっくり返した。液体が流れた側から炎が燃え広がった。

それは油が飛びついたハロンシュ枢機卿の衣にも飛び火した。

立ち上がったハロンシュ枢機卿は積み上げられた椅子に向けて走った。今や巨大な松明と化したそこに飛び込めば自殺行為と同様だ。

「悪いが、そう簡単に死なせるわけにはいかない」

オルティウスは寸前でハロンシュ枢機卿に体当たりし、今度こそ彼を拘束した。

イプスニカ城への帰り道、オルティウスはエデルと同じ馬車に乗り、改めてハロンシュ枢機卿の目的を話して聞かせた。

「まさか……ハロンシュ枢機卿の目的がヴェリテ夫人……お姉様だっただなんて」

エデルが驚くのも無理はない。オルティウスだって、ほんの数時間前は考えもしないことだったのだから。

「マラート枢機卿が秘密裏にルクスに入ったのは、ハロンシュ枢機卿の罪を暴くためだった。辺境の地で油断しきった彼をぎりぎりまで泳がせて、言い逃れできない状況下で拘束することが彼の目的だった」

マラート枢機卿の言うハロンシュ枢機卿の罪とは、先ほど間近で見せられた悪魔崇拝である。その言動からも分かる通り、彼は異端信仰に傾倒していた。拘束された騎士や従卒もその考えに傾倒しており、今回拘束されたことによりその罪が暴かれることになる。

ハロンシュ枢機卿の悪魔崇拝とは、様々な国の土着信仰を元にしたものだった。彼はオストロムのとある教会に安置されていた聖人の遺物に目を付けた。どこで知ったか知れないが、遺物は土着信仰の偶像を隠すための偽装だった。聖教では彼らが信じる神以外のものは全て異端と見なしているからだ。

だが、全部が悪いものばかりではない。長い歴史の中で聖教は布教にあたり、その土地で崇められていた神々を聖人として聖教に組み込むことで勢力を拡大し、信者を増やしてきた。

「マラート枢機卿とは途中でお互いハロンシュ枢機卿の拘束を目的としていることが分かった。スラナ大司教の聴取を終え、身柄を拘束しようという段になって、城から遣いが来た」

オルティウスはエデルの頭の上にぽんと手のひらを乗せた。

「わたしがイプスニカ城を飛び出したという報告ですね」

「ああ。ハロンシュ枢機卿は今日ルクス郊外の修道院跡を見て回っていると聞かされた。遣いの者は、ウィーディアに会いに行くとエデルが真っ青な顔で馬車を仕立てるよう命じたと伝えてきた」

「あの時は……。ヴェリテ夫人がマーラ・エラディーラを連れて行ったため我を忘れてしまい……。つい勢いで……」

「一度イプスニカ城に戻って状況説明をさせれば、ウィーディアはハロンシュ枢機卿と出かけたとのことだった。彼の次の生贄が誰なのか。もしもおまえが狙われているのかと思うと生きた心地がしなかった」

オルティウスは急ぎアーテルに飛び乗り、エデルの元へ一目散に駆け付けた。

「アーテルを走らせている間、色々なことを考えた。ハロンシュ枢機卿が誰を生贄にするつもりなのか、予測がつかなかった。誰も犠牲にならずに済んでよかった」

マラート枢機卿によれば、あの男、ハロンシュ枢機卿は悪魔への贄を捧げるために女たちを次々と殺しているようだった。彼の教区で起こる不可解な殺人事件。心臓を杭で打たれ殺される女性は出自も年齢もばらばらで、発生地点はクライドゥス海沿岸の街だ。

「まさか……冬の終わりごろ、宴の席で聞いた連続殺人の犯人が……？」

「ああ。善良な顔の裏にとんだ怪物を飼っていたものだ。マラート枢機卿はハロンシュ枢機卿の悪魔崇拝疑惑を追い続けるうちに、連続殺人への彼の関与を疑い、調べと証拠固めを進めていたそうだ。俺もまさか、あの宴の席で聞いた殺人鬼の正体がハロンシュ枢機卿だとは思いもよらなかった」

それに、とオルティウスは続ける。

「ルクスでも何者かに女性が殺害される事件が起こっている。マラート枢機卿はハロンシュ枢機卿がルクスに入ってから、女性が殺された数が前月と比べて増えたかどうかを調べていた」

ハロンシュ枢機卿は告解に訪れた女性の中から次の贄を探すのだそうだ。現在警邏隊には、彼がルクスに入ってから発生した殺人事件の被害女性がハロンシュ枢機卿と接触を持っていたかどうかを調べさせている。

表の顔は人々に寄り添い敬愛を集める親しみのある枢機卿。裏では生贄を物色し、悪魔への生贄を捧げる殺人鬼。それがハロンシュ枢機卿の正体だった。

「証拠集めにはずいぶんと時間を費やしたそうだ。枢機卿曰く、告解とは他人に漏らさないものだから、だそうだ」

「それは……確かにその通りですね。皆さん聖職者を信頼して己の心の内を吐露するのですから」

このあとは事件の事後処理で忙しくなるだろう。マラート枢機卿には最大限便宜を図ると約束してある。

オルティウスは隣に座るエデルの温もりを改めて感じた。

「おまえが無事なことがなによりだ。中庭で追い付けてよかった」

本当は礼拝堂にだって入れたくはなかった。どのような光景が繰り広げられているか、想像もつかなかった。最悪の事態を想定していた。

だが、エデルは強くあろうとしている。オルティウスの隣に立ちたいのだと、努力している。庇護をするばかりでは彼女のためにならない。

それに今回はマーラ・エラディーラの安否がかかっていた。彼女は目立った外傷もなく会話の受け答えもはっきりしており、現在別の馬車でイプスニカ城へ向かっている。

「オルティウス様も無事で安心しました。火傷などはしませんでしたか？」

「ああ。大丈夫だ。少し服が焦げただけだ」

「だ、大丈夫なのですか？」

「ああ。この通り、傷一つない」

多少の煤はついたが体はぴんぴんしている。

「心配性なのは俺もおまえも同じだな」

「確かに、その通りですね」

視線を絡め、互いにくすりと笑った。

オルティウスは彼女の煌めく紫水晶の瞳を覗き込み、そのまま唇を塞いだ。吐息が交じり合う。彼女の細い指に己のそれを絡ませる。エデルは何も言わずオルティウスの愛情表現を受け止める。

そのことに気を良くし、さらに口付けを深めたところで轍が小石に引っかかったのか、少々揺れた。

オルティウスは顔を離し、エデルの体を庇った。

揺れが収まると、どちらからともなく目を合わせ口元を綻ばせた。過度な触れ合いは夜まで待ったほうがよさそうだ。今は大人しくしておこう。

ただ、彼女の温もりは離し難く、オルティウスは自身へ引き寄せた。

車輪が回る音とともに愛おしい妻の存在を感じていると、「オルティウス様」と呼ばれた。

「どうした？」

エデルは数秒黙り込んだ。彼女は迷うそぶりを見せ、意を決したように口を開いた。

「オルティウス様は……マーラ・エラディーラの出自について、いつお気付きになられたのですか？」

修道院での、礼拝堂に入る直前の会話のことを言っているのだろう。

「先ほども言ったが、証拠はない。ただ……彼女がおまえを見つめる眼差しは、おまえがフォルティスに対するそれと同じだった」

エデルは静かに言葉を聞いていた。

「自分自身では気付かないだろう。エデルとマーラ・エラディーラはどこか似ていた。ふとした時の表情に既視感を覚えた。……リンテも、二人はどこか似ていると俺に漏らした」

それで二人を注視したのだと伝えると、エデルは一度小さく肩を震わせた。

動揺していることが手に取るように分かった。母親とは幼い頃に別れたと聞いていた。もう顔もおぼろげなのだと。

その母が、母かもしれない女性がすぐ近くにいたのだ。

「……あの方は、名乗るつもりはないのでしょうか」

独り言のような呟きの中には様々な想いがこもっているように思えた。心の整理がつかない。否、どうして名乗り出ないのか。そのような、自分でも整理しきれない心の声が漏れ出たように聞こえた。

十数年ぶりに探し求めた人物が現れたのだ。けれどもまだ推測の域だ。だからこそ、エデルはその胸の中で葛藤を抱えているのだろう。

「何があっても俺はおまえの味方だ。エデルの心のままに行動すればいい」

隣に座るエデルを強く抱きしめ、心を示すように彼女の頭部に口付けた。

九

ハロンシュ枢機卿の悪事は白日の下に晒された。

事情を聞かされたアマディウス使節団の中には、あまりのことに倒れる者もいたほどだった。オストロムの聖職者たちの動揺も大きかった。

だが、混乱が長引くことはなかった。マラート枢機卿のルクス到着と、今後の使節団の指揮を彼が執る旨が、大々的に発表されたからだ。

事態の収束に向けてハロンシュ枢機卿以下、彼の思想に傾倒した者たちへの取り調べは速やかに行われ、エデルも今回の事件の全容を聞いた。

たとえ辛い内容だとしても王妃として知っておかなければならない。ハロンシュ枢機卿が犯した罪、毒を飲まされたウィーディアの体調、そして使節団員たちの様子などだ。

この数日でだいぶ落ち着きを取り戻していた。

事件の後処理も大事だが、オストロム国内に目を向ければ、諸侯たちとの大事な交流の時期でもある。

現在、多くの諸侯たちが登城している。夏には例年通りレゼクネ宮殿での休暇と狩りが行われる予定だ。

昨年はエデルが出産間近だったこともあり、国王夫妻のレゼクネ宮殿行きが見送られた。そのため恒例の夏の狩りが行われなかったのである。

今年はルベルムが初参加する予定だ。待ちに待った夏の狩りデビューである。

騎士見習いとして日々研鑽を積んでいるルベルムにとって、その成長ぶりを披露する場でもある。彼のためにも夏の狩りは絶対に成功させなければならない。

オルティウスもルベルムと一緒に馬を走らせることを楽しみにしている。その彼は相変わらず忙しくしているため、エデルもできることを手伝っている。

そのように日々を忙しく過ごし、十日ほどが経過した。

この日、まだ朝も早い時間ではあるがイプスニカ城の正門前には数台の馬車と騎士が整列していた。

ヴェリテ家の人々がヴォールラムに向けて出発するのだ。

ウィーディアがハロンシュ枢機卿に盛られたのは神経毒だった。彼は獲物に定めた女性の声と動きを封じるために毒物を愛用していた。

イプスニカ城へと運ばれたウィーディアには手厚い治療が施されたが後遺症が残り、思うように手足を動かすことができなくなった。今後継続して治療にあたれば症状が緩和する可能性もあると侍医から聞いている。

ウィーディアの負った後遺症については、ゼルスの王への書簡にも書き記された。アマディウス使節団は彼の王の発案によって仕立てられたため、ことの顚末まで全て報告することとなったのだ。

早馬からもたらされたゼルス王の返信には、『ウィーディアはヴェリテ家の人間である。よって彼女の身の振り方はヴェリテ家の者たちが決めるだろう』という内容が書かれてあった。婚家の意向を優先させよという父の意思表示だった。

ヴェリテ家の人間が今回のウィーディアの行動をどう見るのか。これぱかりは未知数だった。

正面玄関に現れたウィーディアは車椅子姿だった。その顔からは感情が削ぎ落されている。彼女にもハロンシュ枢機卿が起こした罪の全容は知らされている。

クライドゥス海沿岸のいくつかの街で悪魔への生贄の儀式を行っていたハロンシュ枢機卿の手元に届いた一通の手紙。昔淡い想いを抱いた相手、イースウィアの娘が差出人だと知った彼は、ウィーディアとの交流を深めるうちに、次の生贄にと狙いを定めた。

クルトは、ハロンシュ枢機卿にウィーディアの件から手を引くよう交渉を行うつもりだったようだ。夜も更けた頃、連絡もなしに大司教離宮を訪れた彼は、ハロンシュ枢機卿の裏の顔、即ち悪魔崇拝者であることを知り、口封じのために殺された。

ウィーディアはハロンシュ枢機卿の手のひらの上で踊らされていただけだった。

ハロンシュ枢機卿にとっての誤算は、ウィーディアがマーラ・エラディーラを餌にエデルをおびき出したことだろう。

エデルとオルティウスが間一髪のところで礼拝堂の中に飛び込んだおかげで、ウィーディアは命拾いをした。

「ヴェリテ夫人、道中お気を付けて」

「……港までの護衛に騎士を貸してくださり感謝いたします」

その瞳に何も映していない表情のままウィーディアは言葉を紡いだ。

事件の全容を知った彼女が、心の中をどう変化させたのかはエデルには分からなかった。彼女は不自由な体を見せたくないのか、最後まで国王夫妻との面会を固辞し続けた。

それでもヴェリテ家の帰還にオルティウスと共に正面門まで見送りに来たのは、一度は客人としてヴェリテ夫妻をイプスニカ城へ迎え入れた者としての責務だからだ。近くにはヴィオスやガリューの姿もある。

「道中の無事を願っている」

今度はオルティウスが声をかけた。

ウィーディアはぎこちなく頭を下げた。

それきり辺りに沈黙が降りた。誰も何も発しない。

きっと、彼女と会う機会はもうないだろう。それぐらい二人が住まう距離は遠い。

最後に何を言うべきか。たくさん考えたが、何を言っても場違いな気がする。

「……あなた、甘っちょろいわね。お人好し(ひとよ)しも大概にしないと、別の誰かに足をすくわれるわよ」

エデルの視線を感じたのか、意外にもウィーディアから話しかけてきた。内容は辛辣だったが、淡々とした口調のせいか嫌味には聞こえなかった。

「わたしは……あなたを信じたかった。それだけです」

嫌われているという事実から目を背けたかった。だから、小さな棘に気が付かない振りをした。けれども分かり合えないこともあるのだと、それを受け入れるための場所を心の中に作らなくてはいけないのだということを学んだ。

「そう」

彼女はそれ以上口を開くでもなく、傍らの家人に目線で合図をした。

馬車の支度はとっくに整っていた。あとは彼女が乗り込むだけだ。

バタンと扉が閉まり、護衛騎士たちを先頭に、隊列がゆっくりと動き出した。

世界にたった二人きりの姉妹。道は分かたれ、今後交わることは限りなくゼロに近しい。

エデルは遠ざかる馬車を目に焼き付けた。

その日の夜、エデルはフォルティスにライアーハープの音色を聞かせていた。息子は大人しく聞いているというよりも大きな楽器に興味津々だ。手を伸ばし全力で未知の物体に触りたいのだと訴えている。

賑やかで楽しいひと時なのに、物足りない。

この数日、エデルは心に空洞を抱えていた。理由は分かり切っている。

もうすぐ……、と考えて慌てて憂いごとを頭の中から追い払おうとする。

（わたしは今幸せだもの。オルティウス様がいて、ティースがいる。リンテもルベルムもいて、ミルテア様もお優しくて）

オストロムでできた大切な人々の顔を思い浮かべる。だからこれ以上手を伸ばしては駄目。そう何度も言い聞かせていた。

やがてフォルティスが眠りにつき、エデルは王の間へと戻った。

手持ち無沙汰で、ライアーハープの弦を弾きつつ子守唄を歌う。母が歌って聞かせてくれたそれを、今は自分が息子に聞かせている。不思議な巡り合わせだと思った。

「エデル」

視界が陰った。見上げるとオルティウスの青い瞳とかち合った。すぐに彼の腕が伸びてきて、頬を優しく撫でられた。

ライアーハープを抜き取ったオルティウスによって抱き上げられる。彼はいとも簡単にエデルを持ち上げる。日頃から訓練をしているからなのだな、と何とはなしに考えた。

いつか、フォルティスもこのように力持ちになるのだろうか。

やっとつかまり立ちを始めた息子の成長した姿を想像すると微笑ましくなり、それが表情にも出ていたのだろう。

「どうした？」

怪訝そうに問われ、エデルは「何でもありません」と小さく首を振った。

オルティウスは手近な椅子に座った。エデルは彼の膝の上である。

ぐっと彼の胸に頬を引き寄せられた。触れた箇所から感じるその温かさに瞳を閉じた。

彼とは沈黙も気にならない。ぴたりと触れ合っていると、それがさも当然だというように心が満たされる。

「エデル。俺はおまえの味方だ」

「はい」

少々唐突な話の始め方だと思った。

「マーラ・エラディーラに、伝えたいことがあるのだろう？」

続けて聞こえてきた言葉に、エデルはびくりと肩を震わせた。考えないようにしていた。あと五日後、彼女はルクスを去る。いよいよアマディウス使節団が帰還するのだ。

エデルはオルティウスの腕の中でぎゅっと身を縮めた。

礼拝堂から助け出された彼女を一度見舞った。その時は女官も同席していたため、体調を気遣う言葉をかけただけだった。

ウィーディアはマーラ・エラディーラがエデルの母であることを確信しているようだった。オルティウスのように二人の顔を見比べて確信に至ったのか、別の要因があったのか分からない。

ウィーディアとマーラ・エラディーラは礼拝堂から助け出されたのち、それぞれ事情聴取を受けた。

ウィーディアはその時、エデルとマーラ・エラディーラの関係性について特に何かを言うこともなかった。マーラ・エラディーラも同じであった。

「どうしていいのか分からないのです」

エデルは喘ぐように答えた。

頭の中には様々な想いがぐるぐると渦巻いている。

あなたは本当にわたしのお母様なのですか。そう尋ねたい。もしも彼女が肯定してくれたら。寂しかった五歳の頃のわたしの分までその胸の中に飛びつきたい。

もう一度抱きしめて。優しく頭を撫でて欲しい。

それよりもただ……。

ただ、もう一度「お母様」と呼びかけたいのだ。

「マーラ・エラディーラは何も言いません。それなのに、わたしがお母様と呼んでしまったら……。彼女を困らせてしまうのではないかと。それを考えるとこのまま黙って見送ったほうがいいのではないかとも思うのです」

彼女の背中を見送ることを思えば胸がきりきりと痛んだ。本当にこのまま何もせずに別れてしまって後悔しないのかと心の奥が訴える。

「おまえは我慢をしすぎる」

それはとても優しくて思いやりに溢れた声だった。

「たまには我儘になれ。そう何度も会える距離ではないんだ。向こうから言いだすには、今のおまえとマーラ・エラディーラでは身分に隔たりがありすぎる」

オルティウスがエデルの顎を掬った。そうして上を向くと澄んだ青色の瞳の中に自分の姿が映っていた。どこかおどおどした自信のないそれはまるで幼子のようでもあった。

「わたし……」

「俺もおまえの母君に挨拶がしたい。俺のことを、夫だと紹介してくれないのか？」

「っ！」

流れるように手のひらを掬い上げられ、甲の上に口付けを落とされる。

まるで恋人同士のようなやり取りに、瞬時に顔に熱が籠った。

彼はいつだってエデルの心を軽くしてしまうのだ。

「大丈夫だ。おまえを見つめるマーラ・エラディーラの瞳はとても優しい。迷惑だなんて思わない」

オルティウスの力強い声が、縮こまるエデルの背中を優しく押し出す。

最後にお母様と呼びかけても、手を伸ばしてもいいのだろうか。

葛藤はまだ続いている。でも、ほんの少しだけ勇気を出したい。

「あの……オルティウス様。お願いがあるのです」

「なんだ？」

「わたしを見守っていてください」

「ああ」

オルティウスが目を細めて頷いてくれた。


扉の前に足を進めたエデルは一度ぴたりと立ち止まった。

報告によればマーラ・エラディーラはすでにこの中、礼拝堂内で待機している。

彼女に尋ねたいことがある。勇気を出そうと決めた二日後の昼下がり。リンテの授業終わりに彼女を呼び出した。

今になって喉がカラカラに渇いてきた。心臓の音が数分前と比べると格段に早くなっている。ごくりと息を飲みこみ、いざ扉を開けようと奮起するもなかなか実行できない。

「緊張しているのか？」

傍らに立つオルティウスの口調はどこまでも優しい。

「はい」

エデルは素直に答えた。勇気を出すと決めたのにこの体たらくだ。

「一緒に開けよう」

見上げた先の柔らかな眼差しに、強張った体がほんの少し弛緩するのが分かった。改めて一呼吸し、手を伸ばし取っ手に添える。その上からオルティウスの大きな手が被さった。剣を持つことに慣れたエデルよりも固い手の平だ。

この立派な青年を母に紹介したい。そのような想いが胸の内から沸き起こる。

前室を抜け、礼拝堂内に足を踏み入れる。

祭壇の前では暗い色の修道服に身を包んだマーラ・エラディーラが祈りを捧げていた。扉を開ける音に気が付いたのか、彼女がそっと立ち上がった。

礼拝堂内は薄暗かったが、両側面に埋められたガラス窓から陽の光が射し込んでいる。光の中にいるマーラ・エラディーラはとても美しかった。

オストロムの国王夫妻の訪れに、彼女は恭しく膝を折る。

「今日はかしこまった場ではありません。どうぞ、楽にしてください」

顔が強張らないよう努めた。

エデルがマーラ・エラディーラに声をかけたことを見届けたオルティウスが礼拝堂内から出ていった。

最初からそのような取り決めをしていた。まずは二人きりで話がしたかった。

立ち話も何だからと、エデルは彼女に席を勧めた。当初恐縮しきった様子で固辞し続けていたが、二人きりという状況と、エデルがすとんと腰を落ち着けたことに腹をくくったのか、マーラ・エラディーラも着席した。

二人は少々距離を開け横並びで座った。

マーラ・エラディーラを見つめた。本当は今この瞬間だって体が震えている。でも、過去の想いも記憶も何もかも伝えるのだと決めた。彼女と二人きりになれる機会などこれを逃したら、もうないだろう。

「一つ、告白をしてもよろしいですか？」

「え、ええ」

唐突な話の切り出しにマーラ・エラディーラの声が少しだけ上擦った。

「わたしは……五歳の頃、母と別離しました。当時のわたしは……とても悲しくて寂しくて泣きました。どこを探しても母は見つかりませんでした。誰に聞いても何も教えてくれない。きっと、母にも事情があったのでしょう。けれども、幼かったわたしは母の事情を鑑みることができませんでした」

いつも一緒にいてくれた優しい母。寂しがれば一緒に眠ってくれた。腕の中に包まれていれば怖いことなど何もなかった。

その母とある日突然引き離された。幼いエデルにとって世界が根幹から揺らいだ出来事だった。

「ゼルスの宮殿での生活は……あまり楽しいものではありませんでした。一人ぼっちの宮殿でわたしは、どうして母はわたしを置いていってしまったのだろうという想いを抱きました」

それは誰にも明かしたことのない気持ちだった。

寂しかった。悲しかった。自分の出生にまつわる事情を知れば、たくさんの思惑が渦巻いていたのだろうと推測できた。それでも、心の一部が叫んだ。一緒に連れて行ってほしかった。王女という立場なんて要らない。わたしはお母様と一緒がよかったと。

小さなエデルにとって、ゼルスの宮殿はとても冷たい場所だった。

王女として育てられる中で、このような我儘は表に出してはいけない。ずっと胸の奥底に閉じ込めていた感情だった。

孤独に苛まれる夜に星空を見上げた。徐々におぼろげになっていく母の声を必死に繋ぎ止めようとした。温かな手の温もりを忘れないように、ぎゅっと体を小さく丸めて眠りについた。夢の中で母に会えるように祈った。

「お辛い目に遭ったのですね……」

「辛くなかったといえば嘘になります」

マーラ・エラディーラの声は震えていた。

「でも……、辛いことばかりではありませんでした。ゼルスの宮殿でもわたしに優しくしてくれた人はいました。そして、わたしはこのオストロムで夫に出会いました。ご存じの通り国同士が決めた政略結婚です」

王女とは名ばかりの立場と待遇だったけれど、エデルの身を案じてくれる人は存在した。彼らの善意でエデルは生き延びることができた。

「もしもあの時、母と一緒にどこかに行っていたら……オルティウス様と出会うことはありませんでした。巡り合わせとは不思議なものですね。わたしは今、彼の隣に立つことができて幸せなのです」

この地で最愛の人に出会った。

愛することを教えてくれて、同じものを返してくれた。彼の言葉に救われた。ずっと居場所が欲しかった。存在を否定され続けた中で、彼が最初にエデルの心を掬い上げてくれた。

だから今、胸を張って言える。幸福なのだと。

いつの間にかマーラ・エラディーラの頬には涙が伝っていた。

「オストロムに到着し、初めて王妃殿下のご尊顔を拝した時に、あなた様の幸せを感じ取りました」

「母がわたしを愛してくれたあの日々があったから、わたしは笑うことを忘れずにいられたのです」

エデルはマーラ・エラディーラの瞳に視線を合わせた。涙で濡れたそれは水晶のように煌めいていた。

「子を身籠って思い出しました。母が唄ってくれた子守唄を。おぼろげだったその旋律を、別の女性が教えてくれました。わたしの子、フォルティスはあの子守唄を聞いて育っているのですよ……」

唇が戦慄いた。

お願い。もう一歩勇気をください。そう心の中で祈った。

わたしはあなたに伝えたい。

目頭が熱くなった。みるみるうちに涙が盛り上がる。

「……お母様」

それは囁きに近い声量で。

小さな声は、雑踏ではかき消されてしまったかもしれない。

けれども、しんと静まり返った礼拝堂内に、それはよく響いた。

言葉もなく互いに見つめ合った。

頭上から射し込む陽の光の粒子が、まるで世界から二人だけを切り取るかのように包み込む。

静謐(せいひつ)な世界の中、エデルは祈った。

マーラ・エラディーラの口から、本当のことが紡ぎ出されるのを。

「……わたしには……娘がいました」

静寂を破り、マーラ・エラディーラがぽつりと呟いた。

彼女は己の膝の辺りを見つめながら続ける。

「事情があり、彼女を手放すことになりました。離れ離れになりましたが……娘を思わない日はありませんでした。どうか娘が幸せでありますようにと。そう祈り続ける日々でした」

彼女の声から顔から、たくさんの葛藤と後悔をくみ取った。大司教離宮に幽閉されていた時、大切なものを置いてきたのだと語っていたことを思い出す。

「月日がたち、人伝に娘が結婚したのだと聞きました。遠い異国の地に嫁いだのだと。政略のため一人で東へ嫁いだと知り、とても心配しました。けれども……杞憂でした。十数年ぶりに見た娘は、とても満ち足りた顔をしておりました」

マーラ・エラディーラが顔を上げた。

「あなたは今、幸せなのですね」

「はい」

エデルはゆっくりと大きく頷いた。

「あんなにも小さかったあなたが……こんなにも美しく、立派に……」

ほろほろと、マーラ・エラディーラの頬を大粒の涙が伝っていく。ついには両手で顔を覆い隠してしまった。

エデルは腰を浮かせ彼女の隣に座りなおした。

「お母様は辛くはなかったのですか……？　怖い目に遭ったりしなかったのですか？」

ずっとずっと聞きたかった。ゼルスの宮殿で、もっぱらの噂だった。イースウィア王妃は憎い愛妾を秘密裏に始末した。いや、王が密かに逃がした。今も王妃は消えた愛妾に追っ手を放っている。どれも確証などない類のもので、成長するにつれ己の置かれている状況を理解していったエデルは、行方知れずとなった母の身を案じた。

「彼の御方が守ってくださいました。新しい身分をくれ、こうして今まで健康に暮らしておりました。けれども……残してきたあなたのことだけが心配で」

近しい距離で二人は互いの顔を覗き合う。

母に関するものは何も残っていない。絵姿もなく、幼い日の記憶は徐々に不明瞭になっていった。いつからか顔すらおぼろげになってしまって。

十数年の時を隔てて、その母が目の前にいた。

「お母様……よくご無事で」

「一緒に連れて行けなくてごめんなさい。一人きりにさせてしまってごめんなさい」

「ううん。いいの。だって、こうして会えた。もう一度お母様に会うことができた」

二人はどちらからともなく抱きしめ合った。

記憶にある母はエデルよりも大きくて見上げるほどだったのに。

肩や背中が華奢であることに、自分と彼女を隔てていた年月の長さを改めて実感した。

でも、もういいのだ。

だって、こうして再び巡り合えたのだから。


ひとしきり泣いたあと、二人は礼拝堂と同じ建物内にある小さな談話室へ移動した。

たくさんの話をした。

その内容はオストロムに嫁いだあとのことがほとんどだった。オルティウスに出会う前は、黒狼王という名に畏怖を抱いていたこと、けれども初めて対面した彼の瞳がとても澄んでいたこと、徐々に心を通わせていったこと。

彼の家族たちが温かく迎え入れてくれたこと。彼らと過ごすことで温かなものが胸を灯していったこと。

マーラ・エラディーラは、うんうんと嬉しそうに頷きながら、エデルの話にじっと耳を傾けてくれた。

フォルティスを身籠った時につわりに苦しんだことを伝えると、「わたしもあなたがお腹にいた頃は水を飲むのも一苦労だったわ」と懐かしそうに言った。

些細なことだが共通点を見つけたようで嬉しくなった。

ひとしきりエデルの話が終わると、今度はマーラ・エラディーラが思い出話をしてくれた。

　初めて立ち上がった時のこと、急な発熱にとても狼狽したこと、机の角に頭をぶつけて大きな声で泣いた時のこと。どれも他愛もないことで、けれども在りし日の記憶を愛おしそうに辿る母の横顔を見ていると、それだけで胸がいっぱいになった。

「あなたが生まれた日のことはとてもよく覚えているわ」

　そう言って彼女はエデルの頰にそっと触れた。

「あなたがいれば他には何もいらないって思った。あなたが健やかに成長してくれればそれでいいって……」

　そのあとの言葉はすぐには続かなかった。

　きっとたくさんの想いが胸の中に渦巻いているのだ。親子として過ごせたのは、ほんの数年のことだった。運命は無情にも二人を引き裂いた。

「ねえ……お母様は……今でもお父様と連絡を取っているの？」

　この短い間、マーラ・エラディーラは決してゼルス王のことは話題に出さなかった。

　尋ねられた彼女は瞼（まぶた）を閉じた。そしてゆっくり頭を左右に振った。

「あなたと別れる時に決めたの。もうあの御方には会わないと。そう、約束したの」

　言葉の中に重みが宿っていた。

「わたしは神に仕える身になった。世俗とは縁を切った。アマディウス使節団のお話は、修道院長様から聞かされたわ」

誰が何をどれだけ知っているのか、それはマーラ・エラディーラも分からないのだという。ゼルスを離れたのち、新しい名で修道院へ入った。娘を置いていった時点で第二の人生を世俗でのうのうと暮らすことなど考えられなかった。娘の進む道は決して楽ではない。王の周辺で存在が認知されていたエデルを連れて行くことはできなかった。

「正直……とても悩んだ」

即答することができなかったマーラ・エラディーラに、修道院長は理解を示してくれた。多くの人間は生涯を己が生まれた街で過ごすものだ。他国へ渡るなどとんでもない。そのように考える者が大半だ。

旅路への不安はもちろんあったが、マーラ・エラディーラの頭を占めていたことは、自分が使節団に加わって万が一誰かに気付かれたら、という懸念だった。

「結局わたしは、誘惑に逆らえなかった。一目でいいから成長した娘に会いたいと願った」

今回、まさにその不安が的中した。

思いがけずエデルと近しい場所にいることを許された。娘と触れ合える歓喜と置いてきてしまった罪悪感。それらが胸の中で混ざり合い、彼女は時間が許せばこの礼拝堂で懺悔をしていた。

　そのさなかウィーディアと遭遇し、その面差しの中に在りし日のイースウィア王妃を見つけ、うっかり声に出してしまった。

　アマディウス使節団と同行していたヴェリテ夫妻ではあったが、一介の修道女と商業自治都市の議長夫妻とでは行程中もほぼ顔を合わせることはなかった。

　けれども、たった一言からウィーディアはマーラ・エラディーラの素性を見抜いた。

「わたしに会いに来てくれてありがとうお母様。こうして会うことができて本当に嬉しい。ただ……事件が解決してからは……少しだけ寂しかった。どうして、名乗り出てくれないのだろうって」

「もう立場が違うから。それに……元気なあなたの姿を見ることができれば十分だったのよ」

　使節団の一人として王妃の姿を遠くから眺めることができればそれでよかった。まさかルクスの街であのようなことが起こるとは思ってもみなかった。

　予期せぬ出来事が立て続けに起きたため、二人は思わぬ形で深く関わることになった。

「わたし、お父様に感謝をしています」

「きっと、あの御方なりの優しさなのでしょうね。……不器用な御方なの。愛し方を知らずにお育ちになられた……」

それは誰に聞かせるでもない独り言のようにも聞こえた。

初めて聞く母を介したそれに、エデルは父のうしろ姿を見たような気がした。きっと聞かなかったことにするのが一番いいのだ。

邂逅を中断するかのように談話室の扉が数度叩かれた。

「どうぞ」とエデルが答えると、オルティウスが顔をのぞかせた。

気が付けばそれなりの時間が経過していた。

「この部屋から出る前に、エデルの夫としてあなたに挨拶がしたい」

オルティウスが静かな声を出す。

「そのような……。畏れ多いですわ」

一国の王の登場にマーラ・エラディーラの顔から母の色が消え、即座に修道女のそれへと変化した。

平伏する勢いのマーラ・エラディーラを前に、オルティウスは「顔を上げて欲しい」と言い、次に視線でエデルにこちらに来るよう促した。

エデルはそれに従いオルティウスの隣に立った。

三人は向かい合った。

「エデルを産んでくれた礼を言いたかった。たくさんの奇跡が重なって私はエデルと出会うことができた。あなたの娘をこれからは私が守る」

「娘のことを……よろしくお願いします」

マーラ・エラディーラが再び瞳に涙を盛り上げた。

オルティウスの言葉がエデルの心の奥に降り積もる。奇跡のような巡り合わせだった。

そして今もう一度奇跡が起きていた。

母に愛する人を紹介することができた。大好きな二人が握手を交わしている。

「お母様……、わたしオルティウス様と出会えて幸せです。お母様も、もう自分を責めないで」

ここに来るまで決して平坦な道のりではなかった。

悲しいこともたくさんあった。運命に翻弄されもした。

でも、もういいのだ。だって、今こうして大好きな人たちに囲まれているから。

「エデル、幸せにね」

「お母様も」

親子は再び抱きしめ合った。

エピローグ

いよいよ、アマディウス使節団との別れがやってきた。

すでにイプスニカ城をあとにし、使節団と合流したマーラ・エラディーラを巡っては、ミルテアが最後までリンテの家庭教師としてオストロムに残るよう交渉したとかなんとか。そのような噂がエデルの耳にも届いた。

誰が相手でも穏やかで懐の深い彼女にはリンテもよく懐いていたからだ。

マーラ・エラディーラは王太后からの申し出に首を横に振った。在籍する聖アクティース女子修道院では彼女の帰りを待っている人々がいるという。それにレース編みの受注も複数溜まっているのだそうだ。

「マーラ・エラディーラがいなくなっちゃうのは寂しいけれど、永遠の別れじゃないものね。もう少し大きくなったら、わたしが親善大使としてあちらの国に行く機会もあるかもしれないし？」

「頼もしいわね、リンテ」

カラカラと回る車輪の音をかき消すくらいの勢いでリンテが胸を張る。

「だったらもっと礼儀作法の授業に身を入れなくてはいけないわね」

「お母様、すぐにそういう余計なことを言うの、よくないわ。やる気がしぼんでしまうもの」

馬車に同乗するミルテアが口を挟むと、リンテがぷうっと頬を膨らませる。

三人が向かっているのはルクスの中心にある大広場だ。

今日その広場からアマディウス使節団が出立するため、王族と主だった家臣が見送ることになっている。

親子喧嘩が繰り広げられている横で、エデルはルクスの街並みに目をやった。

住む国が違う。それは仕方のないことだ。お互いに別の人生を歩んでいるのだから。

母はすでに聖アクティース女子修道院で居場所があるのだ。求められている役割もある。慕ってくれる娘たちもいるのだと聞けば、母を取られたようで寂しくもある。

でも、交わらないはずだった二人の人生が再び交錯した。その奇跡に感謝したい。

オルティウスは言っていた。

「今回の件で縁は結ばれた。また機会はある」と。ハロンシュ枢機卿の事件の後処理で当初の予定よりも長い滞在となった使節団は、オストロムの聖職者らとたくさんの交流を持った。使節団の帰還に同行する形で、何人かのオストロム人が勉学のためアマディウス教区に旅立つことになった。彼らの帰還に合わせてもう一度アマディウス教区から聖職者を招待することもできる。その際、王太后と前王の娘に気に入られたマーラ・エラディーラを名指しすることだって不自然ではないはずだ。

諦めなければ希望はそこかしこにあるのだ。

「でも、わたしの第一の目標は騎士になることよ。仲間と協力して後方支援も嫌がらずに引き受ける万能騎士になることって修正したけれど」

「まったく。あなたって子は」

親子の言い合いは決着がつかないようで、ミルテアが頭痛を散らすかのように軽く頭を振っている。

「ね、お義姉様。今年のレゼクネ宮殿での休暇はたくさん一緒に遊びましょうね。ティースにお気に入りの場所を案内したいわ」

「ええ、ティースにもレゼクネ宮殿周辺のいい所をたくさん教えてあげてね」

リンテと先の予定を立てていると、馬車が減速を始めた。

大広場は立ち並ぶ聖職者たちと護衛騎士と見送る側の人間、そして彼らを見学する市民で大変な賑わいだ。

エデルたちはオルティウスと合流した。彼は愛馬に乗り到着していた。

普段よりも豪奢(ごうしゃ)な騎士服にマントを羽織った彼は今日も凛々しく美しい。その横に並べるくらいにはエデルも着飾ってはいるけれど、まだ彼が眩しく感じるのも事実だ。

次に母に会う時は、もっと胸を張ってオストロムの王妃だと名乗れる自分になっていたい。

あの短い親子の交流のあと、礼拝堂を出た瞬間からエデルとマーラ・エラディーラは王妃と修道女という関係に戻った。彼女からエデルへは気安く話しかけられない。母であっても娘に対して膝を折らなければいけない。それが二人の間にある身分差である。

（それでも、手紙を書くことはできる。縁は繋がったもの。また、いつか会える。そう信じている）

出立の日にふさわしい青い空の下、エデルは心の中だけで母に声をかけた。

マラート枢機卿は最初から己こそがアマディウス使節団の代表であったというような顔で口上を述べ、オルティウスと挨拶を交わした。

使節団に随行する騎士の数が当初の予定より増やされたのは、ハロンシュ枢機卿の護送も含まれているからだ。彼は国に戻ったのち、余罪を含めてさらなる追及を受けることになっている。

一足先に帰還したヴェリテ家の旅路は順調だという。各関所を通過した際、伝令がルクスに向けて一報を遣わしているのだが、それによると特に大きな問題もないとのことだ。

マラート枢機卿と握手し、いよいよ出発のその時がやってきた。

母の姿はエデルがいる場所からは確認することができない。きっと、修道女たちの集団の中に紛れているのだろう。

使節団の者たちが馬車に乗り込み準備が整った。先頭の騎士隊が馬に合図する。

一団が動き出すさまに市民たちが歓声を上げる。

母が行ってしまう。頭では理解をしていても、視覚でまざまざと見せられれば胸を寂寥と喪失が侵食し始める。

本当はもっと話をしたかった。フォルティスを抱いてほしかった。

待って、行かないで。そう我儘を言いたくなった。

エデルはぐっと唇を噛みしめた。でないと、泣いてしまいそうだ。

小さくなる一団をじっと見つめていると、オルティウスがぎゅっとエデルの手を握った。

いつの間にかリンテがすぐそばにやって来ていて、甘えるようにエデルを見上げた。

「やっぱり寂しいなあ。お義姉様、一緒にマーラ・エラディーラたちにお手紙を書きましょうね。わたし、お礼の気持ちを込めて刺繍を刺すわ」

刺繍が苦手なリンテが自ら挑戦する姿勢にエデルは目を細めた。

彼女がこんなにも前向きなのだから、自分ばかりが寂しがってはいられない。

「エデルも一緒に何か贈ったらいいんじゃないか。多くの交流をもたらしてくれたアマディウス使節団には後日お礼の品を贈ろうと、ガリューたちとも話していた」

「それは素敵ですね。リンテ、何を刺繍するか一緒に考えましょう」

「もちろん！」

わたしにはこんなにも温かな家族がいる。一人じゃない。だから大丈夫。

次にまた会えると信じているから、さようならは言わない。

鳥たちが空を羽ばたいた。

柔らかな風に白銀の髪が揺れた。

この空は繋がっているから。


数か月後、オストロム国王夫妻は国内の民への慰問の感謝のしるしとしてアマディウス使節団に感謝の品々を贈った。

国王一家の細密画も同梱(どうこん)されており、聖アクティース女子修道院にも届けられることとなった。

複数製作されたそれはゼルスの王にも娘からの近況報告を含めた謝意という形で届けられることとなった。

<初出>

本書は書き下ろしです。

この物語はフィクションです。実在の人物・団体等とは一切関係ありません。

◇◇メディアワークス文庫

黒狼王と白銀の贄姫II

辺境の地で最愛を得る

高岡未来

2022年10月25日　初版発行
2024年6月15日　5版発行

発行者　山下直久
発行　株式会社KADOKAWA
〒102-8177　東京都千代田区富士見2-13-3
0570-002-301（ナビダイヤル）
装丁者　渡辺宏一（有限会社ニイナナニイゴオ）
印刷　株式会社KADOKAWA
製本　株式会社KADOKAWA

Printed in Japan
ISBN978-4-04-914700-1 C0193

メディアワークス文庫　https://mwbunko.com/

本書に対するご意見、ご感想をお寄せください。

あて先
〒102-8177　東京都千代田区富士見2-13-3
メディアワークス文庫編集部
「高岡未来先生」係

◆◇◇